BRIGITTA HEINRICH

Ein mörderisches Tête-à-tête

Buch

Ein kalter Frühlingstag im Taunus. Eine kleine Reisegruppe besichtigt die hoch gelegene Burg Königstein und drängt sich um den Reiseführer. Joseph Kant steht am Rand der Gruppe, als er den kräftigen Stoß spürt. Nur kurz fühlt er den Stein, auf dem sein Rücken aufschlägt, dann fällt er weiter nach unten. Der nächste Aufprall bricht ihm das Genick.

Freddy hat schon lange die Nase voll von ihrer Arbeit. Als ihr cholerischer Chef ihr in einem Wutanfall kündigt, ist sie begeistert und nimmt die Kündigung an. Endlich kann sie ihren Lebenstraum verwirklichen und sich als Privatdetektivin selbstständig machen. Ihre Kinder Tobias und Caro sind darüber geteilter Meinung. Als der erste Auftrag auf sich warten lässt, beschleichen Freddy Zweifel an ihrer beruflichen Neuorientierung. Da meldet sich die erste Klientin, Elsa Sommer, deren Mutter bei einem Sturz von einer Treppe ums Leben gekommen ist. Aber Frau Sommer glaubt nicht an die Unfallversion, zumal ihre Mutter kurz vorher auf eigene Faust den Tod von Elsas nichtehelichem Vater Joseph Kant untersucht hatte. Mein erster Fall, und gleich zwei Tote, denkt Freddy. Schon bald findet sie heraus, dass die bürgerliche Fassade der Familie Kant seit langem bröckelte. Und als sie Arthur, Joseph Kants Adoptivsohn, kennen lernt, ist es nicht mehr nur ihr neuer Beruf, der sie fesselt. Während Freddy versucht, Kinder, Arbeit und ihr Techtelmechtel unter einen Hut zu bringen, gerät sie immer tiefer in eine böse Familiengeschichte, die ihr nicht nur detektivische Fähigkeiten abverlangt …

Autorin

Brigitta Heinrich, geboren 1955, studierte Germanistik und Geschichte, arbeitete u. a. als Antiquarin und Schlussredakteurin. Sie lebt in Frankfurt am Main und Berlin.

Von Brigitta Heinrich außerdem bei Goldmann lieferbar:

Ein Mann kommt selten allein. Roman (45886)

Brigitta Heinrich

Ein mörderisches Tête-à-tête

Roman

GOLDMANN

Umwelthinweis:
Alle bedruckten Materialien dieses Taschenbuches
sind chlorfrei und umweltschonend.

1. Auflage
Originalausgabe August 2006

Umschlaggestaltung: Design Team München
Umschlagfoto: Jupiter images
BH · Herstellung: Str.
Satz: Buch-Werkstatt GmbH, Bad Aibling
Druck und Bindung: GGP Media GmbH, Pößneck
Printed in Germany
ISBN-10: 3-442-46247-9
ISBN-13: 978- 3-442-46247-6

www.goldmann-verlag.de

Prolog

Es war ein kalter Frühlingstag. Die kleine Gruppe vor der Burg Königstein drängte sich um ihren Führer. Jedes Mal, wenn er den Mund aufmachte, um etwas zu erklären, stieg ein winziges weißes Wölkchen in den Himmel. Die Gruppe rückte noch enger zusammen, es war einfach zu kalt. Plötzlich eine Bewegung und ein Schrei, weitere Schreie folgten.

Joseph Kant wusste nicht, wie ihm geschah, eben noch stand er oben, dann der kräftige Stoß. Der Himmel näherte und entfernte sich schnell. Seine Finger versuchten sich festzuklammern. Äste brachen. Er fühlte nur kurz den Stein, auf dem sein Rücken aufschlug, das Geräusch ähnelte dem der Äste; der Schmerz flutete in dumpfen Wellen und floss bis in seinen Hinterkopf. Er konnte nicht denken, sein Körper gehorchte ihm nicht mehr. Ein Ast bohrte sich in sein rechtes Auge, diesmal stieg der Schmerz spitz empor. Sein linkes Bein blieb zurück, während sein Körper weiter fiel, etwas riss in seinem Knie. Der Schmerz ließ ihn fast ohnmächtig werden. Tränen schossen in seine Augen und vermischten sich mit Blut und Schlamm zu einem rostbraunen Brei. »Du sollst dich nicht immer draußen rumtreiben«, schrie seine Mutter und holte aus zum Schlag. Knacks, sein Nasenbein gab nach. Blut plätscherte langsam, es schmeckte widerlich süß. »Bei Ihrem Zucker müssen Sie vorsichtig sein«, hörte er die warnende Stimme seines Arztes. Der nächste Stein brach ihm das Genick, sein Körper rollte aus und blieb auf der Seite liegen.

Eine alte Dame begriff zuerst, sie stürzte zum Geländer. Die Gruppe war zur Bewegungslosigkeit erstarrt. Schweigend sahen alle nach unten. Nur die alte Dame rührte sich. Sie kroch unter dem Geländer durch und kletterte behende abwärts. Sie trug festes Schuhwerk, kam jedoch gelegentlich ins Straucheln. Eine junge Frau trat an das Geländer und schrie: »Kommen Sie zurück. Das ist verrückt. Sie werden fallen.« Die alte Dame hielt inne, blickte nach oben und winkte: »Helfen Sie mir!« Die junge Frau überlegte einen Moment, dann kletterte sie ihr achtsam nach. Glücklicherweise trug sie Turnschuhe, aber da sie vorsichtiger war als die alte Dame, brauchte sie länger.

Als sie bei dem Mann ankam, hatte die alte Dame ihren Mantel ausgezogen. Sein Gesicht war übel zugerichtet, überall floss Blut. Die beiden Frauen sahen sich an, die alte Dame schüttelte den Kopf, Tränen liefen ihre Wangen hinunter. Dann nahm sie den Mantel und breitete ihn über dem alten Mann aus.

1

Friederike Hartmann, genannt Freddy, verfluchte den Morgen. Sie wusste, sie war ungerecht, es war der erste strahlend blaue Frühlingsmorgen dieses Jahres. Aber sie hatte verschlafen, weil sie den Wecker ausgeschaltet hatte und nochmals eingeschlafen war. Dann hatte sie die Kinder ohne Frühstück in die Schule geschickt und keine Zeit gehabt, sich für die Arbeit herzurichten. Zum Rock- und Blusebügeln hatte die Zeit auch nicht gereicht, und sie war in ihre seit Wochen zu enge Jeans geschlüpft. Bevor sie aus dem Haus stürzte, betrachtete sie sich noch einmal im Spiegel: dunkle Haare, nur gebürstet, nicht gewaschen, ungeschminkt, nur ein wenig Lippenstift. Sie wusste, ihr Chef würde sie missbilligend ansehen. Und schließlich war der Wagen nicht angesprungen, sie hatte die U-Bahn nehmen müssen, und jetzt kam sie zu spät. Sie hastete die Eschersheimer Landstraße entlang, bemühte sich, nicht außer Atem zu kommen, und dachte über eine gute Ausrede nach. Im Aufzug war ihr immer noch keine eingefallen.

Als sie das Büro betrat, bemerkte sie erleichtert, dass ihre Bemühungen überflüssig gewesen waren. Ihre Kollegin Corinna und Rechtsanwalt Dr. Kurt schrien sich an. Das hieß Rechtsanwalt Dr. Kurt schrie, und Corinna starrte stoisch geradeaus. Als Dr. Kurt die Türe hörte, drehte er sich ruckartig um und schrie nahtlos Freddy an.

»Was bilden Sie sich ein, Frau Hartmann? Arbeitsbeginn ist um neun.« Er schlug vor Zorn auf seine Armbanduhr, das Glas löste sich und sprang federnd auf den Boden. Rechtsanwalt Dr. Kurt sah seinem teuren Uhrglas hinterher und steigerte sich: »Wie sehen Sie überhaupt aus?« Anklagend zeigte er auf Freddy, die mit strubbeligen dunklen Haaren und völlig verschwitzt vor ihm stand. Zu den Jeans trug sie auch noch Turnschuhe. »Kein Wunder, dass die Mandanten ausbleiben. Sie sind entlassen! Fristlos.« Seine Stimme hatte sich überschlagen.

Freddy überlegte einen Moment, dann ging sie zu ihrem Chef, zog sanft sein Gesicht auf ihre Höhe hinunter und küsste ihn auf beide Wangen. »Danke, danke!«

Rechtsanwalt Kurt erstarrte, er sah etwas lächerlich aus mit Freddys Lippenstiftspuren im Gesicht, und stürmte aus dem Zimmer.

»Was ist denn mit dir los?« Corinna betrachtete neugierig ihre Kollegin. »Du kennst doch den Alten und weißt, wie cholerisch er ist. Und wie er es hasst, wenn du in Jeans erscheinst.« Corinna selbst war makellos geschminkt und wie immer im Kostüm.

»Ja, ja«, Freddy nickte zustimmend. »Aber ich werde ihn beim Wort nehmen, mir reicht es. So eine Gelegenheit kommt so schnell nicht wieder.« Habe ich jetzt wirklich eine Entscheidung getroffen, oder sind das die Auswirkungen meines Nikotinentzugs? Egal, woran es liegt, ich bleibe dabei.

Sie nahm ihre Handtasche vom Schreibtisch und sagte zum Abschied: »Ich komme noch einmal, und dann feiern wir mit Champagner. Himmlisch.«

»Was willst du denn machen?« Corinna war entsetzt.

»Ich weiß es nicht genau, vielleicht ein Detektivbüro eröffnen. Davon habe ich schon seit Jahren geträumt.« Das war das Einzige, was mich hochgehalten hat, dachte Freddy.

»Du hast doch überhaupt keine Ahnung davon!«

»Wenn man Jahre in einem Anwaltsbüro gearbeitet hat, hat man Ahnung. Wie viel Zeit habe ich damit verbracht, aus Leuten herauszukriegen, was sie eigentlich wollen. Das ist bestimmt nützlich.«

»Und deine Kinder? Was werden die dazu sagen?« Corinna war kinderlos und hatte viel Verständnis für Freddys Nachwuchs. Zu viel, dachte Freddy manchmal.

»Ach, es wird ihnen nicht gefallen. Vielleicht muss sich Tobias einen Job suchen. Wie auch immer, zehn Jahre sind genug.«

»Und dein Exmann?« Corinna hatte nie verstanden, warum Freddy Hans verlassen hatte.

»Ich werde ihm anbieten, dass er mehr Unterhalt zahlen kann.« Freddy sah das entsetzte Gesicht von Hans vor sich.

»Und deine Rente?«

»Corinna, du spinnst! Außerdem habe ich im Lotto gewonnen, nicht viel, aber 40000 Euro, das reicht ein paar Monate.«

*

Freddy ging beschwingt nach Hause. Als sie aufschloss, überlegte sie, ob die nicht abgeschlossene Tür bedeutete, dass die Kinder da waren, oder ob es wieder bedeutete, dass irgendjemand vergessen hatte abzuschließen. Wie zu erwarten bedeutete es Letzteres. Nachdem sie ihre

Handtasche abgestellt hatte, begann sie all die Hemden und Handtücher aufzusammeln, die ihr sechzehnjähriger Sohn im Flur, auf der Treppe und im Badezimmer verteilt hatte. Er sah seinem Vater nicht nur ähnlich, er benahm sich auch wie dieser. Sie überlegte kurz, ob es weniger Aufwand bedeutete, die Dinge wegzuräumen, oder den ganzen Haufen in seinem Zimmer zu platzieren und die darauffolgende Streiterei auszuhalten. Sie entschied sich für die zweite Möglichkeit und warf die Wäsche auf sein Bett.

Zwei Stunden später schrie er aus seinem Zimmer: »Wer hat diesen ekligen Wäschehaufen auf mein Bett gelegt?«

»Ich«, brüllte Freddy zurück. »Und ich habe ihn nicht gelegt, sondern hingeschmissen, genau so, wie du mit der Wäsche umzugehen pflegst.«

»Warum denn? Spinnst du?« Seit zwei Jahren konnte man seinen Ton zu Hause nur noch als unfreundlich bezeichnen.

»Weil ich dir schon ungefähr hunderttausend Mal gesagt habe, dass ich nicht dein Zimmermädchen in einem gut geführten Hotel bin!« Tobias tobte.

Beim Abendessen sagte sie es den Kindern.

»Das kannst du doch nicht machen«, stöhnte Tobias auf. Er war schlecht zu verstehen, weil er sich gerade den Mund voll Nudeln gestopft hatte.

»Au Klasse, Mama, das ist mal was anderes, keine andere Mutter in meiner Klasse ist Detektivin. Hast du dann auch 'ne Waffe?«, fragte Caro. Sie war zehn, wuschelhaarig wie ihre Mutter und begeisterte sich immer für Neues. Außerdem war sie noch zu klein, um die pubertären Anfälle ihres Bruders zu verstehen, sie musste sie nur aushalten. Freddy allerdings auch.

»Stimmt, das habe ich mir noch gar nicht überlegt.«

»Und wo sollen wir die Kohle herkriegen, um zu leben?«, fragte Tobias.

»Du kannst dich ja schon mal nach einem Job umsehen«, antwortete Freddy und nahm sich noch eine Portion.

»Das kann doch nicht dein Ernst sein. Kein Mensch geht arbeiten.« Tobias betrachtete seine zarten Finger.

»Und was bitte bin ich?« Freddy wurde langsam wütend.

»So hab ich das nicht gemeint. Ich rede von meiner Klasse. Und ich wollte mir doch nächste Woche die Nike-Turnschuhe kaufen!«

»Dann geh schon mal zum Supermarkt und erkundige dich nach einem Job.« Das Abendessen endete in bedrückter Stimmung, allerdings nur für Tobias. Dann schickte Freddy Anzeigen an verschiedene Zeitschriften und Zeitungen.

2

Während Freddy im Erdgeschoss ein kleines Kabuff, das bisher als Rumpelkammer diente, in ein Büro verwandelte, überlegte sie, ob sie nicht etwas überstürzt gehandelt hatte. Sie musste sich mit ihrer Freundin Maria beraten. Hoffentlich hat sie frei, dachte Freddy und rief an.

Maria war gerade erst aufgestanden und gähnte ins Telefon. Sie verabredeten sich für nachmittags zum Kaffeetrinken bei Freddy. Was tue ich bis dahin? Freddy setzte sich und dachte nach, stand aber schnell wieder auf. Dies war eine der Situationen, in denen sie sich unweigerlich nach einer Zigarette sehnte.

Dann suchte sie im Branchenbuch eine Detektei und wählte die Nummer mit der größten Anzeige.

»Detektei Jansen und Sohn«, meldete sich eine hektische Männerstimme.

»Hartmann«, sagte Freddy. »Wie wird man Detektivin?«, schob sie schnell nach. Sie hatte das Gefühl, wenn sie nicht schnell genug redete, würde der Mann auflegen.

»Am besten gar nicht«, antwortete der Mann. Er hatte bestimmt noch kein Training »Wie gebe ich jedem Kunden das Gefühl, willkommen zu sein« absolviert.

»Es ist mein Traumberuf.« Wahrscheinlich denkt er, ich spinne.

»Umso schlimmer«, sagte er und lachte. »Frauen sollten von Kindern und einem schönen Zuhause träumen.«

»Das brauche ich nicht. Ich besitze bereits zwei Kinder, und sie ruinieren jedes Zuhause«, antwortete Freddy bissig.

»Vielleicht versuchen Sie es als Kindergärtnerin.« Warum gerate ich immer an solche Männer?, fragte sich Freddy. Das hätte Hans auch sagen können.

»Vielen Dank für Ihre freundlichen Hinweise«, sagte sie spitz und legte auf. Resigniert setzte sie sich auf einen Stuhl. Sie überlegte, was Maria in dieser Situation getan hätte. Manchmal erschien ihr ihre Freundin deutlich praktischer veranlagt als sie selbst. Sie sah Maria vor sich, wie sie ihre Augenbrauen hochzog und lachte: »Nur damit ich dich richtig verstehe, du hast bei einem Detektiv angerufen und gefragt, wie du seine Konkurrenz werden kannst?« Irgendwo muss man anfangen.

Als Nächstes versuchte es Freddy bei der Industrie- und Handelskammer. Nach mehrmaligem Weiterverbinden – wer sucht nur immer die Musik für Warteschleifen aus? – landete sie bei einer freundlichen und kompetenten Frau. Freddy benötigte lediglich ein Führungszeugnis und einen Gewerbeschein, der 25 Euro kostete. Die Dame empfahl ihr aber, einen Dreimonatskurs bei einer Detektei zu absolvieren, dann könnte sie sich Fachdetektivin nennen. Freddy bedankte sich wieder, diesmal reinen Herzens.

Dann fiel ihr Caros Frage vom gestrigen Abend wieder ein und sie beschloss, sich gleich um die Waffe zu kümmern. Energiegeladen ging sie zum nächsten Polizeirevier.

Freddy klopfte vorsichtig an die Tür.

»Herein«, schallte es zweifach. Zwei jüngere Polizisten schauten von ihren Schreibmaschinen hoch und wiesen jeweils auf einen Stuhl vor sich.

»Ich kann mich nicht zweiteilen«, lachte Freddy, war aber dankbar über den freundlichen Empfang.

»Dann nimm du sie, Joachim. Ich hatte heute schon drei«, sagte der eine Polizist und beugte sich wieder über seine Schreibmaschine.

»Haben Sie keine Computer?«, fragte Freddy.

»Moment, ich suche mal, vielleicht in der Schreibtischschublade.« Der Polizist öffnete die Schublade und kramte darin herum. »Nee, Spaß beiseite, die sind beantragt, vielleicht, wenn wir Glück haben, kriegen wir sie noch dieses Jahr. Obwohl, was man so von den Kollegen hört, ist das kein reines Glück. Was kann ich für Sie tun?«

»Ich brauche eine Pistole.«

Bei diesen Worten hob auch der zweite Polizist wieder den Kopf. »Sieh mal an, die junge Frau braucht eine Pistole. Und damit kommen Sie ausgerechnet zur Polizei. Glauben Sie, wir haben hier überzählige Exemplare im Keller versteckt, um mit dem Verkauf von Pistolen unser mageres Einkommen aufzubessern?«

Der andere Polizist kicherte, Freddy wurde rot. »Nein, natürlich nicht. Wissen Sie, ich mache gerade ein Detektivbüro auf, und ich brauche eine Waffe. Ich habe keine Ahnung von solchen Dingen, und ich dachte, ich versuche es bei der Polizei. Man braucht doch wohl einen Waffenschein.«

Beide Polizisten starrten sie an. Freddy war ein wenig unbehaglich zumute. Endlich reagierte einer der Polizisten. »Ich glaube, Sie gucken zu viel Fernsehen. Haben Sie denn schon einen Gewerbeschein?«

»Nein, den beantrage ich morgen«, sagte Freddy. Die Dinge liefen nicht so, wie sie es sich vorgestellt hatte, nicht dass sie konkrete Vorstellungen gehabt hatte.

»Aber eine Pistole kriegen Sie trotzdem nicht. Ganz abgesehen davon, können Sie überhaupt schießen?«

»Nein, aber ich dachte, Sie könnten mir bestimmt etwas empfehlen, wo ich es lernen kann.«

Der zweite Polizist kicherte wieder. »Hören Sie, wir sind hier nicht in Amerika.«

»Nein, aber hier werden doch auch andauernd Leute erschossen.«

»Ja, aber nicht von Menschen mit Waffenschein.« Der Polizist sah schon wieder so aus, als würde er gleich losprusten. Freddy fühlte sich immer unbehaglicher. Ob sie einen Mann genauso behandeln würden? Müßige Frage. Die kleinen Überlegenheitsfeldzüge der Männer.

Der kichernde Kollege sagte: »Schick sie doch in den Schützenverein, da kriegt sie wenigstens einen Waffenbesitzschein. Aber wenn ich es mir so überlege, das ist nichts für Sie. Wissen Sie, das ist nur was für Männer.« Nicht schon wieder, dachte Freddy.

»Was ist ein Waffenbesitzschein?«

»Das ist die Erlaubnis, eine Waffe zu besitzen, die Sie aber immer hübsch im Schrank einschließen müssen und nur herausholen dürfen, wenn Sie in Ihren Schützenverein gehen. Vielleicht sollten Sie lieber einen Taekwando-Kurs besuchen.« Jetzt lachten beide. Freddy gab auf und verabschiedete sich.

Nun erst recht, dachte sie, als sie nach Hause ging. Allerdings musste sie noch Maria für sich gewinnen. Freddy war davon überzeugt, dass auch Maria ihr Vorhaben ablehnen würde.

»Also wirklich, Freddy«, sagte Maria. Freddy duckte sich vorsichtshalber, als ob Maria sie nicht schimpfen, sondern schlagen würde. »Wie willst du denn jemanden unauffällig verfolgen?« Sie hatte das Du sehr lang gezogen. »Detektive sind doch ständig hinter untreuen Ehemännern her. Du kannst ja nicht einmal richtig rennen.« Ist das ein vorsichtiger Hinweis auf meine Figur?, überlegte Freddy.

»Detektive müssen denken und nicht rennen«, antwortete sie spontan.

»Warum suchst du dir nicht eine nette gemütliche Stelle, wo du Auszubildende herumscheuchen kannst?«, fragte Maria.

»Mein Sohn reicht mir diesbezüglich«, antwortete Freddy automatisch und dachte mit Schrecken an ihre letzte Auszubildende in der Kanzlei Kurt.

»Wo ist er eigentlich? Es ist so ruhig hier.« Maria nahm sich noch eine Tasse Kaffee und horchte.

»Im Sportstudio. Er hat seine Muskeln entdeckt, und die stählt er jetzt täglich.«

»Jetzt schon? Dann wird die Freundin bald folgen.«

»Du meinst, jemand verliebt sich in meinen Sohn?«, fragte Freddy zweifelnd.

»Natürlich. Je machohafter, desto sicherer. Aber wir wollen nicht vom eigentlichen Problem des Tages ablenken. Und das ist ausnahmsweise nicht dein Sohn, sondern deine spleenige Detektividee. Du hast eine Familie zu ernähren. Wie stellst du dir das vor?«

»Du redest wie Hans.«

»Das ist eine Beleidigung.«

»Wenn ich es jetzt nicht mache, mache ich es nie.«

»Du regredierst«, Maria war wieder ganz die Sozialarbeiterin. »Oder willst du dir so einen Mann angeln? Das ist natürlich eine interessante Idee.« Maria schien ernsthaft darüber nachzudenken.

»Wofür hältst du mich?«, fragte Freddy empört.

»Eine Beziehung würde dir wirklich gut tun. Dann hättest du keine Zeit für absurde Ideen. Andererseits sind untreue Ehemänner keine gute Basis für eine Beziehungszukunft. Zumindest nicht mit dir. Moralisch, wie du dich immer aufführst.«

»Ich will keine Beziehung. Ich will eine Arbeit, die mich nicht langweilt«, sagte Freddy entschieden.

»Arbeit ist zum Geldverdienen da und nicht zur Unterhaltung. Das macht man außerhalb«, entgegnete Maria weise.

»Außerhalb bin ich nicht lange genug wach, um mich zu unterhalten«, entgegnete Freddy.

»Wenn du dich endlich einmal wieder verlieben würdest, käme das ganz von alleine.«

»Kannst du immer nur an das Eine denken?«, fragte Freddy genervt.

»Selbstverständlich, zumindest bis ich wieder einen Mann habe«, antwortete Maria schnippisch mit dem Blick eines Anglers, wenn der Fisch angebissen hat. »Dann kommt das An-unangenehme-Dinge-Denken schon schnell genug.« Maria war immer so, wenn sie auf der Suche war. Freddy kannte das schon. Aber da sie nie lange Pausen zwischen ihren Beziehungen entstehen ließ, hielt dieser Zustand nicht lange vor.

Wenn ich es nicht schaffe, Maria zu überzeugen, dann kann ich es gleich lassen, dachte Freddy. »Es ist eine einmalige Chance«, sagte sie flehend. »Ich will es ein halbes Jahr probieren. Falls es nicht klappt, suche ich mir eben wieder eine neue Stelle. Wenn ich sparsam bin, reicht der Lottogewinn bis dahin. Ich bin dermaßen ausgelaugt, ich kann nicht mehr. Wenn die Kinder nicht wären, dann würde ich ein Sabbatjahr nehmen und überhaupt nicht arbeiten. Aber ich kann nicht zehn Jahre warten, bis beide aus dem Haus sind.« Dieses Argument verstand Maria, da sie selbst von Zeit zu Zeit unbezahlten Urlaub nahm, weil sie sonst ihre Arbeit nicht überstehen würde.

»Ich stelle mir so eine Mischung aus Detektivbüro und Lebensberatung vor. Dafür bin ich bestimmt hervorragend geeignet. Ich habe unendlich viel Geduld.« Außer bei meinen Kindern. »Ich habe eine juristische Vorbildung«, zählte sie weiter auf. »Ich kann hervorragend zuhören. Vielleicht reicht das manchmal schon.« Maria nickte und sah etwas weniger streng aus.

»Wahrscheinlich bin ich nur so strikt dagegen, weil ich neidisch bin. Manchmal kann ich meine geschlagenen Frauen nicht mehr aushalten und würde auch am liebsten aussteigen. Aber was kann man als Sozialarbeiterin schon werden? Einmal Sozialarbeiterin, immer Sozialarbeiterin.« Maria hatte zuweilen einen Hang zur Selbstkritik. Freddy lächelte sie erleichtert an. Eine Hürde geschafft, dachte sie. Und erinnerte sich bei diesem Bild sofort an Marias letztes Turnier, wo sie alle Hürden elegant übersprang, aber trotzdem nur Zweite wurde. Reiten war eine ihrer Leidenschaften. Sie fand es ungeheuer entspannend, auf dem Rücken eines Pferdes zu sitzen. Freddy schüttelte sich, niemand brächte sie je auf ein Pferd. Diese Tiere waren viel zu hoch. Aber Maria hatte zu ihrem Bedauern noch nie einen Mann gefunden, der auch ritt. Deshalb versteckte sie am Anfang einer Bekanntschaft ihre Reitstiefel. Männer fürchten sich vor Reiterinnen, sagte sie einmal auf eine Nachfrage Freddys. Freddy fand das verwunderlich, aber Maria kannte sich auf diesem Gebiet besser aus. Nach Freddys Erfahrungen fürchteten sich Männer vor vielem, unter anderem vor Frauen mit Kindern; allerdings auch vor Frauen ohne Kinder.

»Wie willst du eigentlich auf dich aufmerksam machen?«, unterbrach Maria Freddys Gedanken.

»Ich habe Anzeigen in Frankfurt und Umgebung geschaltet«, antwortete Freddy. »Viel auswärts arbeiten kann ich mit den Kindern sowieso nicht. Und Hans will ich fürs Erste nichts davon erzählen. Er wird auf jeden Fall dagegen sein. Das kann er später immer noch.« Maria nickte zustimmend.

»Und wenn niemand antwortet?«

»Das werde ich dann sehen. Man kann nicht alles im Voraus planen. Dann mache ich mir ein paar schöne Monate und lese und denke nach. Vielleicht fällt mir mit der Zeit ja noch ein Alternativberuf ein.«

*

Als eine Woche später immer noch niemand ihre Dienste in Anspruch genommen hatte, wurde Freddy langsam nervös. Sie dachte an Maria und biss die Zähne zusammen. Dann stand sie auf und holte ihre Patience-Karten aus der Schublade. Sie wusste, wenn die Schwierigste aufging, klappte es. Sie mischte die Karten, legte eine Reihe offen, eine verdeckt, eine offen, eine verdeckt und die letzte wieder offen auf den Tisch und spielte konzentriert. Das erste Spiel ging nicht auf, sie mischte die Karten erneut. Nach vier Stunden überlegte sie, ob sie betrügen sollte. Maria tat das gelegentlich und fand nichts dabei. Freddy konnte es nicht. Nach sechs Stunden stand Tobias vor ihr und starrte auf den Tisch.

»Du müsstest aus dem Alter heraus sein, in dem man die Zeit verspielt«, sagte er sarkastisch. Dann reckte er sich, presste eine Hand auf sein Herz und sank langsam zu Boden. Liegend hauchte er: »Ich sterbe den Hungertod, und du legst Karten!«

»Geduld, Geduld«, antwortete Freddy und fächelte mit ihrer Hand, als verscheuchte sie eine lästige Fliege. »Ich spiele um unsere Zukunft.« In diesem Moment deckte sie die letzte Reihe auf und sah, sie hatte gewonnen.

Zur Feier des Tages spendierte sie Pizza.

3

Einige Tage später, als sie versonnen ihren nagelneuen Gewerbeschein betrachtete und überlegte, wie lange der Lottogewinn wohl reichen würde, klingelte das Telefon. Ihr erster Klient. Falsch, ihre erste Klientin. Eine Frau Sommer aus Erkner wollte sie engagieren.

»Wo liegt Erkner?«, fragte Freddy.

»Es ist ein Dorf in der Nähe von Berlin.« Frau Sommer besaß eine tiefe Stimme, die Freddy gut gefiel.

»Da kann ich Ihnen leider nicht helfen. Ich habe Kinder, ich kann nicht längere Zeit von Frankfurt fort.« Das ist wirklich schade, dachte Freddy.

Frau Sommer lachte leise. »Ich bin sicher, ich finde ein Mittel, Sie zu überzeugen.«

Damit legte sie auf. Freddy schüttelte den Kopf und schaltete den Anrufbeantworter ein.

*

Zwei Tage später kam mit der Post ein Scheck über 3 000 Euro Vorschuss und eine Einladung nach Erkner. »Es geht um eine Sache in Frankfurt, Sie müssen sich um Ihre Kinder keine Gedanken machen. Ich kann hier nur zurzeit nicht weg. Kommen Sie her, und ich erkläre Ihnen alles.« Damit endete der Brief.

Beim Abendessen erzählte sie den Kindern, dass sie für zwei Tage nach Berlin fahren müsse.

»Und wer kocht für uns?«, fragte Tobias pampig.

»Du natürlich. Ich bitte dich, wir haben schließlich eine Mikrowelle. Du wirst doch wohl in der Lage sein, Gerichte aus der Tiefkühltruhe zuzubereiten! Und wenn du jetzt wieder mit den Jungen aus deiner Klasse anfängst, vergesse ich meine pazifistische Grundhaltung.«

Tobias duckte sich vorsichtshalber und murmelte etwas von diesen angeblich antiautoritären Weibern, die ihr Friedensmäntelchen nach ihren egoistischen Bedürfnissen an- und ausziehen.

Freddy drehte sich zu ihm hin und sagte scharf: »Antiautoritär zu sein, ist ein Vorwurf, den ich nicht auf mir sitzen lasse; du weißt genau, dass ich autoritär bin bis auf die Knochen und auch immer war. Ganz im Gegensatz zu deinem Vater, das waren die heftigsten Auseinandersetzungen mit ihm. Er wollte immer, dass ich euch antiautoritär erziehe, und er auf diese Weise überhaupt nichts damit zu tun hatte. Nur weil er meine autoritären Erziehungsversuche nicht ertragen konnte, musste er sich doch immer einmischen. Wahrscheinlich war das der eigentliche Grund unserer Trennung, es war ihm zu anstrengend.«

Caro gickelte, Tobias schmiss die Serviette auf den Tisch und verließ die Küche. Freddy überlegte, ob sie ihm hinterhergehen sollte, um ihn zu zwingen, den Tisch abzuräumen, was zu seinen wenigen Haushaltspflichten gehörte, verzichtete dann aber. Berlin reicht, entschied sie.

Caro streichelte ihren Arm »Ich kann doch auch kochen, zumindest mit der Mikrowelle.«

»Dein Bruder ist 16 und du bist zehn.« Ich wünschte, er wäre erwachsen, dachte Freddy und überlegte, wann er wohl ausziehen würde.

»Ja, aber weißt du, Mama, wenn ich selbst koche, habe ich ganz bestimmt immer was zu essen. Und mir macht das wirklich nichts aus, ich hab das ganz gern. Wenn ich das meinen Freundinnen erzähle, werden sie ganz neidisch sein. Ganz allein im Haus, und dann auch noch kochen.«

»Okay, Caro, mach es, wie du denkst, aber bitte guck dir nicht die ganze Nacht Horrorfilme an. Du würdest morgens in der Schule todmüde sein, und es ist niemand da, zu dem du ins Bett kriechen kannst. Ich bezweifle, dass sich dein Bruder dafür zur Verfügung stellen würde.«

»Nein, glaub ich auch nicht, ich verspreche es. Rufst du auch jeden Tag an?«

»Klar, mein Schatz. Ich muss mir doch Sorgen machen können, wenn ich euch nicht erreiche, sonst würde ich es womöglich vergessen.«

*

Nachdem Freddy das halbe Haus mit Zetteln wie »Kater füttern«, »Haustür abschließen«, »Blumen gießen«, »Wie bediene ich die Mikrowelle?«, »Kühltruhe geschlossen?«, »Gasherd abgeschaltet?« gepflastert hatte, fuhr sie nach Berlin.

Der ICE war überfüllt. Sie hatte keine Zeit für eine Reservierung gehabt, sodass sie sich von Stadt zu Stadt neue Sitzplätze erobern musste. Zwischendurch spielte sie mit dem Gedanken, sich aufs WC zurückzuziehen, musste das Vorhaben aber verwerfen, da ungefähr die Hälfte der Toiletten defekt und die andere Hälfte von Menschentrauben umlagert war. Es war also nichts mit der gemütlichen Lesereise, die sie sich vorgestellt hatte. Sie sinnierte, was wohl schlimmer war, heute mit dem ICE oder früher durch die DDR. Ich bin genervt, dachte sie. Die Lösung ist doch eindeutig: die DDR. Am Berliner Ostbahnhof ergründete sie schnell – dank des hervorragenden S-Bahn-Planes –, wie sie nach Erkner kam. Es gab eine Direktverbindung.

Erkner war ein verschlafener Ort mit viel Kopfsteinpflaster, was ihrem kleinen Rollkoffer Mühe bereitete. Er hopste schwankend die Steine entlang wie ein betrunkenes Kaninchen. Es waren nur wenige Leute unterwegs, und die wenigen starrten sie unverhohlen an. Wo bin ich hier gelandet?, dachte Freddy. Das letzte Mal war sie vor fünfzehn Jahren so angestarrt worden. Das war in Stuttgart, und Freddy hatte sich aus Versehen die Haare blau gefärbt.

Glücklicherweise hatte Frau Sommer ihr am Telefon den Weg genau beschrieben, und sie musste niemanden fragen. Sie ging langsam und betrachtete die Häuser. Viele waren schon im westlichen Einheitsweiß gestrichen, es gab nur noch vereinzelte in den verwaschenen Pastellfarben, mit denen sie DDR oder Süden assoziierte. Freddy bedauerte, dass sie keinen Fotoapparat mitgenommen hatte.

Dann stand Freddy vor einem kleinen Häuschen mit verwildertem Garten. Sie klingelte bei Sommer. Die Tür wurde schwungvoll geöffnet.

»Guten Tag, mein Name ist Hartmann«, sagte Freddy und betrachtete Frau Sommer.

»Oh, wie schön, kommen Sie rein.« Frau Sommer war groß und schlank und rothaarig. Ein Männertraum, dachte Freddy, außer für solche, die sich vor Hexen fürchten.

Frau Sommer führte sie in ein kleines Wohnzimmer, das mit Möbeln unterschiedlicher Stilrichtungen voll gestopft war, aber dadurch gemütlich aussah. Sie räumte eine Strickjacke von einem Sessel und bot Freddy mit einer Handbewegung Platz an. Vom Sofa erhob sich mit langsamen Bewegungen ein großer brauner Hund und starrte Freddy lautlos an.

»Das ist Rapunzel«, sagte Frau Sommer. »Darf ich vorstellen?« Sie zeigte auf Freddy. »Das ist eine Freundin«, sagte sie zu dem Hund.

Er betrachtete Freddy immer noch und begann jetzt mit dem Schwanz zu wedeln. Der Hund war ein Bullterrier beziehungsweise bei diesem Namen wahrscheinlich eine Bullterrierin. Vielleicht hätte ich nicht an Hexen denken sollen, überlegte Freddy. Manchmal glaubte sie, dass Gedanken Situationen beeinflussen konnten.

»Sie ist freundlich, wenn man höflich zu ihr ist«, sagte Frau Sommer und lächelte. Dann setzte sie sich auf das Sofa, Rapunzel legte sich auf ihre Füße und schien einzuschlafen.

»Bevor wir anfangen«, sagte Freddy verlegen. »Sagen Sie mir doch, wieso Sie ausgerechnet auf mich verfallen sind. War meine Anzeige besonders gut?« Ich kann ihr ja schlecht sagen, dass sie mein erster Fall ist.

Frau Sommer grinste. »Sie war besonders leise. Im Gegensatz zu den Anzeigen der anderen beiden Detektive, bei denen ich vorher angerufen habe. Es war klar, dass sie den Fall lächerlich fanden. Aber Geld ist Geld. Im Grunde sind sie mit mir umgesprungen wie die Polizisten. Das erkläre ich Ihnen gleich. Sie waren mir einfach sympathisch. Reicht das als Antwort?«

Freddy nickte.

»Es geht um meine Mutter. Sie ist vor etwa einem Monat eine Treppe heruntergefallen und nach ein paar Tagen an den Verletzungen gestorben, ohne das Bewusstsein wiedererlangt zu haben. Die Polizei hat die Sache zwar untersucht, aber als Tod infolge Unfall zu den Akten gelegt. Schreckliche Sprache, finden Sie nicht?« Frau Sommer sah Freddy traurig an.

Freddy sehnte sich nach einer Zigarette, bis sie sich daran erinnerte, dass sie ja Nichtraucherin war. Sie trommelte mit den Fingern auf die Sessellehne. »Und was denken Sie?«

Frau Sommer strich nervös über ihren Rock. »Ich glaube, sie wurde ermordet.« Sie zündete sich eine Zigarette an.

»Warum sollte man eine alte Frau ermorden?«, fragte Freddy und kam fast um vor Sehnsucht, als sie den Rauch roch.

»Das hat die Polizei auch gefragt. Alte Damen fallen häufig Treppen herunter, haben sie gesagt.« Sie zog aufgebracht an ihrer Zigarette.

»Und wieso glauben Sie das nicht?« Ich würde es auch nicht glauben, dachte Freddy. Ihre Mutter fuhr unentwegt in den Urlaub und würde gewiss keine Treppe herunterfallen. Sie schwamm und wanderte, außerdem gehörte sie einem Fechtclub an. Die Sportlichkeit habe ich nicht von ihr geerbt. Freddy versuchte sich daran zu erinnern, wo ihre Mutter gerade war.

»Meine Mutter ist nach Frankfurt gefahren, weil sie kleinen privaten Ermittlungen im Zusammenhang mit dem Tod meines Vaters nachging. Ich glaube, sie hatte etwas herausgefunden.« Frau Sommer stockte, ein paar Tränen liefen ihre Wange hinunter.

Freddy hob den Kopf und sah sie neugierig an. »Zwei Tote hintereinander? Woran ist denn Ihr Vater gestorben?«

»Das ist eine lange Geschichte. Meine Eltern waren nicht verheiratet, und es gab schon seit Jahren keinerlei Kontakt mehr. Meine Mutter hat, noch zu DDR-Zeiten, versucht herauszufinden, wo er wohnte. Nach der Grenzöffnung hat sie das systematischer betrieben. Schließlich fand sie ihn, er lebte in Frankfurt und war ziemlich reich. Irgendwie hatte sie herausbekommen, dass er regelmäßig geführte Busreisen unternahm, Schlösser und Burgen, so was. Und dann fuhr sie eines Tages mit. Das war im Februar, und als sie gerade die Burg Königstein besichtigten, stürzte er einen Abhang hinunter und starb auf der Stelle. Er war ein absolutes Schwein, und warum Mama nicht glücklich über seinen Tod war und ihre Nase da reinstecken musste, ist mir ein Rätsel. Und sie hatte eine wunderschöne große Nase, wissen Sie?« Frau Sommer fing leise an zu weinen.

»Nein, weiß ich nicht, ich kannte sie ja nicht, aber haben Sie vielleicht ein Foto für mich?« Freddy fühlte sich unbehaglich. Sie würde ihre Klientin gerne trösten, wusste aber nicht, wie.

Frau Sommer drückte energisch ihre Zigarette aus. Dann

stand sie auf und schob dabei vorsichtig den Hund von ihren Füßen. Sie begann in einer Schublade zu kramen und gab Freddy mehrere Fotos. Rapunzel sah ihnen zu.

»Halt, eh ich es vergesse.« Frau Sommer suchte noch einmal in einer Schublade. Triumphierend hielt sie ein kleines Foto hoch. »Hier, das hatte meine Mutter in der Handtasche, als man sie gefunden hat. Ich habe keine Ahnung, wer das ist.«

Freddy nahm ihr das Foto aus der Hand, auf dem Bild war eine junge Frau, blond und attraktiv, sie lächelte in die Kamera. »Sie können es mitnehmen«, sagte Frau Sommer. Freddy steckte das Foto ein.

»Der Tod Ihres Vaters ist doch sicher untersucht worden, oder?«, wollte Freddy wissen.

»Selbstverständlich, damals hieß es auch, Tod durch Unfall. Sie vermuteten, dass er sich über das Geländer gebeugt und dann das Gleichgewicht verloren hat. Bei alten Leuten fragt man nicht so genau nach, glaube ich.« Frau Sommer war aufgestanden und wanderte im Zimmer umher. »Meine Mutter hatte auf dieser Busreise eine junge Frau kennen gelernt, sie war auch bei dem Sturz dabei. Und als sie dann herausfinden wollte, was wirklich geschehen ist, konnte sie bei dieser Frau, Nora Ton heißt sie, wohnen. Dort ist sie auch die Treppe heruntergestürzt. Ich gebe Ihnen die Adresse mit. Wenn Sie erst einmal mit ihr reden wollen. Sie ist sehr nett.« Sie schrieb etwas auf einen Zettel und gab ihn Freddy, die ihn gleich einsteckte.

»Warum hat Ihre Mutter ihn denn so lange gesucht?«

»Ich habe wirklich keine Ahnung. Sie hat immer gesagt, das geht dich nichts an. Vielleicht ging es um Geld.« Frau

Sommer kann nicht neugierig sein, dachte Freddy. Ich hätte so lange gebohrt, bis meine Mutter es mir erzählt hätte.

»Was haben Sie denn von Ihrem Vater geerbt?« Deshalb kann sie sich eine Privatdetektivin leisten, sinnierte Freddy. Sie kannte niemanden aus den neuen Bundesländern und ging immer davon aus, dass die meisten Leute wenig Geld hatten.

»Nichts, außerdem will ich mit diesem Schwein nichts zu tun haben!« Frau Sommer sah Freddy böse an.

»Sind Sie denn vom Nachlassgericht benachrichtigt worden?«

»Nein, nur dass ich meine Mutter beerbt habe. Das ist etwas anderes, außerdem hatte sie sowieso nichts.« Frau Sommer schien schon wieder den Tränen nahe.

»Das ist aber merkwürdig.« Freddy stand auf und wanderte im Wohnzimmer hin und her. Rapunzel verfolgte sie mit den Augen. »Besitzen Sie ein Foto von Ihrem Vater?«, fragte sie dann.

»Nein, ich habe nie eines gesehen. Ich weiß nicht, ob meine Mutter je eins besaß. Wenn, dann sind alle vernichtet.«

»Schade.« Freddy hatte das Gefühl, ein Foto hätte ihre Fantasie angeregt. »Gibt es jemanden, mit dem Ihre Mutter befreundet war? Hier aus der Gegend? Jemanden, dem sie vielleicht von ihren Plänen erzählt hat?«

»Ich glaube kaum, dass meine Mutter jemanden in ihre Pläne eingeweiht hat. Sie redete zwar viel, aber in gewisser Hinsicht war sie auch sehr verschwiegen, schon immer. Aber befreundet war sie mit Tante Marianne, Marianne Kruse; wir sind nicht verwandt, aber ich nenne sie immer noch Tante, Überbleibsel aus der Kindheit. Sehen Sie, im Haus gegenüber. Die Frau, die hinter der Gardine steht und zu uns herüberschaut. Sie stirbt bestimmt sowieso vor Neugierde, wer Sie sind. Sie wird begeistert sein, wenn Sie zu ihr gehen und Fragen stellen. Aber wundern Sie sich nicht, wenn Sie am Schluss mehr erzählt haben, als Sie Antworten auf Ihre Fragen bekommen.«

»Machen Sie sich keine Sorgen, ich kenne solche Frauen.« Freddy lachte. »Vielleicht werde ich auch einmal so werden. Gut, dann gehe ich nach drüben.« Bis vor kurzem hat das etwas ganz anderes bedeutet, erinnerte sich Freddy. Auf dem Weg nach draußen sagte sie: »Wenn Ihnen noch etwas einfällt, rufen Sie mich bitte an. Und wegen der Erbschaft, Sie sollten darüber nachdenken. Das Nachlassgericht wird Ihnen auf jeden Fall schreiben, aber vielleicht ist es klüger, Sie wenden sich selbst dorthin. Ich könnte Ihnen auch behilflich sein, wenn Sie möchten.«

»Ich werde es mir überlegen«, mit diesen Worten schloss Frau Sommer die Tür.

Der Garten des Nachbarhauses war sorgfältig gepflegt, ein Teil war mit Salat und Gemüse bepflanzt, der andere bestand aus Rasen und Blumen. Neben jeder Blume hielt ein Gartenzwerg Wache. Freddy betrachtete jeden einzelnen. Plötzlich wurde die Haustür aufgerissen, und eine kleine, weißhaarige, quirlige Person stand im Türrahmen.

»Warum kommen Sie nicht herein?«, sagte sie.

»Ich betrachte Ihre Gartenzwerge«, entgegnete Freddy fasziniert.

»Scheußlich, nicht, aber wissen Sie, mein Mann hat sie gesammelt, und ich bringe es nicht übers Herz, sie wegzuschmeißen, ganz davon abgesehen, dass wir uns über jeden dieser Zwerge gestritten haben, so etwas bindet, finden Sie nicht?«

»Hat denn Ihr Mann jetzt ein anderes Hobby?« Ich bin gespannt, wie ein Mann aussieht, der Gartenzwerge sammelt. Ob er ihnen ähnlich sieht wie Herrchen und Hund mit den Jahren?

»Nein, nein, er ist gestorben, letzten Herbst. Ich habe das ganze Haus entrümpelt, aber die Zwerge? Vielleicht in ein paar Jahren. Kommen Sie doch herein. Sie kommen von Elsa? Dann wissen Sie ja auch, wie ich heiße, aber ich sag's vorsichtshalber doch noch einmal. Kruse, geborene Hase. Können Sie sich vorstellen, wie glücklich ich war, diesen Namen loszuwerden. Ich meine, das war nicht der einzige Grund zu heiraten. Aber doch ein wichtiger, wenn ich es mir überlege. Jeder hat mich Häschen genannt. Es war fürchterlich. Oh, ich rede und rede und lasse Sie nicht zu Wort kommen. Das ist immer so bei mir. Sie müssen mich stoppen. Ich bin nicht böse deswegen, ich bin es gewöhnt. Mein Mann sagte immer, es sei ein Wunder, dass meine Kinder nicht stumm sind. Stumm sind sie nicht, im Gegenteil, sie schreien immer. Wahrscheinlich auch meine Schuld.« Sie ging voraus, und Freddy befand sich schon wieder in einem Wohnzimmer, nur war dieses hier sorgfältig aufgeräumt, und alle Möbel passten zusammen. »Kommen Sie, setzen Sie sich. Möchten Sie eine Tasse Kaffee? Ich habe gerade frischen aufgebrüht. Ich koche ihn immer noch auf die alte Art, das schmeckt besser.«

Frau Kruse verließ das Zimmer und kam mit einem Silbertablett zurück, beladen mit zwei Sammeltassen, einer

Kaffeekanne, deren Tülle mit einem kleinen Schmetterling geschützt wurde, und einem Teller, der von Gebäck überquoll.

»Greifen Sie zu!« Frau Kruse setzte sich auf einen Sessel und bot Freddy Platz auf dem Sofa an.

Erst jetzt bemerkte Freddy, dass sie seit dem Frühstück zu Hause nichts gegessen hatte. »Vielen Dank, gerne. Darf ich Ihnen erst einmal sagen, weshalb ich hier bin?« Die Plätzchen schmeckten köstlich.

»Natürlich dürfen Sie, aber wissen Sie, ich habe immer gerne Besuch. Auch ohne Grund.« Sie ist einsam, dachte Freddy. Werde ich auch so enden?

»Mein Name ist Hartmann. Ich bin Detektivin«, sagte sie und fühlte sich wie eine Hochstaplerin. Es weiß ja keiner, dass ich gerade erst angefangen habe, dachte sie dann. »Ich untersuche den Tod von Frau Sommer. Ihre Tochter sagte mir, dass Sie eine Freundin von ihr waren.«

»Ja, schrecklich, nicht? Sie war ja eigentlich gesund. Wir sind schon zusammen in die Schule gegangen. Sie war zwei Jahre älter als ich, aber damals gab es noch diese gemeinsamen Klassen im Dorf. Aber das wollen Sie wahrscheinlich gar nicht wissen.«

»Nein, doch, aber nicht jetzt.« Freddy nahm ein weiteres Plätzchen. »Was mich im Moment interessiert ist: Wussten Sie, dass Frau Sommer Joseph Kant suchte?«

»Ja, das wusste ich, Hilde war schon seit Jahren ganz verrückt danach, ihn zu finden. Was ihn anging, war sie wirklich verrückt.« Frau Kruse nickte heftig, und Freddy konnte sich gut vorstellen, wie sie mit ihrer Freundin über Herrn Kant gestritten hatte.

»Was meinen Sie damit?«

»Also ganz davon abgesehen, dass sie vor 42 Jahren ein Verhältnis hatten, vor 42 Jahren, irgendwann muss doch mal Schluss sein. Das habe ich ihr wieder und wieder gesagt, aber es war völlig hoffnungslos, was Joseph anging, war sie einfach vernagelt. Außerdem konnte sie froh und glücklich sein, dass er sich nicht scheiden ließ und sie geheiratet hat. Elsa auch. Er hat doch schon seine Frau, die Trude, immer misshandelt. Solche Männer ändern sich nie.«

Wahrscheinlich hat sie jetzt nur aufgehört zu reden, weil sie Atem holen musste. »Was meinen Sie mit misshandeln?«

»Das können Sie sich doch denken, nur weil man früher nicht so offen über so etwas geredet hat, gab es das doch trotzdem. Das ganze Dorf hat es gewusst, man hat sie schreien hören. Gesehen hat man es auch manchmal. Natürlich hat niemand etwas laut gesagt, aber getuschelt haben alle. Einmal hat der Pfarrer versucht, mit ihm zu reden, da hat er ihn mit dem Stock über den ganzen Hof gejagt, das müssen Sie sich einmal vorstellen, einen Pfarrer zu bedrohen.« Frau Kruse musste erneut Luft holen, Freddy beugte sich nach vorne.

»Aber nicht nur das, er war ein böser Mensch durch und durch.« Frau Kruse wurde ganz aufgeregt. »Sie gucken so erstaunt, so etwas gibt es, glauben Sie mir, ich bin eine alte Frau, ich weiß das. Oh, ich schwätze und schwätze und vergesse ganz. Möchten Sie noch eine Tasse Kaffee und noch einen Keks? Sie sind mir wunderbar gelungen. Ich weiß, man soll sich nicht selbst loben, aber sie sind mir wirklich gut gelungen, finden Sie nicht?«

Freddy nahm einen weiteren Keks und nickte. »Ja, es sind die besten, die ich seit langem gegessen habe. Aber ich backe nicht, zum Leidwesen meiner Kinder, deshalb sind meine Vergleichsmöglichkeiten begrenzt. Was hat er denn noch getan, dass Sie sagen, er sei böse?«

»Damals, Elsa war glaube ich zwei, da ist er mit Trude in den Westen geflohen.«

»Aber das taten doch viele, was ist daran böse?« Freddy fühlte sich auf unsicherem Terrain.

»Nichts natürlich, Sie müssen mich ausreden lassen.« Freddy musste grinsen. »Er hat vorher Hilde als Republikflüchtling angezeigt. Sie kam ins Gefängnis und Elsa ins Heim. Es war schrecklich, und einige Monate, nachdem sie im Gefängnis saß, ist er dann selbst abgehauen. Sie konnte nie beweisen, dass sie nicht vorhatte, in den Westen zu gehen. Und so haben sie ihr immer Schwierigkeiten gemacht.«

»Was hieß das: Schwierigkeiten?« Freddy hatte wenig Vorstellungen, wie das Leben in der DDR war. Sie erinnerte sich vage an ihre Kindheit, als ihre Mutter Päckchen »nach drüben« schickte und Kerzen ins Fenster gestellt wurden als Zeichen der Verbundenheit. Heute nennt man das Solidarität.

»Sie durfte nie das arbeiten, was sie wollte und auch konnte, wissen Sie, eigentlich war sie Krankenschwester. Sie musste immer die schlechteren Arbeiten annehmen und war auch immer die Erste, die umverteilt wurde. Das hatte mit der Qualität ihrer Arbeit gar nichts zu tun. Dadurch hat sie natürlich immer ganz wenig verdient, das hat sich dann auch bei ihrer Rente bemerkbar gemacht. Er hat ihr Leben ruiniert.«

Freddy hatte, ohne es zu merken, den ganzen Teller Kekse aufgegessen. Frau Kruse erhob sich, diesmal wortlos, und brachte erneut einen gefüllten Teller, wofür Freddy sie dankbar anlächelte.

»Unterhalt hat er natürlich auch nie gezahlt oder sich irgendwie sonst um sein Kind gekümmert. Er hat Elsa nie etwas zum Geburtstag geschenkt, nicht einmal eine Karte, nichts, es war, als existierte er nicht.«

»Aber das machen doch viele Männer!«

»Ihrer auch, stimmt's?«

Freddy nickte ein wenig. »Na ja, Unterhalt zahlt er, und die Geburtstage vergisst er auch nie. Gelegentlich nimmt er sie auch übers Wochenende.«

»Aber finden Sie das nicht böse?«

»Ich habe mir das so nie überlegt, ich bin daran gewöhnt, eigentlich finde ich es fast normal. Außerdem ist es bei uns etwas anderes. Mein Exmann wollte auch das Sorgerecht, und er ist immer noch beleidigt, dass er es nicht bekommen hat.« Freddy dachte, ich muss den Absprung schaffen, sonst verbringe ich den Abend mit Frau Kruse. »So, das reicht erst einmal, ich muss gehen, aber ich wohne in der Nähe, ich rufe Sie morgen noch einmal an.« Freddy stand auf.

»Ja, gerne, kommen Sie doch noch einmal vorbei. Vielleicht zum Mittagessen, das würde mich sehr freuen, wirklich.«

Frau Kruse war auch aufgestanden und brachte Freddy zur Tür.

»Soll ich Ihnen ein Taxi rufen, aber es wird etwas dauern.«

»Nein danke, mein Hotel ist ganz in der Nähe. Ich laufe gern ein wenig. Abgesehen davon, dass es meiner Figur gut tut.«

»Aber Sie sind doch schlank.«

»Das ist eine Definitionsfrage«, sagte Freddy und dachte, erzählen Sie das meinem Sohn. Sie verabschiedete sich.

Anschließend ging Freddy zum See und lief am Ufer entlang. Das war zwar ein kleiner Umweg, aber den brauchte sie jetzt. Sie hatte mit dem Hotel übertrieben, Frau Sommer hatte ihr ein Zimmer in einer kleinen Pension gemietet, deren Familienanschluss man nur durch geschicktes Anschleichen beim Betreten des Hauses entgehen konnte. Das hatte ihr Frau Sommer verraten. Heute konnte sie dem Anschluss nicht entgehen, weil sie sich erst anmelden musste. Außerdem sollte es ein gutdeutsches Abendessen geben. Weder Caro noch Tobias wollten je deutsch essen, und selbst die gelegentlichen Essenseinladungen, die Freddy erhielt, endeten nie in einem deutschen Restaurant, sondern beim Italiener, Spanier, Inder oder Thai.

Kaum hatte sie die Pension betreten und ihren Namen genannt, winkte die Frau hinter dem Empfang aufgeregt und deutete auf das Telefon. Sie hatte offensichtlich die Angewohnheit, das, was sie sagte, mit deutlichen Gesten zu unterstreichen, und rief: »Ihre Tochter hat angerufen. Ich glaube, sie ist ganz durcheinander. Sie weinte, aber ich habe nicht rauskriegen können, was los ist. Sie sollen sofort zu Hause anrufen.«

Freddy lehnte das sofortige Telefonat am Empfang ab und ging in ihr Zimmer. Caro war nach dem ersten Klingeln am Telefon und tatsächlich ziemlich aufgelöst.

»Was ist los?«, fragte Freddy besorgt.

»Zuerst ist Mao nicht nach Hause gekommen und dann Tobias auch nicht. Und ich habe mich so gefürchtet, da habe ich Hans angerufen.« Caro schluchzte. »Und jetzt ist er da und tobt. Es tut mir Leid, ich wollte nicht, dass du Ärger kriegst, aber ich wusste nicht …«

Freddy unterbrach sie: »Sind die beiden denn jetzt zu Hause?«

»Tobias ja, er sieht schrecklich aus und hält sich die ganze Zeit einen Waschlappen mit Eiswürfeln an die Stirn. Essen kann er auch nichts, sagt er. Aber Mao nicht. Er ist doch noch nie so lange weggeblieben.«

»Vielleicht habt ihr vergessen, ihm etwas zu essen hinzustellen?« Bestimmt, dachte Freddy.

»Ich weiß nicht, es ist doch Tobias' Kater.«

»Aber Caro, du kennst doch deinen Bruder. Wir werden ihn suchen. Ich komme morgen nach Hause, aber erst spät. Ich muss noch mit ein paar Leuten hier reden. Warum tobt Hans denn?« Interessiert mich das wirklich?

»Er sagt, du würdest dich nicht richtig um uns kümmern. Und er hätte von Anfang an gesagt, dass wir zu ihm kommen sollen. Aber es hätte ja niemand auf ihn gehört.«

»Stimmt, das hat er«, murmelte Freddy. »Du kannst ihm sagen, dass ich morgen komme und dass er ruhig zu seiner Frau zurückkehren kann.«

»Ich glaube nicht, dass er gehen wird, er ist wirklich ziemlich sauer, echt.« Das kann ich mir vorstellen, Freddy erinnerte sich an die endlosen Auseinandersetzungen wegen des Sorgerechts. Hans' neue Frau arbeitete nicht und wollte sich ganz den Kindern widmen. Schließlich entschieden Tobias und Caro, sie wollten bei Freddy bleiben.

»Dann soll er eben bleiben und euch etwas zu essen kochen. Außerdem kann er den Kater suchen. Auf Wiedersehen, mein Schatz, schlaf schön und rege dich nicht so auf. Es wird schon wieder.«

»Tschüss, Mama«, sagte Caro und wirkte beruhigt.

Freddy ging unter die Dusche und zog sich um. Das Abendessen entsprach ihren Erwartungen, die Fleischportion war ein wenig zu üppig geraten, aber die Soßenmenge auch, das war das Entscheidende. Die Hotelbesitzerin versuchte diskret, den Grund des Anrufs herauszubekommen. Freddy hatte damit gerechnet und konnte deshalb, ohne ärgerlich zu werden, immer wieder beruhigend »Es ist alles in Ordnung, so glauben Sie mir doch« sagen. Die Hotelbesitzerin war keineswegs überzeugt, gab aber nach einigen Versuchen auf. Freddy aß zwei Portionen, trank zwei Gläser Wein und ging dann in ihr Zimmer.

Sie beschloss, morgen zu Hause nicht auf die Waage zu steigen, und legte sich schlafen. Sie döste noch ein wenig vor sich hin, dachte an Mao und entschied, dass er bestimmt wieder auftauchen würde. Er war schon einmal ein paar Tage verschollen gewesen, Caro hatte es nur vergessen. Er war hungrig und freundlich zurückgekommen. Die Freundlichkeit hatte sich dann in wenigen Tagen wieder verloren.

4

Am nächsten Morgen regnete es. Sie frühstückte in der Pension, zahlte, bestellte ein Taxi und fuhr mit ihrem wenigen Gepäck zu Frau Kruse. Die Gartenzwerge wirkten noch auffälliger, weil die Blumen die Köpfe hängen ließen. Frau Kruse freute sich wirklich und sagte zur Begrüßung: »Ich habe Gulasch vorbereitet, das hätte ich notfalls auch einfrieren und wieder aufwärmen können. Kommen Sie nur zum Essen, oder wollen Sie noch etwas von mir wissen? Nein«, sie zog Freddy hinter sich her ins Wohnzimmer, »erst mal essen wir. Der Tisch ist schon gedeckt.« Es gab Gulasch mit Salzkartoffeln und süßen Salat.

Freddy war entzückt. »Das hab ich ja schon ewig nicht mehr gegessen.« Sie aßen schweigend, zu Freddys Überraschung. Nach dem Essen rieb sie sich den Bauch vor Wohlbehagen und sagte: »Köstlich. Frau Kruse, mir ist eingefallen, dass Sie Trude ja auch gut gekannt haben müssen, oder war sie nicht von hier?«

»Nein, sie kam aus dem Osten, aber sie hatte schon einige Jahre hier im Dorf gewohnt. Sie stammte aus einer großen Familie, und die musste Joseph nach und nach alle auf dem Hof unterbringen. Das hat ihn bestimmt gewaltig geärgert, aber damals waren die Zeiten so, selbst er hätte sich nicht getraut, die Verwandten wegzuschicken, die keine Heimat mehr hatten. Und nach der Kollektivierung verlor er dann den Hof. Das war schlimm für ihn, aber ein Gutes hatte es, er konnte die Verwandten loswerden, er hatte ja jetzt selbst nichts mehr. So war er, glauben Sie mir. Er ging dann in die Fabrik, sehen Sie da hinten, die ist jetzt längst stillgelegt. Es war eine Zuckerrübenfabrik. Und dort hat er sich lieb Kind bei den Genossen gemacht. Aber als er rüberging, hat er die Partei auch verraten.«

»Und seine Frau?«

»Trude, na ja, Trude sollte natürlich nicht arbeiten gehen, sie war schließlich seine Frau, auf dem Hof wäre es etwas anderes gewesen, aber in die Fabrik, nein. Außerdem wollte er Kinder, lauter kleine neue Josephs. Da hätte er noch ein paar mehr zum Quälen gehabt. Aber es hat ja nicht geklappt. Das hat ihn auch nicht freundlicher gemacht. Und kaum hat er was mit Hilde, schon wird sie schwanger, vielleicht war er auch deshalb so erbost, als sie es ihm gesagt hat.«

»Aber Sie sagten doch gestern selbst, das ist alles mehr als 40 Jahre her. Was ist daran heute noch wichtig oder interessant?«

»Das weiß ich wirklich nicht, wie gesagt, über das Joseph-Thema war mit Hilde nicht zu reden. Und vergessen hat sie ihn natürlich nicht. Da war Elsa, und dann wurde sie ja fast täglich an ihn erinnert durch die Schwierigkeiten, die sie hatte. Wahrscheinlich wusste von den Kadern hier niemand mehr, warum Hilde als politisch unzuverlässig galt, es war einfach so, und wenn die DDR nicht zusammengebrochen wäre, wäre es auch so geblieben.« Frau Kruse schwieg einen kurzen Moment.

»Wobei, vielleicht wäre es ihnen in den letzten Jahren lieber gewesen, sie wäre in den Westen gegangen, ein Rentner weniger. Aber sie wollte ja gar nicht. Sie kannte dort niemanden. Und Josephs Spur hatte sie auch noch nicht gefunden. Außerdem hatte sie zu wenig Geld, um größere Nachforschungen in Westdeutschland anzustellen.«

»Aber sie hat doch vor ihrem Tod Nachforschungen betrieben, da muss sie doch Geld gehabt haben.«

»Nein, das war von Elsa, sie hat nach der Wende eine ganz gute Stelle bei einer Computerfirma gefunden. Eine der wenigen von uns. Da hat sie gut verdient, tut sie auch jetzt noch, und hat Hilde immer mal was zugeschoben, manchmal auch größere Summen. Hilde hat nicht viel gebraucht, sie hat gespart. Für Reisen.«

»Wo hat sie denn gewohnt?«

»Na gegenüber. Elsa hat bei ihr gewohnt. Mit Wohnungen war es hier früher auch nicht einfach. Außerdem haben sie sich gut verstanden, meistens jedenfalls. Seitdem Elsa älter ist. Früher haben sie nur gestritten. Bestimmt hatte es auch damit zu tun, dass Elsa so lange im Heim war. Drei Jahre sind eine lange Zeit. Und dann kam jeden Tag eine von beiden, oder auch beide nacheinander zu mir, um sich auszuweinen. Ja, es gab auch andere Zeiten, aber seit Elsa erwachsen ist, sie war zwischendurch ein paar Jahre in Dresden, ist es besser. Ursprünglich hatte sie Restaurateurin gelernt. Und in Dresden gab es damals Objekte in Hülle und Fülle. Während der Ausbildung war sie auch in Polen. Oje, ich rede schon wieder zu viel.«

»Das macht nichts, aber ich habe keine Zeit mehr, mein Zug geht in einer Stunde. Vielleicht komme ich noch einmal wieder. Ich höre Ihnen wirklich gerne zu.« Das muss daran liegen, dass ich selbst immer so viel rede, dachte Freddy.

»Das sagen Sie jetzt nur so.«

»Nein, nein.« Freddy ging und winkte im Garten Frau Kruse und den Gartenzwergen noch einmal zu. Wirklich schade, dass ich keinen Fotoapparat dabei habe. Beim nächsten Mal muss ich auf jeden Fall daran denken, er gehört zur Minimalausrüstung einer Detektivin, sinnierte Freddy.

*

Die Rückfahrt im ICE ähnelte der Hinfahrt. Nur dass Freddy nicht lesen wollte, sie wollte nachdenken, aber auch das war schwierig, es war zu laut. Das nächste Mal borge ich mir Tobias' Walkman, oder ich kaufe mir selbst einen, dachte sie, als sie sich seinen Gesichtsausdruck bei dieser Frage ausmalte.

In der U-Bahn stellte sie sich ihren gemütlichen Milchkaffee vor, bis ihr einfiel, dass Hans wahrscheinlich noch auf sie wartete. Wie sie ihn kannte, würde er sich nicht beruhigt haben. Sie musste es schnell hinter sich bringen.

Als sie den Schlüssel umdrehte, wurde die Haustür von innen aufgerissen und Hans stand vor ihr. Mit »Du bist auch dicker geworden« begrüßte ihn Freddy.

So in seiner vorbereiteten Anklagerede unterbrochen, schnaubte er erst einmal, um dann loszulegen. »Was denkst du dir eigentlich? Du lässt die Kinder allein, um irgendwelchen spinnerten Ideen nachzurennen. Was hätte alles geschehen können!«

»Wie es aussieht, ist ja nichts passiert, außer dass du nach langer Zeit wieder zwei Tage mit deinen Kindern verbracht hast«, entgegnete Freddy scharf. Caro und Tobias beobachteten die beiden, ohne ein Wort zu sagen. »Warum regst du dich nicht etwas ab, und wir trinken gemeinsam einen Kaffee, und danach gehst du wieder zu deiner Frau, wahrscheinlich wirst du schon längst sehnsüchtig erwartet?«, sagte Freddy und ging voraus in die Küche, um seine Antwort gar nicht erst abzuwarten.

Sie nahm den ersten Schluck ihres lang ersehnten Kaffees und wünschte sich eine Zigarette. Wann wird das aufhören?, fragte sie sich.

»Du rauchst ja gar nicht. Was ist los?« Hans starrte sie verwundert an. Er muss wirklich überrascht sein, dachte Freddy. Das ist das erste Mal seit Jahren, dass er mich ansieht. »Du hast doch noch nie auf mich gehört«, presste er dann zwischen den Lippen hervor. »Was ist passiert? Hast du einen Freund?«

Freddy lachte, Hans hatte sich nicht geändert, Fantasie gehörte keineswegs zu seinen Stärken. »Damit ist der Beweis erbracht, du hast nur aufgehört zu rauchen, weil deine Frau eine militante Nichtraucherin ist, und wahrscheinlich spielte deine Neigung zur Hypochondrie auch eine Rolle«, sagte Freddy, ohne auf Hans' Fragen einzugehen. »Du kannst gerne die Kinder häufiger in euer rauchfreies Zuhause einladen. Mit gutem Beispiel vorangehen, sagst du doch immer.« Hans biss verärgert die Zähne zusammen. Beide Kinder stöhnten aus verschiedenen Ecken.

Hans verabschiedete sich bald, umarmte die Kinder und ging.

»Hat er euch Geld gegeben?«, fragte Freddy. Normalerweise tat er das, um sein Gewissen zu beruhigen.

Caro nickte und Tobias presste »Schmerzensgeld« zwischen seinen Lippen hervor. »Was soll das heißen, dass wir gerne öfter zu ihm gehen sollen?«, murrte er dann.

»Das ist ganz einfach, ich werde wahrscheinlich in der nächsten Zeit häufiger abwesend sein, und ich habe nicht den Eindruck, dass das problemlos funktioniert. Offensichtlich habt ihr den Kater nicht gefüttert, und er ist geflohen. Außerdem entnahm ich Caros Berichten über deinen gestrigen Zustand, dass du viel zu viel Alkohol getrunken hast, was ich schon schlimm genug finde, aber dass du nicht nach Hause kommst und deine Schwester alleine lässt, geht wirklich zu weit.«

In Tobias' Gesicht erschien ein Anflug schlechten Gewissens. »Sie tönt doch immer rum, dass sie groß ist.«

»Schluss jetzt, geht bitte hoch in eure Zimmer, ich muss nachdenken.«

»Ich wollte Tatort gucken, geh doch in dein Büro, wenn du nachdenken willst«, schrie Tobias.

»Kannst du noch in normaler Lautstärke mit mir reden? Außerdem geht dich das nichts an, wo ich nachdenke. Ich bin total erschöpft und lege mich jetzt auf die Couch und denke nach, egal, was ihr davon haltet!«

»Aber ich habe doch gar nichts gesagt«, protestierte Caro.

»Das stimmt«, sagte Freddy freundlicher. »Aber geh trotzdem, und du auch, Tobias.«

Beide verließen beleidigt das Zimmer, Tobias drehte sich noch einmal um und meckerte: »Dann kauf mir gefälligst endlich meinen eigenen Fernseher, dann kannst du hier unten machen, was du willst und wann du willst.«

»Verschwinde«, zischte Freddy hinter ihm her.

Aber alles Nachdenken auf der Couch half nichts. Sie kam nicht dahinter, warum Hilde Sommer nach mehr als 40 Jahren noch etwas von Joseph Kant gewollt hatte, und vor allem nicht, was. Als sie bemerkte, dass ihr Kopf immer wieder auf ihre Brust fiel, ging sie ins Bad und danach ins Bett. In der Nacht träumte sie von Männern, die eine Schlucht hinunterstürzten. Vielleicht war es auch immer wieder derselbe Mann. Sie stand zu weit entfernt, um das genau zu erkennen.

5

Am nächsten Morgen, als sie in der Küche das Frühstück vorbereitete, erschien der Kater maunzend und verlangte Einlass. Beim Füttern hörte sie das Telefon klingeln, der Anrufbeantworter sprang an. Sie überlegte kurz, beschloss dann aber, doch erst mit den Kindern zu frühstücken. Sie aß viel zu unregelmäßig, seitdem sie nicht mehr im Büro arbeitete.

Tobias muffelte immer noch vor sich hin, und Caro sprach morgens sowieso nie. So konnte Freddy in Ruhe ihre Zeitung lesen.

»Ich brauche 20 Euro und deine Unterschrift«, nuschelte Tobias hinter der Zeitung.

Freddy ließ die Zeitung sinken und betrachtete sein Gesicht. »Wofür?« Er sah sie unsicher an.

»Das Geld brauche ich für die Englischlektüre, das habe ich dir schon letzte Woche erzählt. Da sieht man mal wieder, dass du mir nie zuhörst.«

Seine Züge entspannten sich, weil er ihr Vorwürfe machen konnte.

Unbeirrt fragte Freddy: »Und die Unterschrift?«

»Für die Krankmeldung.«

»Wieso warst du krank? Ich habe gehört, dass du einen Kater hattest.« Caro grinste.

»Das ist doch dasselbe«, murrte Tobias. »Ich brauche auf jeden Fall deine Unterschrift, sonst habe ich unentschuldigt gefehlt.«

»Gut für diesmal. Aber ich garantiere dir, beim nächsten Mal unterschreibe ich keine Krankmeldung, dann schreibe ich einen Brief, dass du leider einen Kater hattest und unterschreibe den.«

»Mach doch, was du willst«, schrie Tobias, nahm das Entschuldigungsschreiben und das Geld entgegen und knallte die Tür hinter sich zu. Caro zuckte zusammen und sagte mühsam: »Ich habe schon lange nicht mehr gefrühstückt, ohne dass einer von euch beiden gebrüllt hat.«

»Es ist das Alter. Irgendwann wird es besser«, entgegnete Freddy und dachte, hoffentlich. Sie gab Caro beim Aufstehen noch einen Kuss und verschwand aus der Küche.

Die Nachricht auf dem Anrufbeantworter stammte von Frau Ton. »Frau Sommer hat mich angerufen und Sie angekündigt. Ich möchte aber nicht zu Hause angerufen werden. Rufen Sie mich doch bitte in der Agentur an, vielleicht können wir uns zum Mittagessen treffen. Die Nummer ist 9734568.«

Freddy rief sofort zurück. Sie verabredeten sich um halb eins im Bistro Laffer. »Und wie soll ich Sie erkennen?«

»Ich trage ein helles Chanelkostüm, bin blond und habe einen knallroten Lippenstift«, antwortete Frau Ton. Schon wieder kein Mittagessen für die Kinder, dachte Freddy. Na ja, wenigstens kann ich noch aufräumen und saugen.

*

Im Bistro Laffer war es sehr voll, wie immer mittags, aber Freddy sah schon an der Tür Frau Ton, die einen kleinen Tisch am Fenster ergattert hatte. Ihr Lippenstift war atemberaubend rot. Sie drehte unruhig einen Kuli zwischen ihren Fingern.

»Haben Sie Hunger? Ich musste mir leider schon etwas bestellen, ich habe nur eine halbe Stunde Mittagspause, und heute kann ich unmöglich überziehen, es gibt zu viel zu tun.«

Freddy sah sich um, die meisten Gäste hatten einen üppigen Salatteller vor sich stehen. »Ja, ich habe Hunger, können Sie mir einen Salat empfehlen?«

»Die sind hier alle gut, der Koch kann erstklassige Salatsoßen herstellen, vielleicht den mit der Entenbrust?«

Freddy entschied sich für den Salat mit Entenbrust und einen Milchkaffee. »Warum darf man Sie denn nicht zu Hause anrufen?«

»Wegen Michael, meinem Freund. Wenn er mitkriegt, dass ich mich immer noch mit Frau Sommer beschäftige, wird es wieder Krach geben. Er war von Anfang an dagegen, auch dass ich sie bei mir habe wohnen lassen. Er ist ein netter Kerl, aber absolut fantasielos. Er findet, wenn die Polizei sagt, es war ein Unfall, dann war es auch ein Unfall. Es ist einfach besser, wenn er nichts davon mitkriegt. Sie können mich tagsüber in der Agentur erreichen, falls Sie mich noch einmal brauchen. Wir können uns dann ja verabreden.«

Frau Tons Essen kam, ein kleines Steak mit Rotweinsoße und Salat. Sie stürzte sich gierig darauf und fragte kauend: »Was wollen Sie wissen?« Freddys Magen knurrte.

»Erzählen Sie einfach von dieser Busfahrt, wieso sind Sie da mitgefahren?«

»Eigentlich begann alles mit einem Auftrag. Die Werbeagentur, für die ich arbeite, sollte neue Locations, also

Orte für Aufnahmen, finden. Ein Werbefeldzug für eine neue Jeans, eine deutsche Jeans, und die Umgebung sollte sehr deutsch und sehr alt sein. Deshalb habe ich diese Busreise gebucht. Es war keine richtige Reise, der Bus holte uns jeden Morgen in Frankfurt ab und brachte uns abends wieder zurück. Jeden Tag ein paar Burgen und Schlösser, alles mit Führer. Da habe ich sie kennen gelernt. Wir haben uns angefreundet, wirkt merkwürdig, nicht? Immerhin war sie Jahrzehnte älter. Ich war fasziniert von ihr, sie war so gar nicht, wie ich mir eine alte Frau aus der DDR vorstellte, nicht, dass ich viele ältere Leute kenne. Sie war so energiegeladen und wirkte immer ganz zufrieden. Außerdem war sie eine Dame, ich denke immer an sie als ältere Dame, eigenartig. Was sie damals an mir fand, weiß ich nicht, sie suchte wohl eine Verbündete. Ich war mit Abstand die Jüngste, vielleicht habe ich sie einfach an ihre Tochter erinnert.« Freddy hörte aufmerksam zu und rührte ihren Milchkaffee, damit er kälter wurde.

»Und dann stürzte dieser eklige Mann bei der Burg Königstein zu Tode.«

»Wieso war er eklig?«, erkundigte sich Freddy.

»Er hat seine Frau die ganze Zeit schlecht behandelt. Es wirkte nicht, als hätte er nur an diesem Tag schlechte Laune. Es wirkte normal, und dann fiel er. Sind Sie schon einmal mit einer älteren Dame einen unwegsamen Hügel hinuntergeklettert? Einen Hügel wohlgemerkt, den gerade ein Mann hinabgestürzt war?«

»Nein, natürlich nicht«, Freddy verschluckte sich beinahe. »Aber warum taten Sie es?«

»Weil sie einfach losgestürmt war in ihrem weißen Mäntelchen und Gesundheitsschuhen. Ich hatte glücklicherweise meine Turnschuhe an. Ich wollte sie nicht allein lassen. Im Grunde habe ich nicht überlegt, ich bin einfach hinterher. Sie war zuerst unten. Aber wir kamen zu spät, man sah es sofort. Sie zog ihren Mantel aus und breitete ihn über die Leiche.«

»Und dann, was geschah dann?« Frau Ton gefiel Freddy.

»Dann fand sie das Foto. Seine Brieftasche war aus dem Mantel gerutscht und das Foto herausgefallen.«

»Welches Foto?«, fragte Freddy aufgeregt.

»Sie wusste auch nicht, wer sie war: eine blonde Frau, die lachte. Hilde betrachtete es kurz und steckte es dann ein. Sie hat das Foto nie mehr erwähnt.«

Freddy zog ein Foto aus ihrer Handtasche. »War es das?«

Frau Ton nickte stumm. »Dann nahm sie ein anderes Foto und steckte es in die Brieftasche des Toten.«

»Warum das denn? Und wer war auf dem anderen Foto?«, fragte Freddy verwirrt.

»Keine Ahnung, warum. Auf dem Foto war auch eine junge Frau, aber sie hatte rote Haare. Ich konnte es nicht richtig betrachten, es ging alles so schnell. Später kam die Polizei und stellte Tod durch Unfall fest. Hilde hat mir hinterher erzählt, dass sie diesen Mann kannte, also von früher her kannte, das Ganze war schon mehr als 40 Jahre her, und dass sie diese Fahrt nur gemacht hat, um ihn zu verfolgen, ihn und seine Ehefrau. Und dass sie davon überzeugt war, dass Joseph Kant, so hieß er, ermordet wurde.« Frau Ton aß zügig, und dabei gelang es ihr, ihren Lippenstift nicht zu verschmieren. Ich könnte das nie, dachte Freddy fasziniert.

»Wie kam sie denn auf die Idee?«

»Ich habe keine Ahnung. Er hat immer mit seiner Frau geschimpft, wie langsam sie sei und dass sie die ganze Gruppe aufhalte.«

»Nur weil man von jemandem beschimpft wird, muss man ihn ja nicht gleich umbringen.«

»Nein, natürlich nicht, aber sie wirkte so voller Hass, und außerdem hatten wir ja auch beide ihr Gesicht gesehen, als er stürzte, es war sehr beunruhigend, glauben Sie mir.«

»Nun gut, und dann, was geschah dann weiter?«

»Hilde wollte das Ganze nicht auf sich beruhen lassen. Sie fuhr zwar zunächst nach Berlin zurück, kam aber dann nach Frankfurt, weil sie die Sache aufklären wollte. Sie hat bei mir gewohnt, was Michael nicht passte, dabei störte sie gar nicht, aber ihm war einfach schon eine andere Person in meiner Wohnung zuwider. Abgesehen davon, war sie unheimlich oft unterwegs.« Frau Sommer muss sehr überzeugend gewesen sein, wenn sie ihretwegen Krach mit diesem Michael riskierte, dachte Freddy.

»Und dann, es war am selben Tag, als sie Frau Kant besuchen wollte, ich denke, sie hatte es auch getan, da ist sie bei mir die Stufen im Treppenhaus heruntergefallen, fiel ins Koma, und drei Tage später war sie tot. Und die Polizei hat wieder Tod durch Unfall festgestellt. ›Was ist daran so ungewöhnlich, wenn eine alte Frau die Treppe herunterfällt?‹, haben sie mich gefragt. Und Michael hat mir dieselbe Frage gestellt. Er würde übrigens ausrasten, wenn er wüsste, dass ich hier bei Ihnen sitze.« Frau Ton sah auf die Uhr und erschrak. »Ich muss gleich gehen.«

»Einen Moment noch. Was meinten Sie damit, Frau

Sommer kannte ihn vor Jahren? Das ist doch kein Grund, jemanden zu verfolgen.«

»Sie müssen sich schon ganz gut gekannt haben, er war der Vater ihrer Tochter. Aber sie hat über diese Zeit nicht viel erzählt. Dass er der Vater ihrer Tochter war, hat sie mir auch erst nach seinem Tod in Frankfurt verraten.«

Freddy bestellte sich noch einen Milchkaffee. »Ist Ihnen jemand aufgefallen bei diesem Ausflug?«

»Ich glaube, die Auffälligste war ich«, kicherte Frau Ton.

»Das kann ich mir vorstellen«, lachte Freddy mit.

Frau Ton beruhigte sich wieder. »Doch, es gab jemanden, aber ich glaube, ich habe ihn nur bemerkt, weil er mindestens 20 Jahre jünger war als die anderen.«

»Wie sah er denn aus?«

»Groß, schlank, schwarzes Bärtchen und dazu hellblonde Haare. Außerdem trug er fast die ganze Zeit eine Sonnenbrille. Dabei schien keine Sonne.«

»Und wie alt war er?«

»Vielleicht 35.«

»Sprach er mit Herrn Kant?«

»Nein, zumindest ist es mir nicht aufgefallen.«

»Vielleicht sollte ich mich in die Höhle der Löwin wagen. Was meinen Sie?«

Frau Ton kräuselte die Nase. »Ich weiß nicht, dann ist Frau Kant vorgewarnt.«

»Ich werde heute Nachmittag erst einmal versuchen, aus Ihren Hausbewohnern etwas über den Tag herauszukriegen, an dem Frau Sommer starb.«

»Die Polizei hat das auch schon versucht, allerdings ohne Erfolg. Aber bestimmt haben sie es nicht besonders intensiv versucht. Ich kenne auch niemanden richtig. Ich wohne nämlich erst seit kurzem da und arbeite sehr viel. Im ersten Stock lebt eine nette ältere Frau, die meistens zu Hause ist. Sie heißt Frau Halbe. Im Erdgeschoss wohnt ein Alkoholiker, das ist der Hausmeister, Herr Steffen, aber mit dem ist wahrscheinlich nicht viel anzufangen. Wann immer ich ihn bisher brauchte, hat er nicht aufgemacht, ans Telefon geht er auch nicht.« Frau Ton sah auf die Uhr und ergriff hektisch ihre Handtasche. »Hören Sie, ich muss gehen. Ich zahle für Sie mit. Und denken Sie daran, nur in der Agentur anrufen.« Damit stürzte Frau Ton an die Theke und zahlte beim Kellner.

Freddys Bestellung kam jetzt erst, und sie konnte in Ruhe den Salat essen. Die Soße war so gut, dass Freddy Brot nachbestellen musste, das der Kellner sichtlich missmutig auch brachte. Danach gönnte sie sich noch einen Milchkaffee. Sie ließ 2 Euro auf dem Tisch liegen und ging dann zu Nora Tons Haus.

Es war ein kleines, älteres Mietshaus mit winzigen Balkonen. Im Erdgeschoss öffnete niemand. Danach versuchte sie es im ersten Stock. Sie hatte Glück, der Summer ertönte. Sie kam in ein altes Treppenhaus, das schon längere Zeit nicht renoviert worden war. Die Holzstufen der Treppe waren in der Mitte abgetreten, das Treppengeländer schwankte. Als Freddy im ersten Stock ankam, stand bereits eine kleine ältere Dame im Türrahmen. Ihr Kopf wackelte ein wenig, und die rechte Hand, die sie Freddy zur Begrüßung hinhielt, zitterte.

»Guten Tag, mein Name ist Hartmann. Ich untersuche den Tod von Frau Sommer. Sie wissen doch sicher, dass sie hier im Haus die Treppe heruntergestürzt ist?«

»Natürlich. Kommen Sie bitte herein. Ich habe sie doch gefunden, die arme Frau.«

Freddy wunderte sich, dass Frau Ton ihr das nicht erzählt hatte, und folgte Frau Halbe. Sie wurde in ein überfülltes Wohnzimmer geführt. Die Wände waren mit Fotografien übersät. Es gab ein Sofa und zwei Sessel mit kleinen Spitzenzierkissen. Freddy wurde auf einen Sessel platziert, Frau Halbe setzte sich aufs Sofa.

»Würden Sie mir genau erzählen, was passiert ist?« Schon wieder ein Wohnzimmer und schon wieder eine alte Frau, dachte Freddy.

»Ja, natürlich.« Frau Halbe zog ein Spitzentaschentuch aus ihrem Ärmel und betupfte ihre Augen. »Entschuldigung, ich muss immer weinen, wenn ich daran zurückdenke. Ich kannte sie ja nicht, das heißt, ich hatte sie ein paar Mal im Treppenhaus gesehen. Sie war bei der jungen Frau Ton zu Besuch. Aber schrecklich ist es trotzdem.«

»Wie kam es denn, dass Sie sie gefunden haben?«

»Es war nachmittags, so gegen drei. Wissen Sie, da trinke ich immer meinen Kaffee mit einem Gläschen Sherry. Gerade als ich an ihm nippte, hörte ich ein lautes Rumsen im Treppenhaus. Und als ich nach draußen rannte, da sah ich sie. Sie lag mit dem Kopf nach unten und sah irgendwie verdreht aus. Erst wusste ich nicht, was ich tun sollte. Ich habe mich nicht getraut, sie anzufassen, es heißt doch immer, man soll Unfallopfer nicht bewegen, wegen der Wirbelsäule. Dann bin ich reingelaufen und habe 112 angerufen. Die waren auch ziemlich schnell hier. Sie haben sie auf einer Trage mitgenommen. Drei Tage später ist sie gestorben, das hat mir Frau Ton erzählt. Aber das wissen Sie ja sicher.«

»Haben Sie denn sonst noch jemanden im Treppenhaus gesehen oder gehört? Oder ist noch einer der anderen Mitbewohner gekommen?«

»Nein, das hat mich die Polizei auch schon gefragt, aber ich war die Einzige. Ich bin natürlich nicht durch das ganze Haus gelaufen.«

»Hätten Sie es denn gehört, wenn zum Beispiel jemand auf Zehenspitzen die Treppe hinauf- oder hinuntergelaufen wäre?«

»Oh, ich denke schon, wissen Sie, die Treppe knarrt entsetzlich.«

»Und wenn jemand im vierten Stockwerk gewartet hätte?«, fragte Freddy.

»Nein, das hätte ich nicht gehört.«

»Hatte es vielleicht vorher bei Ihnen geklingelt, und Sie haben aufgedrückt?«

»Nein, nein. Es kommt nicht so oft vor, dass jemand bei mir klingelt. Deshalb weiß ich das ganz genau. Ich fürchte, ich kann Ihnen nicht weiterhelfen. Ich habe nichts gesehen und nichts gehört, außer dem Sturz natürlich.«

»Ja, trotzdem vielen Dank!« Freddy hatte sich erhoben und schüttelte Frau Halbe zum Abschied die Hand. Danach klingelte sie noch bei den anderen Hausbewohnern, aber niemand öffnete.

Nachdenklich ging Freddy nach Hause und versuchte ihre Selbstvorwürfe, dass sie schon wieder nicht gekocht hatte, abzuschütteln. Das schlechte Gewissen beruhigte sich sofort nach Betreten des Hauses, als ihr Sohn von der Treppe hinunterbrüllte: »Du kommst immer, wenn man dich garantiert nicht brauchen kann.« Er balancierte vier Pizzaschachteln, und aus seinem Zimmer drangen männliche Stimmen, die zum Teil noch im Stimmbruch waren.

»Hast du wenigstens Caro auch eine mitgebracht, wenn du schon so großzügig meine Haushaltskasse plünderst?«

»Du spinnst wohl, die kann doch für sich selbst sorgen. Ich bin doch nicht ihr Dienstmädchen.« Damit verschwand er in seinem Zimmer und unterstrich seine Worte mit donnerndem Zuknallen der Türe.

6

Ich muss dringend etwas einkaufen, überlegte Freddy, das wird die Stimmung verbessern. Außerdem habe ich mir schon viel zu lange nichts aus der Schule erzählen lassen. Was soll ich kochen? Schnell und billig. Ich kaufe Hackfleisch und mache Spaghetti Bolognese. Dazu gibt's einen Salat. Sie versuchte zügig durch den Supermarkt zu gelangen. Als sie schon an der Kasse stand, fiel ihr ein, dass sie wahrscheinlich keinen Espresso mehr hatte. Mist. Sie stellte ihren Wagen an die Seite, hastete an den Eingang zurück und nahm gleich vier Päckchen, damit sich das erneute Anstellen lohnte. Beim Warten betrachtete sie fasziniert, was andere Menschen in ihren Einkaufswagen hatten.

Als sie zu Hause ankam, war sie in Schweiß gebadet. Die Kinder waren noch nicht da. Es war erfreulich leise, nur der Kater maunzte. »Sei still, du hast schon was zu essen gekriegt. Geh raus und jag Mäuse. Aber ich will sie nicht wieder bewundern, hörst du.« Mao verließ beleidigt das Haus und tummelte sich im Garten. Freddy studierte die Post. Zwei Mahnungen wegen nicht gezahlter Rechnungen. Eine Mieterhöhung ihres Hausbesitzers, die aber noch Zeit hatte. Reklame. Und ein Brief aus Erkner. Was schrieb ihr Frau Sommer?

»Da ich geschäftlich in Frankfurt zu tun habe, würde ich Sie gerne besuchen. Ich komme am 17. April an, dann werde ich versuchen, Sie tagsüber zu erreichen. Wenn Sie nicht da sind, hinterlasse ich die Telefonnummer meines Hotels. Vielleicht fällt uns gemeinsam doch noch etwas ein oder auf.«

Freddy ließ den Brief sinken und sah auf den Kalender. Heute war der 14. April. Es klang nicht so, als wäre Frau Sommer etwas eingefallen. Na ja, schaden kann es nichts, entschied Freddy.

Die Haustür knallte zu, wahrscheinlich war Tobias gekommen. Sie hörte eine Tasche und Stiefel fallen, damit war es gesichert.

»Wie war es in der Schule?«

»Doof wie immer, warum fragst du eigentlich immer dasselbe?«, schnauzte er sie an.

»Es kann doch nicht immer alles doof sein, irgendetwas muss dich doch interessieren.« Freddy versuchte sich zu erinnern, wie es ihr in Tobias' Alter gegangen war. Es war alles so lange her, aber sie hatte die Schule nicht nur doof gefunden.

»Klar, wie die Eintracht gespielt hat. Aber so was interessiert die Schule nicht.«

»O. K., lassen wir das. Wie stehst du denn im Moment?«

»Lassen wir das auch, sonst kriegst du nur schlechte

Laune, ich übrigens auch. Was gibt's zu essen?«, sein Tonfall war freundlicher geworden.

»Immer, wenn ich von der Schule reden will, lenkst du ab. Ist dir das schon einmal aufgefallen?« Ich kann ihn verstehen, gab Freddy innerlich zu. Ich lasse mir auch nicht gerne unangenehme Fragen stellen.

»Da gibt's nichts zu reden. Du hast meine Frage nicht beantwortet.«

»Es gibt Spaghetti mit Hackfleisch und Salat. Ohne Kommentare, bitte. Außerdem lasse ich mich nicht immer so abspeisen. Am Wochenende verabreden wir uns und reden über die Schule. Und wehe, wenn du wieder heimlich verschwindest. Wann kommt deine Schwester?«

»Woher soll ich das wissen? In der Küche hängt doch ihr Stundenplan. Warum guckst du nicht drauf?« Damit verließ er die Küche und versetzte draußen im Flur seiner Schultasche noch einen Tritt. Mao, der sich ebenfalls im Flur befunden hatte, raste erschreckt durch die Küche wieder in den Garten.

Freddy sah auf den Stundenplan und stellte fest, dass ihr noch eine halbe Stunde blieb, vorausgesetzt, Caro kam pünktlich. Egal, dann muss sie sich eben etwas aufwärmen. Beim Kochen überlegte sie, ob sie nicht doch zu Frau Kant gehen sollte. Nein, ich warte auf jeden Fall, bis ich noch einmal mit Frau Sommer gesprochen habe.

Caro kam nicht zu spät und freute sich, ihre Mutter zu sehen. Wie gut, dass wenigstens ein Kind nett zu mir ist, dachte Freddy.

»Oh, Spaghetti mit Hackfleisch. Hm, lecker.«

»Kannst du schon mal den Tisch decken? Und deinen Bruder rufen?«

»Mach ich, aber er ist dran mit abräumen.«

Das Mittagessen verlief ohne Brüllerei. Freddy war sehr dankbar und schlug als Nachtisch einen Gang zur Eisdiele vor. Beide Kinder stimmten zu, und die drei marschierten gemeinsam los. Unterwegs traf Tobias zahllose andere Jugendliche. Freddy und Caro verständigten sich wortlos, wenn es ihnen zu lange wurde. Tobias lief dann schnell hinter ihnen her und murrte für seine Verhältnisse sehr wenig. Es war warm genug, draußen zu sitzen. Am Nachbartisch entdeckten sie Frau Gerstner, ihre neugierige Nachbarin. Freddy hatte sie zu spät gesehen, und jetzt konnten sie nicht mehr den Tisch wechseln, ohne aufzufallen.

»Sind Sie jetzt auch arbeitslos?«, fragte Frau Gerstner.

»Wieso?«, entgegnete Freddy.

»Nur Arbeitslose und Hausfrauen wie ich können mittags in die Eisdiele. Und die Kinder natürlich.«

Freddy wusste, dass Frau Gerstner keine Ruhe geben würde, bevor sie eine Antwort erhalten hatte. »Nein, ich bin nicht arbeitslos.« Sie hoffte, ihr Ton würde weitere Fragen verhindern. Es klappte erstaunlicherweise. Dafür fing Tobias wieder an, sich über Caro zu beschweren. Diesmal fand er es unästhetisch, wie sie den Löffel ableckte. »Oh, Tobias, dann sieh halt nicht hin. Wenn ich gewusst hätte, dass die Streiterei gleich wieder losgeht, wäre ich nicht mit euch Eis essen gegangen.«

»Das ist ungerecht«, maulte Caro. »Ich habe mich nicht gestritten.«

»Stimmt«, sagte Freddy und strich ihrer Tochter über den Kopf.

*

Am Montag rief Frau Sommer an, sie verabredeten sich um elf Uhr im Strandcafé. Freddy hoffte, dass man sich dort in Ruhe unterhalten konnte. Man konnte, weil das Mittagspublikum noch nicht da war. Sie setzte sich an einen kleinen Tisch in der Nähe des Fensters und lauschte der arabischen Musik. Frau Sommer kam fünf Minuten zu spät. Trotz des warmen Wetters trug sie einen Mantel, feine Schweißperlen liefen ihre Stirn herunter.

»Entschuldigen Sie bitte, ich habe es nicht gleich gefunden.« Eine Entschuldigung wegen fünf Minuten Verspätung. Ist das preußisch?

»Puh«, sie wischte sich den Schweiß von der Stirn. »Ich vergesse immer, dass es außerhalb Berlins nicht so kalt ist.«

Freddy lächelte. »Das unterscheidet uns; wenn ich schwitze, denke ich, dass ich in die Wechseljahre komme.«

»Wieso, Sie sind doch noch viel zu jung.«

»Man kann nie wissen. Wo ist denn Ihr Hund?«

»Wenn ich nur kurz verreise, kann ich sie bei Frau Kruse lassen. Rapunzel fährt nicht gerne ICE«, antwortete Frau Sommer.

»Ich auch nicht. Ist Ihnen noch etwas eingefallen?«

Frau Sommer schüttelte den Kopf, kam aber nicht dazu, noch etwas zu sagen, weil die Bedienung neben ihnen stand und nach ihren Wünschen fragte. Sie bestellten beide Milchkaffee. Am Nachbartisch steckte sich ein Mann eine Zigarette an, Freddy betrachtete ihn sehnsüchtig und rutschte unwillkürlich ein Stück in seine Richtung. Er bemerkte ihren Blick und sah sie erstaunt an. Freddy zuckte zurück und konzentrierte sich auf Frau Sommer.

»Um auf Ihre Frage zurückzukommen: Es ist mir nichts

eingefallen. Ich wollte hören, ob *Sie* etwas herausgefunden haben. Und ich wollte Ihnen sagen, dass das Nachlassgericht mir immer noch nicht geschrieben hat. Das ist aber auch nicht erstaunlich. Sehen Sie hier. Ich habe Ihnen meine Geburtsurkunde mitgebracht.« Sie holte ein Blatt Papier aus ihrer Handtasche und gab es Freddy. Unter der Rubrik Vater stand »unbekannt«.

»Das ist ja interessant«, sagte Freddy. »Warum hat Ihre Mutter ihn denn nicht angegeben?«

»Ich habe keine Ahnung. Vielleicht war es ihr peinlich. Außerdem hatte er immer gesagt, dass er freiwillig keinen Pfennig zahlen würde. Und er behauptete, er sei sowieso nicht der Einzige gewesen, der in Frage käme.«

»Und Ihre Mutter?«

Frau Sommer nippte an ihrem Kaffee. »Sagte, er ist mein Vater. Aber es gab dann eine Zeit, da wäre es auch ihr lieber gewesen, er wäre es nicht. Da sagte sie dann: ›So leid es mir tut, er ist dein Vater. Ich hatte nicht genug Erfahrung, um sofort festzustellen, was er für ein Mensch ist.‹ Ich glaubte ihr.«

»Und was wollen Sie jetzt tun?«

»Was soll ich schon tun?«

»Sie könnten versuchen, nachträglich die Vaterschaft feststellen zu lassen. Oder Beweise finden. Briefe oder so etwas. Es wussten doch auch ziemlich viele Leute davon, oder?«

»Ja natürlich, aber ist das ein Beweis?«

»Nun ja, wenn es zum Beispiel Frau Kant bestätigen würde.«

»Warum sollte sie das tun, es geht doch wohl um ziemlich viel Geld.«

»Das kann ihr doch egal sein, jetzt könnte sie alles geerbt haben, wenn er ein entsprechendes Testament gemacht hat, und wenn sie stirbt, geht alles an Sie.«

»Ich weiß nicht, ich weiß auch nicht, was ich machen soll. Ich habe ihn so lange gehasst. Und Mutter ist tot, das ist das Einzige, was mich interessiert.«

»Sie könnten es als Schmerzensgeld betrachten. Oder als letzte Rache.«

»Ich muss darüber nachdenken. Ich werde Sie anrufen, wenn ich mich entschieden habe.«

»Wie lange bleiben Sie denn noch hier?«

»Ich fahre morgen nach Berlin zurück. Rapunzel wartet. Übrigens, da wir doch bestimmt noch länger miteinander zu tun haben werden: Nennen Sie mich doch einfach Elsa.« Frau Sommer verabschiedete sich und ging.

Freddy blieb noch etwas sitzen, um in Ruhe die Zeitung lesen zu können. Zu Hause waren wahrscheinlich die Kinder schon aus der Schule zurück, und sie hatte das Gefühl, sich dem Chaos noch nicht sofort stellen zu können.

Dann spazierte Freddy langsam durch den Bethmannpark. Leider waren wieder alle Bänke in der Sonne besetzt, weshalb sie sich auf einer Schattenbank niederließ. Sie betrachtete die Rosen, die prächtig blühten. Warum gelang ihr das mit den Rosen im Garten nie? Bestimmt fehlt ihnen die regelmäßige Pflege, dachte sie schuldbewusst.

Zu Hause angekommen, fand sie Tobias auf das Sofa geworfen, er sah eine amerikanische Serie im Fernsehen. Seine Schulsachen und Kleidungsstücke lagen zerstreut auf dem Boden.

»Zieh wenigstens deine Stiefel aus, wenn du dich schon auf dem Sofa breit machst.«

Tobias stöhnte laut, streifte aber die Stiefel von den Füßen und kickte sie ins Zimmer.

»Hat jemand für mich angerufen?«, fragte Freddy.

Tobias sagte deutlich genervt: »Deine grässliche Freundin. Die glaubt auch, ich wäre dein Privatsekretär.«

Jetzt stöhnte Freddy: »Und, bist du's nicht? Welche Freundin, und was wollte sie? Sag schon. Kannst du mir vielleicht die gesamte Information auf einmal geben, das ginge schneller, und du kannst fernsehen und ich kochen.«

Tobias spuckte verächtlich den Namen »Maria« aus. »Sie will sich mit dir treffen. Wahrscheinlich ist sie mal wieder von irgendwem frustriert.«

Freddy nahm das Telefon mit in den Flur und rief Maria an. Sie verabredeten sich für den Abend. Caro kam nach Hause und erzählte eine etwas wirre Geschichte vom Schulhof. Das Mittagessen verlief in ungewohnter Harmonie, da Tobias beschlossen hatte, zu dick zu sein, und joggen gegangen war.

*

Abends fuhr Freddy die Kinder zu Hans, was sie sich nur unter Protest gefallen ließen. Als Maria klingelte, war das Essen fast fertig. Sie drückte Freddy eine Flasche Sekt in die Hand. Freddy pfiff anerkennend, als sie Marias kurzen Rock sah. Ihre Freundin war sehr modebewusst.

Nach den Begrüßungsküssen fragte Maria: »Wo sind deine schrecklichen Kinder? Es ist so ruhig hier.«

»Du bist fast so schlimm wie die Kinder, sie sind nicht nur schrecklich.«

»Aber meistens«, lachte Maria. »Und wo stecken sie?«

»Bei ihrem Erzeuger. Einen ganzen Abend ohne Gemecker, bis auf Mao, der ist leider da geblieben. Machst du den Sekt auf?«

Freddy berichtete beim Essen von ihrem Fall, und Maria erzählte von ihrer neuesten Errungenschaft. Sie hatte ihn über eine Anzeige kennen gelernt und war schon zweimal mit ihm essen gewesen. Maria gab regelmäßig Anzeigen auf, hielt aber ansonsten auch die Augen offen. Eine Beziehung hatte sich noch nicht ergeben, aber der neue Mann schien viel versprechend.

»Wann seht ihr euch wieder?« Freddy trank einen Schluck Sekt.

»Morgen, erst gehen wir ins Kino und dann essen.«

»Warst du schon mal in seiner Wohnung?« Freddy liebte fremde Wohnungen.

»Nein, aber vielleicht klappt es morgen. Ich muss unbedingt gucken, ob ich Frauenspuren finde.«

»Hegst du einen Verdacht?«

»Man kann nie vorsichtig genug sein. Falls sich da wirklich was ergibt, musst du vielleicht ein bisschen für mich detektiven.«

»Also, Maria, wirklich, du spinnst ein bisschen.« Freddy war aufgestanden und räumte den Tisch ab. »Vielleicht sollte ich mal einen Kaffee kochen. Du hast wohl zu viel Sekt getrunken.« Freddy kochte einen Espresso und kicherte. »Und Monate später stellst du mich dann als deine Detektivfreundin vor, die immer erst deine Männer unter die Lupe nimmt, bevor sie zur Beziehung freigegeben werden.«

»Stimmt, es wäre etwas schwierig zu erklären.«

Freddy nippte gierig an ihrem Espresso. »Verdammt,

jetzt hab ich mich verbrannt. Sag mal, meinst du, ich soll zu dieser Frau Kant gehen?«

»Warum nicht? Du scheinst ja sonst nicht weiterzukommen. Versuch's doch einfach mal.«

7

Am nächsten Morgen ging Freddy zu Fuß in die August-Siebert-Straße, sie wollte das schöne Wetter genießen. Außerdem hoffte sie auf eine Idee, wie sie am besten vorgehen könnte. Leider fiel ihr nichts ein, sie musste eben improvisieren, wie so oft. Als sie vor dem Haus stand, sah sie sich um, reiche Gegend. Reichtum macht nicht glücklich, betete sie sich vor und stellte – nicht zum ersten Mal – fest, dass sie diesen Satz nicht glaubte. Sie klingelte bei Kant, und der Türsummer ertönte sofort. Der Vorgarten war sehr gepflegt, wahrscheinlich hat sie einen Gärtner, dachte Freddy neidisch. Die Tür wurde von einem attraktiven Mann Ende dreißig geöffnet. Er war leicht gebräunt, hatte eine große Nase und trug einen Anzug ohne Krawatte, was ihn Freddy sofort sympathisch machte.

Außerdem lächelte er sie freundlich an und sagte: »Ja bitte, was kann ich für Sie tun?«

»Wer sind Sie denn?«, entfuhr es Freddy lauter als beabsichtigt. Gewiss nicht der Gärtner.

»Oh«, lachte der Fremde, »normalerweise weiß man, wen man erwartet, wenn man klingelt.«

»Ich wollte zu Frau Kant«, stammelte Freddy etwas verlegen.

»Meine Mutter ist leider nicht da.«

»Ihre Mutter?« Freddy war vollkommen perplex.

»Ja, was erstaunt Sie daran?« Er sah sie verwundert an. »Wollen Sie vielleicht kurz hereinkommen?« Sie nickte stumm und folgte ihm durch den Flur in ein großes Zimmer mit riesigen Fensterflächen. An wen erinnert er mich bloß? Freddy stellte sich sofort an ein Fenster – sie wollte Zeit gewinnen – und betrachtete den Garten. Es gab einen kleinen Teich und Unmengen Blumen.

»Schön, nicht?« Herr Kant hatte sich hinter sie gestellt. »Das Hobby meiner Mutter. Sie ist nur gefahren, weil ich versprochen habe, regelmäßig zu gießen. Das konnte ich versprechen, aber ansonsten habe ich leider keinen grünen Daumen.« Er stand so dicht hinter ihr, dass sie seinen Atem im Nacken spürte. Sie drehte sich erschrocken um. »Wollen Sie sich nicht setzen?«

Seine Nähe machte Freddy nervös. Sie setzte sich auf einen Sessel, von dem aus sie weiterhin in den Garten schauen konnte. Herr Kant hatte sich auch gesetzt. Er beobachtete sie, immer noch lächelnd. Freddy sah ihn an und versuchte seinem Blick standzuhalten. »Meine Mutter ist ein paar Tage verreist. Kann ich etwas für Sie tun? Vielleicht stellen Sie sich mir erst einmal vor.«

»Entschuldigung, ich war so überrascht. Mein Name ist Hartmann.« Sie nickte, mit dem Kopf eine Verbeugung andeutend. »Ich wusste nicht … Ich dachte, Ihre Eltern hätten keine Kinder.«

»Keine leiblichen, sie haben mich adoptiert, aber das ist schon 38 Jahre her und kann eigentlich keine Überraschungen mehr auslösen.« Herr Kant war aufgestanden und lief im Zimmer umher. »Aber deshalb sind Sie doch bestimmt nicht hier? Nein, warten Sie mit der Antwort. Wollen Sie eine Tasse Kaffee mit mir trinken? Ich habe gerade welchen gekocht, zwar nicht ahnend, dass ich gleich Gesellschaft bekomme. Aber für zwei reicht es bestimmt.«

Freddy nickte erstaunt. Herr Kant kam gleich darauf mit einem Tablett zurück, auf dem sich zwei Kaffeetassen, Zucker und Milch befanden. Er stellte es auf dem Couchtisch ab.

»Ich wollte wirklich Ihre Mutter sprechen. Wann kommt sie denn zurück?« Freddy wollte ihm nicht sagen, wer sie war.

»Morgen. Kann ich ihr etwas ausrichten?« Er sah sie neugierig an.

»Nein, leider nicht. Ich werde noch einmal kommen.«

»Schade, ich bin so neugierig«, sagte er bedauernd. »Treiben Sie Sport?« Er hatte blitzschnell das Thema gewechselt.

»Sehe ich so aus?« Freddy fand ihn seltsam.

»Sie wirken so harmonisch.« Freddy sah ihn überrascht an. Scherzte er? Nein, er wirkte ganz ernst. Versuchte er zu flirten? Es sah danach aus.

»Vielleicht Joga?«

»Dazu bin ich zu ungeduldig.« Sie dachte mit Schrecken an ihre diesbezüglichen Versuche. Dann wandte sie sich zum Gehen.

»Halt, nicht so eilig. Warten Sie doch.« Herr Kant war auch aufgestanden und stellte sich ihr in den Weg. Warum ist er denn so aufgeregt, überlegte Freddy. »Also.« Herr Kant wirkte etwas verlegen. »Vielleicht können wir uns noch einmal wiedersehen. Heute Abend zum Beispiel. Ich würde Sie gerne zum Essen einladen. Haben Sie Lust?«

*

»Und warum hast du das nicht gemacht?«, fragte Maria später. Sie war zum Kaffeetrinken vorbeigekommen.

»Weil ich nicht so ohne Weiteres mit einem wildfremden Mann essen gehen will. Außerdem, stell dir mal vor, er erfährt, wer ich bin. Und überhaupt. Was will er von mir?« Freddy sah Herrn Kants Gesicht vor sich.

Maria lehnte sich vor. »Sei doch nicht albern. Wahrscheinlich findet er dich attraktiv.«

»Ich bin mindestens fünf Jahre älter als er.«

»Na und!« Maria war nicht so streng, was das Alter ihrer Eroberungen anbelangte. »Wie sieht er denn aus?«

»Groß, schlank, sympathisch. Glücklicherweise hat er Locken.« Maria kannte ihre Abneigung gegen Locken. »Er ist charmant, aber man lädt doch niemanden zum Essen ein, den man gar nicht kennt.«

»Selbstverständlich tut man das. Wie soll man denn sonst vorgehen? Dann blieben nur noch inzestuöse Beziehungen unter Freunden.«

»Überdies ist er durch seine bloße Existenz zum Hauptverdächtigen avanciert.«

»Wieso?«, fragte Maria.

»Weil er ein Motiv haben könnte. Außerdem will ich nicht, dass er sich für mich interessiert, das gibt nur Komplikationen.«

»Dich hat es aber erwischt.« Maria lächelte Freddy zufrieden an, die sich sichtlich unbehaglich fühlte.

»Was ist überhaupt mit deiner neuen Bekanntschaft?«

»Du lenkst ab. Aber gut, die Wohnung ist offensichtlich frauenfrei. Ich habe sogar das Medizinschränkchen durchsucht.« Sie wäre eine bessere Detektivin als ich, kam Freddy in den Sinn.

Sie guckte Maria an. »Und? Wie war's? Habt ihr die Nacht miteinander verbracht?« Freddy liebte die Männergeschichten ihrer Freundin.

»Du bist vielleicht neugierig.« War ich schon immer, dachte Freddy.

»Hast du schon mal von einer Detektivin gehört, die nicht neugierig ist?«

»Du wirst ja doch keine Ruhe geben, bis ich es sage. Nein, haben wir nicht, ich bin nicht mehr so schnell. Aber küssen kann er. Und kochen auch.«

»Das klingt zu schön, um wahr zu sein. Du solltest wirklich auf der Hut sein.« Freddy sah ihre Freundin besorgt an.

»Pfui, bist du misstrauisch.«

»Du etwa nicht?« Diesen Zeitpunkt wählte Tobias, um in der Küche aufzutauchen.

»Hast du mal eine Zigarette?«, fragte er Maria, für seine Verhältnisse direkt freundlich.

»Du spinnst wohl, ich gebe doch Kindern keine Zigarette.«

»Typisch Sozialarbeiterin«, muffelte Tobias.

»Was heißt hier typisch Sozialarbeiterin«, mischte sich Freddy ein. »Seit wann rauchst du denn? Das kommt überhaupt nicht in Frage.« Freddy hatte so viele Jahre die Vorwürfe ihrer Familie wegen ihres Rauchens über sich ergehen lassen müssen, dass sie nie auf die Idee gekommen wäre, eins ihrer Kinder könnte anfangen zu rauchen.

»Was geht dich das denn an, das ist schließlich meine Sache. Und überhaupt, du hast doch selbst jahrelang geraucht, sobald du die Augen aufgeschlagen hast.«

»Was ist das für ein Argument? Ansonsten interessierst du dich doch auch nicht dafür, was ich tue oder nicht tue.« Tobias drehte sich wütend um und verließ die Küche Türe knallend. Obwohl das nichts Ungewöhnliches war, fuhren Freddy und Maria zusammen.

»Wenn das bei den Vaterbesuchen herauskommt, sollte ich mir es vielleicht noch einmal überlegen«, sagte Freddy beunruhigt.

»Du kannst doch sowieso nichts verhindern«, entgegnete Maria.

»Jetzt hat er uns wieder völlig aus dem Konzept gebracht. Wo waren wir?« Freddy bedauerte Tobias' zukünftige Freundin.

»Das tut er doch immer. Wir waren bei deinem Misstrauen.«

»Ein Mann ohne Beziehung, der küssen und kochen kann, ist einfach ein Wunder. Da ist Misstrauen angebracht«, sagte Freddy. Sie kannte keinen Mann, der kochen konnte. »Wollen wir ein bisschen spazieren gehen? Es ist so schönes Wetter.«

»Nein danke, ich muss nachher noch ins Sportstudio. Ich will mich nicht jetzt schon verausgaben.«

»Also, Maria, beim Spazierengehen verausgabt man sich doch nicht.«

»Mit dir schon. Ich hab immer das Gefühl, du betrachtest das als Trainingsprogramm für Verfolgungsjagden.« Maria verabschiedete sich, sie hatte die Sporttasche schon dabei.

»Was ist er denn von Beruf?«, fragte Freddy als Letztes.

»Arzt.«

»Na endlich einmal was Praktisches. Du kannst ihn mir ja leihen, wenn die Kinder krank sind.«

»Untersteh dich. Außerdem ist er kein Kinderarzt. Ich glaube, er kann besser mit alten Damen. Du hast doch Hans.«

»Den hatte ich mal. Jetzt ist es mir lieber, ihn möglichst selten zu sehen, und den Kindern meistens auch.« Nachdem Maria gegangen war, fing Freddy an, die Küche aufzuräumen und von einer Putzfrau zu träumen – obwohl, in diesem Haus sollte sie vielleicht gleich von einer Putzkolonne träumen.

Als sie den Flur saugte, fiel ihr Blick in den Spiegel. Sie drehte sich und studierte sich von der Seite.

»Dir könnte ein Sportstudio auch nicht schaden, nimm dir ein Beispiel an deiner Freundin.« Tobias war ungewöhnlich leise die Treppe heruntergekommen und beobachtete sie. »Du wirst jedes Jahr dicker.«

»Und du jedes Jahr höflicher.« Freddy überlegte, ob sie schlanker glücklicher wäre. Nein, entschied sie. Aber sie hätte mehr anzuziehen.

»Wieso, du sagst doch immer, man soll nicht lügen.« Tobias hatte auf alles eine Entgegnung.

»Irgendetwas muss ich falsch gemacht haben«, stöhnte Freddy.

»Alles.« Nach diesen Worten prüfte er seine Frisur im Spiegel, streifte die Haare mit der Hand nach hinten und verließ das Haus. Freddy setzte sich erschöpft auf eine Treppenstufe und träumte ein wenig von dem attraktiven

Herrn Kant. Hätte sie sich doch überreden lassen sollen? Schlimmer als ein Abend mit Tobias hätte es nicht werden können. Ächzend stand sie auf, ihr Rücken schmerzte, vielleicht sollte sie doch über das Sportstudio nachdenken.

Sie ging ins Wohnzimmer und öffnete die Terrassentür. »Mao, Mao.« Wo steckte dieser Kater wieder? Es war Frühling, vielleicht war er verliebt, dann ginge das nächtliche Geschrei wieder los. Hör auf, an Liebe zu denken, ermahnte sich Freddy und schüttelte den Gedanken ab. Dann stieg sie die Treppe zum Zimmer ihrer Tochter hoch und klopfte an. »Komm rein.« Caro saß am Schreibtisch und machte Hausaufgaben. Freddy setzte sich auf das Bett.

»Ich habe ganz vergessen zu fragen, wie es bei deinem Vater war.«

Caro drehte sich zu ihr um. »Es ging. Wir mussten ständig gesunde Sachen essen. Und als Tobias die Zigarettenschachtel auf den Wohnzimmertisch legte, gab es Ärger. Die Neue schrie, dass du schuld bist.« Caro nannte die Ehefrau ihres Vaters immer noch die Neue, obwohl sie schon Jahre verheiratet waren.

»Und was sagte Tobias?«

»Nichts, er grinste.«

»Und dein Vater?«

»Der hat nichts gesagt, aber gegrinst hat er auch nicht. Ich glaube, es war ihm unangenehm. Auf jeden Fall war es wenigstens nicht ganz so langweilig wie sonst.«

»Raucht denn Tobias?« Wieso bin ich nie auf die Idee gekommen?

»Ich hab keine Ahnung, ich hab ihn noch nie mit einer

Zigarette gesehen. Aber sicher weiß ich das nicht.« Freddy strich Caro übers Haar und ging wieder hinunter.

Beim Abendessen, Tobias war, ohne Bescheid zu geben, nicht gekommen, sagte Caro: »Ich glaube, er hat 'ne Freundin.«

»Wieso glaubst du das?«

»Na ja, es ging eine ganze Weile so, unheimlich oft, wenn ich ans Telefon ging, wurde aufgelegt, bei ihm nie. Und es war jemand dran, ich hörte leises Atmen. Und dann, nachdem er dieses Mädchen mit hierher gebracht hatte, passierte das nie mehr. Jetzt ruft sie jeden Tag an.« Caro fing an, mit dem Stuhl zu kippeln.

»Wer ist denn dieses Mädchen?«, fragte Freddy und überlegte, ob sie das Schaukeln verbieten sollte, es machte sie nervös.

»Ich weiß nicht, ich kenn sie ja auch nicht, sie ist ganz schlank, hat lange blonde Haare und lange Beine, Sarah heißt sie, aber sonst weiß ich auch nichts. Wenn ich frage, sagt er immer, das geht mich nichts an.« Das Mädchen ist das Gegenteil von mir, dachte Freddy. Die Beschreibung erinnerte sie an Maria.

»Ich werde ihn fragen.«

»Dir wird er erst recht nichts sagen«, prophezeite Caro.

»Ich fürchte es auch, aber probieren werde ich es trotzdem.«

8

Zwei Tage später wollte Freddy waschen. Tobias hatte seine Wäsche wieder nicht in den Korb gelegt. Freddy überlegte, ob es irgendeinen Erfolg verspräche, wenn sie seine Sachen einfach nicht mitwusch. Keinen, beschloss sie, es würde nur dazu führen, dass er herumbrüllte und einen riesigen Berg Schmutzwäsche ins Bad warf. Seufzend begab sie sich einen Stock höher zu ihrem Sohn. Sie öffnete die Tür. Zwei entsetzte Gesichter starrten sie aus dem Bett an. Neben dem Bett lagen Kleidungsstücke im Zimmer verstreut.

»Du sollst klopfen«, zischte Tobias, nachdem er sich gefasst hatte.

»Brauch ich nicht, du sollst um diese Uhrzeit in der Schule sein«, konterte Freddy. Das junge Mädchen sagte gar nichts, hatte nur die Bettdecke etwas höher gezogen.

Freddy betrachtete sie neugierig, leider war nicht viel von ihr zu sehen. Sie hatte ein schmales Gesicht und lange blonde Haare. Tobias hatte sich gefangen und schrie: »Mach endlich, dass du rauskommst, merkst du eigentlich nie, wann du störst?« Das Mädchen blickte Tobias erstaunt an. Freddy verließ den Raum, ohne etwas zu entgegnen, und schloss leise die Tür. Nachdenklich ging sie nach unten. Vielleicht sollte ich die Rosen beschneiden, dachte sie, das hat immer beruhigenden Einfluss auf meine Nerven. Aber dann kann das Mädchen das Haus nicht verlassen. Spazieren gehen ist besser.

Freddy ging mit strammen Schritten durch die Straßen

und war, ohne es zu merken, am Grüneburgpark gelandet, nur wenige Minuten von Frau Kants Haus entfernt. Kurz entschlossen lief sie in die August-Siebert-Straße. Seit ihrem letzten Besuch hatte sich nichts geändert. Sie klingelte. Nichts geschah. Sie klingelte erneut. Die Sprechanlage brummte.

»Wer ist da?«, fragte mürrisch eine ältere Frauenstimme.

»Mein Name ist Hartmann, Sie kennen mich nicht. Ich möchte mit Ihnen reden.«

»Ich kaufe nichts«, sagte die Stimme unwirsch.

»Ich auch nicht, und schon gar nicht an der Tür.« Das schien Frau Kant zu überzeugen, der Türöffner summte. Freddy ging durch den Gartenweg und betrat das Haus. Frau Kant war eine kleine, zerbrechlich wirkende Frau mit einem verbitterten Zug um die Mundwinkel. Ihre weißen Haare waren zu einem großen Knoten an ihrem Hinterkopf aufgesteckt.

Die beiden Frauen schüttelten sich die Hände. Frau Kant ging voraus ins Wohnzimmer. Sie setzten sich schweigend. »Ich weiß, Sie waren vorgestern da. Mein Sohn hat mir das erzählt. Was wollen Sie von mir?«

»Ich versuche den Tod einer alten Frau aufzuklären, Hilde Sommer. Sie müssten sie eigentlich gekannt haben.«

Frau Kants Gesicht verschloss sich. »Sie ist tot?« Ein leises Lächeln huschte über ihr Gesicht, verschwand aber sofort wieder. »Ja, ich kannte sie«, murmelte sie leise. »Ich kannte sie, und ich mochte sie nicht.« Sie stand auf und fing an, im Zimmer herumzulaufen, dabei zog sie das linke Bein leicht nach.

»Warum nicht?«

»Sie hatte vor vielen Jahren ein Verhältnis mit meinem Mann«, antwortete Frau Kant mit einem bitteren Unterton in der Stimme. »Sie hat versucht, ihn mir wegzunehmen, und als das nicht so einfach ging, ist sie schwanger geworden. Aber es hat ihr nichts genützt«, setzte sie noch befriedigt hinzu. Jetzt lächelte sie wieder. Frau Kant musste einmal schön gewesen sein, dachte Freddy, als sie sie lächeln sah.

»Sagen Sie, haben Sie ein Foto von sich von früher?« Ich bin unverschämt, konstatierte Freddy.

»Wozu?« Frau Kant sah sie überrascht an.

»Ich würde mir gerne ein Bild machen von Ihnen allen. Auch von Ihrem Mann.« Von dem ganz besonders.

»Die alten Geschichten gehen niemanden etwas an. Ich kann Ihnen nichts sagen, und ich kann Ihnen auch nicht helfen. Ich habe Frau Sommer nie mehr gesehen. Gott sei Dank.«

»Wirklich nicht? Sie hat Sie doch am Tag ihres Todes besucht.«

»Hat sie nicht«, bellte Frau Kant und stand unwillig auf. Damit war das Gespräch beendet. Schade, dachte Freddy, erhob sich ebenfalls und zog eine Visitenkarte mit ihrer Telefonnummer aus ihrem Rucksack. »Hier, falls Sie es sich doch noch mal anders überlegen.« Frau Kant nahm die Karte und legte sie beiläufig auf den Tisch. Wahrscheinlich wird sie sie wegwerfen, sobald ich die Tür hinter mir zugemacht habe, fürchtete Freddy.

Als sie wieder auf der Straße stand, dachte Freddy an den jungen Herrn Kant, schob den Gedanken aber sofort wieder beiseite. Du spinnst wohl, wies sie sich selbst zurecht, du hast schon genug Probleme. Sofort fiel ihr Tobias und das junge Mädchen wieder ein. Ob sie noch im Bett liegen? Ist mir egal, Caro braucht was zu essen und ich auch.

Bei ihrer Rückkehr herrschte im Haus Totenstille, nicht einmal Mao war zu sehen. Freddy ging in den ersten Stock, Tobias' Zimmertür stand sperrangelweit offen, und das Zimmer war leer, na ja, nicht gerade leer, aber von Tobias und der Blonden war nichts zu sehen. Auch gut.

Als Caro von der Schule kam, stand Freddy am Herd und kochte. Dabei sang sie die Seeräuberjenny.

»Wieso hast du so gute Laune?«, fragte Caro. »Ist Tobias nicht da?«

»Du hast es erraten, mein Schatz. Und wenn mich meine Spürnase nicht trügt, dann kommt er auch nicht so schnell zurück. Wir können also ganz gemütlich essen. Es gibt Fischstäbchen und Kartoffelsalat.« Wie ihre Tochter liebte sie manchmal Kinderessen, während sich Tobias für derlei Genüsse zu alt fühlte.

»Du glaubst ja wirklich, dass er nicht kommt. Habt ihr euch gestritten?«, fragte Caro und setzte sich an den Küchentisch.

»So etwas Ähnliches. Er hat die Schule geschwänzt und lag mit dem jungen Mädchen im Bett, und ich bin ins Zimmer geplatzt. Und dann hat er getobt. Du kannst es dir bestimmt vorstellen.« Freddy lächelte in der Erinnerung.

»Auweia. Hast du geschimpft?« Caro liebte kleine Geschichten über ihren Bruder.

»Ich kam nicht dazu. Er hat mich angebrüllt und rausgeschmissen.«

»Und was hat das Mädchen gesagt?«

»Nichts. Nur erschreckt geguckt. Komm, wir essen jetzt.«

Nach dem Mittagessen ging Freddy in ihr Wohnzimmer. Der Anrufbeantworter blinkte heftig. »Hier Kant. Sie haben ja bei meiner Mutter kein Glück gehabt, aber ich vielleicht bei Ihnen. Ich würde wirklich gerne mit Ihnen essen gehen. Wenn ich Sie schon nicht reize, vielleicht tut's ja das berufliche Interesse. Wer weiß? Meine Nummer ist 9 36 58 49. Keine Angst, meine Mutter geht nicht an mein Telefon. Ich freue mich.« Es klang abgelesen. Freddy versuchte sich vorzustellen, wie er vor seinem Schreibtisch saß, neben sich einen Papierkorb, voll mit zerknülltem Papier. Sie musste lächeln.

Dann ging sie in den Garten und rupfte ein Gänseblümchen aus. »Soll ich, soll ich nicht.« Es endete mit »Soll ich nicht.« Trotzdem griff Freddy zum Telefon. »Ja, heute Abend passt mir ausgezeichnet. Nein, ich will nicht abgeholt werden. Schlagen Sie vor, wo wir uns treffen, ich komme dann dorthin.« Was tue ich?

Am frühen Abend stand Freddy vor dem Kleiderschrank, sie hatte sich schon das dritte Mal an- und ausgezogen. Es klopfte, und Caro kam herein.

»Mann, hier sieht es ja aus wie bei Tobias«, bemerkte sie interessiert. »Gehst du aus?«

»Ja«, antwortete Freddy abwesend.

»Mit wem und wohin?«

»Oh Gott, bist du neugierig.« Freddy wünschte, sie wäre allein.

»Hab ich von dir geerbt. Jetzt sag schon. Bestimmt mit einem Mann, so wie's hier aussieht.« Caro hob einzelne Kleidungsstücke hoch und legte sie wieder hin.

»Wenn du es schon weißt, warum fragst du dann noch?«

»Ach Mama, jetzt tu doch nicht so geheimnisvoll. Willst du dich verlieben?«

»Nein, Caro, ich will lediglich mit einem Mann essen gehen«, sagte Freddy zerstreut. »Und wenn du mich jetzt weiter aufhältst, dann kann ich mich nie entscheiden und werde zu spät kommen. Du weißt, wie sehr ich das hasse.«

»O. K., O. K., ich geh ja schon, aber pass auf. Vielleicht gibt er dir zu viel Alkohol zu trinken, und schon bist du verliebt.«

»Woher hast du denn diese Weisheit?«

»Aus dem Fernsehen.« Damit verließ sie das Zimmer, Freddy hörte sie noch die Treppe herunterspringen. »Ist ja eh egal«, mit diesen Worten zog sie sich nun endgültig an: eine Samthose, ein weißes T-Shirt und ein Jackett. Sie betrachtete sich zufrieden im Spiegel, nahm eine Handtasche und ging.

*

Als sie etwas außer Atem ankam, saß Herr Kant schon an einem Tisch. Sie hatte ihn gleich gesehen, obwohl das Lokal voll besetzt war. Zwischen den Tischen war angenehm viel Platz. Normalerweise wäre Freddy hier nicht essen gegangen, es wäre ihr zu teuer. Als sie bei Herrn Kant angekommen war, stand er höflich auf und wollte ihr aus dem Jackett helfen.

»Nein danke, mir ist etwas kühl, vielleicht später.«

»So sehen Sie aber gar nicht aus«, lachte er und setzte sich wieder.

Der Kellner erschien, er war klein und hektisch. »Wünschen Sie einen Aperitif?«

»Nein danke, lieber nicht«, antwortete Freddy.

Der Kellner legte die geöffnete Speisekarte vor Freddy, Herr Kant hatte seine schon geschlossen und sah sie erwartungsvoll an. Das hatte Freddy noch nie leiden können, es setzte sie wie immer unter Druck. Sie begann, die Speisekarte zu lesen. Als sie auf der zweiten Seite war, stand der Kellner schon wieder neben ihr und sah sie ebenfalls aufmerksam an. Das war zu viel. Sie legte die Karte hin und sagte: »Sie machen mich nervös, alle beide.«

»Oh, Verzeihung«, sagte der Kellner und ging. Herr Kant lächelte sie an. Sie fühlte sich wie mit 14 und merkte, wie sie rot wurde.

»Das steht Ihnen gut. Es betont so schön Ihre Sommersprossen.«

»Wollen Sie mit mir essen oder sich über mich lustig machen?«, fragte Freddy schärfer als beabsichtigt.

»Kein Gedanke.« Er hob beschwichtigend die Hände. »Ich käme nicht auf die Idee, Sie gefallen mir einfach, das ist alles.«

Der Kellner war wieder da. Herr Kant sagte: »Darf ich etwas für Sie aussuchen?« Freddy nickte stumm. »Zweimal Muscheln als Vorspeise und anschließend Kaninchen. Dazu eine Flasche Barbera und eine große Flasche Wasser.« Endlich ging der Kellner. Sie wunderte sich etwas über seine Bestellung. Da es aber genau ihrem Geschmack entsprach, sagte sie nichts. Was ist nur mit mir los? Freddy wünschte, sie würde noch rauchen.

»Warum interessieren Sie sich eigentlich für meine Mutter? Sie wollte mir nichts darüber erzählen. Außer dass Sie Detektivin sind. Das macht es natürlich noch spannender.« Er fuhr sich durch die Locken. Freddy erinnerte sich sofort wieder daran, dass sie Locken hasste.

»Warum interessieren Sie sich eigentlich so für mich?«

»Patt«, sagte Herr Kant. Der Kellner schenkte den Wein ein und produzierte einen riesigen Rotweinfleck vor Freddy.

»Na Gott sei Dank, ich war es nicht«, seufzte Freddy.

Dem Kellner war die Sache sichtlich unangenehm. »Ich hole ein neues Tischtuch«, sagte er eilfertig.

»Nein, lassen Sie doch, es macht wirklich nichts«, entfuhr es Freddy. Sie wollte unter keinen Umständen noch mehr Hektik. Herr Kant betrachtete amüsiert die Szene. »Passiert Ihnen so was nie?«, fragte Freddy patzig.

»Nein, wahrscheinlich bin ich zu gut gedrillt«, lächelte Herr Kant. »Sie sehen übrigens überhaupt nicht wie eine Detektivin aus.«

»Wie sieht denn eine Detektivin aus?«

»Sie hat rote Haare und ist durchtrainiert wie Kate Mallony.«

Dieser Mann sagte merkwürdige Dinge. »Sie gucken zu viel Fernsehen, wie mein Sohn.«

»Oh, das hätte ich mir denken können. Kaum treffe ich mal eine Frau, die mir gefällt, dann ist sie verheiratet«, bedauerte Herr Kant. Freddy überlegte, ob sie lügen sollte. Aber sie war noch nie gut im Lügen gewesen.

»War«, sagte Freddy. »Schon länger her. Und Sie?«

»Nein, nein, auch nie gewesen. Meine Mutter hätte es gerne gehabt, aber ich nicht.«

Beim Nachtisch erzählte sie ihm, was sie von seiner

Mutter wollte. Er behauptete, Frau Sommer nicht zu kennen und nie etwas von ihr gehört zu haben.

»Gut, dann erzählen Sie mir im Gegenzug, was Sie von mir wollen.« Freddy fühlte sich unwohl. Sie hatte den Eindruck, dieselbe Frage schon zum dritten Mal zu stellen. Wahrscheinlich gehe ich ihm auf die Nerven.

»Nichts, also ich meine, Sie gefallen mir, ich möchte Sie kennen lernen, weiter nichts. Finden Sie das so ungewöhnlich?«

Ich will niemanden kennen lernen, dachte sie. Das gibt nur Komplikationen. »Ja.«

»Warum haben Sie sich so auf meine Mutter gestürzt? Verdächtigen Sie sie ernsthaft, etwas mit dem Tod von dieser Frau Sommer zu tun zu haben?« Herr Kant blickte sie streng an.

»Ich weiß es nicht. Aber innerhalb weniger Wochen sterben zwei Leute, die in der Vergangenheit etwas miteinander zu tun hatten, durch Unfälle. Finden Sie das nicht merkwürdig?« Ob er seine Mutter liebt?

»Was meinen Sie damit? Aus demselben Dorf kommen viele Leute. Alles andere ist Zufall, alte Leute verunglücken häufiger. Und beim Tod meines Vaters kam mir nichts ungewöhnlich vor, der Polizei auch nicht. Aber wenn Sie da schon suchen, sollten Sie sich vielleicht auch mit den Mietern meines Vaters beschäftigen. Er war ein äußerst unangenehmer Vermieter, und das ist noch milde ausgedrückt. Da gibt es bestimmt welche, die ihn gehasst haben.« Und du?, dachte Freddy und erschrak sofort vor dem Du.

»Ich wusste gar nicht, dass Ihr Vater Mietshäuser hatte. Wo sind die denn?« Sie sind also noch reicher, als ich angenommen habe.

»Kann ich Ihnen nicht genau sagen, ich hab mich damit nie beschäftigt. Irgendwo in Frankfurt.«

»Das glaube ich Ihnen nicht.« Freddy war froh, dass er sie belog.

Herr Kant lachte. »Doch, Sie müssen mir glauben. Seitdem ich als Anwalt tätig war, hat mein Vater immer wieder versucht, mich in seine Mietstreitigkeiten einzubeziehen. Er hatte laufend Prozesse, und wenn es der Sohn macht, ist es umsonst. Er war auch schon immer geizig. Ich wollte auf keinen Fall an seinen widerlichen Prozessen beteiligt sein. Deshalb habe ich schon vor langer Zeit beschlossen, mich nicht damit zu beschäftigen. Das war eine richtige Auseinandersetzung. Ich habe Jahre damit verbracht, sofort aus dem Zimmer zu gehen, wenn er mit seinen Mietshäusern anfing. Monatelang bin ich gar nicht mehr nach Hause gegangen. Meine Mutter hat dann vermittelt, und er versprach, mich damit nicht mehr zu behelligen.«

Freddy sah nicht überzeugt aus. Beim Espresso versuchte er ihre Hand zu streicheln, sie entzog sie ihm. »Das geht mir zu schnell.«

»Gut, ich kann warten.« Freddy sah ihn aufmerksam an, er wirkte nicht enttäuscht.

»Verraten Sie mir wenigstens Ihren Vornamen?«

»Soll das ein Angebot zum Duzen sein?«

»Es wäre mir ein Vergnügen.«

»Also gut, Freddy.«

»Gestatten, Arthur, meine Eltern waren wahrscheinlich etwas altmodisch.«

»Welche, die echten oder die Adoptiveltern?«

»Die Adoptiveltern, aber die andern hätten womöglich

etwas noch Scheußlicheres ausgesucht. Ich weiß ja nicht, wer sie sind, und ich will es auch nicht wissen.« Seine Züge wurden wieder streng.

»Haben Sie nie versucht, Ihre wirklichen Eltern zu finden?« Ich hätte, dachte Freddy.

»Nein«, sagte er. »Ich will niemanden finden, der mich wie Abfall behandelt hat. Ich rede nicht gerne darüber.« Er guckte mittlerweile so finster, dass es Freddy auch lieber war, das Thema zu wechseln. »Heißen Sie wirklich Freddy, oder ist das ein Spitzname?«

»Eigentlich Friederike.«

»Oh, Freddy passt viel besser.«

»Bist du schon so weit, dass du weißt, was passt und was nicht?« Er macht mich nervös.

»Das gehört zu meinem Beruf, schnell hinter die Dinge zu kommen.«

»Was bist du denn? Ach nein.« Sie legte eine Hand auf sein Handgelenk. »Du hast es vorhin ja erwähnt, ein Rechtsanwalt. Womit hab ich das verdient?«, stöhnte Freddy.

Arthur Kant sah sie erstaunt an. »Das musst du mir erklären, den meisten Frauen gefällt mein Beruf.«

»Das kann ich mir vorstellen.« Ich muss hier schleunigst weg.

»Also?«

»Nicht jetzt, bitte, ich bin müde, lass uns gehen.«

»Jetzt schon? Es ist doch noch früh. Na gut. Darf ich dich nach Hause fahren?« Bloß nicht. Ich will nicht neben dir im Auto sitzen. Das ist mir zu nah.

»Nein danke, ich nehme ein Taxi.« Sie verabschiedeten sich lächelnd.

»Bis zum nächsten Mal?«

»Wir werden sehen«, sagte Freddy und ging.

*

Als Freddy zu Hause ankam, brannte Licht im Wohnzimmer. Oh nein, dachte sie. Die Haustür war abgeschlossen, das wunderte sie.

»Dass du auch schon nach Hause kommst«, dröhnte es vom Sofa.

»Geht dich das etwas an?«

Tobias hatte sich aufgerichtet und starrte sie unverschämt an. »Ih, das ganze Zimmer stinkt nach Alkohol.«

»Du meinst wohl, Angriff ist die beste Verteidigung.« Freddy war lauter geworden.

»Pst, du weckst noch die arme Kleine.«

»Wenn sie bei deiner Fernsehlautstärke nicht aufgewacht ist, wird sie das auch jetzt nicht tun. Weißt du was, ich habe keinerlei Lust auf Auseinandersetzungen um diese Uhrzeit. Ich gehe ins Bett.« Freddy gähnte.

»Du hast ja nur Angst!«, schrie Tobias hinter ihr her.

»Vor dir nicht«, antwortete sie im Gehen.

Freddy versuchte einzuschlafen, aber immer, wenn sie die Augen zumachte, erschien das Bild von Arthur Kant. Sie versuchte ihn zu verscheuchen und an die alte Frau Sommer zu denken, aber es klappte nicht. »Verflucht.« Sie knipste die Nachttischlampe an und sah nach dem Wecker. Was zum Teufel will er von mir? Wie viel Uhr ist es? Kann ich Maria noch anrufen? Mist, eins, zu spät. Sie stand langsam auf und ging nach unten. Das Wohnzimmer war glücklicherweise leer. Dann legte sie sich auf die Couch, Mao lief begeistert zu ihr und sprang auf ihre Füße. Sie sah sich eine ältere Folge von »Die Straßen von San Francisco« an und schlief darüber ein.

9

Lautes Türknallen weckte sie, kombiniert mit der Stimme ihres Sohnes: »Hast du den Weg ins Bett nicht mehr gefunden?« Freddy blinzelte sich mühsam in die unerfreuliche Wirklichkeit.

»Nein, Tobias, bitte. Nicht schon wieder am frühen Morgen. Bevor ich meinen Kaffee getrunken habe. Verschwinde und nimm den verflixten Kater mit.« Ein Wunder, er tat es ohne einen weiteren bösartigen Kommentar.

Freddy stand mühsam auf und schleppte sich in die Küche. Tobias hatte glücklicherweise das Haus verlassen, und von Caro gab es auch keine Spur. Sie trank schnell hintereinander zwei Milchkaffee. Dann stellte sie sich unter die Dusche, zum Schluss sogar mit kaltem Wasser, aber es half alles nichts, sie wurde nicht wach. Das Telefon klingelte. Freddy streifte sich ihren Bademantel über und rannte hinunter, nicht schnell genug, der Anrufbeantworter war schon angesprungen.

»Einen wunderschönen guten Morgen. Ich habe den Abend sehr genossen, vielleicht können wir ihn bald wiederholen.« Arthurs Stimme ging Freddy durch und durch, ihre Knie zitterten. Wenn ich dir nur trauen könnte, dachte sie. Der Gedanke an die Adoption ließ sie nicht los. Und wenn er von der lästigen Miterbin erst vor kurzem etwas erfahren hat, dann kochen die Emotionen hoch. Danach habe ich ihn gar nicht gefragt, fiel ihr ein. War das Absicht oder Vergesslichkeit?

Ich muss mich zusammennehmen, ermahnte sich Freddy und sprang auf. Mein einziger Anhaltspunkt sind die Grundstücke, und die suche ich jetzt.

Warum sehen Gerichte immer so bedrückend aus?, überlegte Freddy, als sie das Gebäude betrat. Sie hatte den Pförtner freundlich angelächelt. Ob er sie erkannte? Quatsch. Er sah jeden Tag so viele Menschen. Und entscheidend war, ob die nette Frau beim Grundbuchamt sie erkannte. Sonst musste sie sich etwas anderes für die Grundbucheinsicht einfallen lassen. Sie hatte Glück.

»Ei, Frau Hartmann, Sie hab isch ja seit enerer Ewischkeit nemmer mehr bei uns gesehe, gelle.«

Freddy versuchte sich an den Namen der grauhaarigen Frau Ende fünfzig zu erinnern. Ihr Blick blieb auf der bunten Bluse hängen, Frau Grundbuchamt betonte ihren Busen in schrillen Farben. Freddy zählte die Farben, bei vier gab sie auf. Verflixt, wie hieß sie denn bloß? Ah, Gott sei Dank, gerade noch rechtzeitig.

»Guten Tag, Frau Seidel. Mein Chef wollte in letzter Zeit lieber selbst nachsehen.«

»Wieso, traut er Ihnen nemmer?« Frau Seidel sah sie mitleidig an.

»Ich weiß nicht. Aber Sie wissen ja, Männer sind manchmal komisch.«

Frau Seidel nickte zustimmend. »Meiner auch. Und seit er in Rente ist, ist es noch schlimmer.«

»Hört man oft«, sagte Freddy abschließend. »Heute

muss ich an die Eigentümerkartei. Ich habe nur Name und Adresse.«

»Und da schickt er Sie. Wenn's ans Arbeiten geht, ist man dann doch wieder gut genug.«

Freddy machte sich ans Werk. Unter Joseph Kant war nichts zu finden. Vielleicht war der Grundbesitz schon auf Trude umgeschrieben, überlegte sie. Treffer. In sechs verschiedenen Frankfurter Bezirken gab es Grundstücke von Trude Kant. Vorsichtshalber suchte sie noch unter Arthur Kant, fand aber nichts.

»Sie hatten Recht, was die Arbeit anbelangt«, sagte Freddy zu Frau Seidel. »Jetzt muss ich noch in sechs verschiedene Zimmer, um die Grundbuchblätter abzuschreiben.«

»Sie Arme«, seufzte Frau Seidel.

Als sie die Tür hinter sich geschlossen hatte, atmete Freddy erleichtert auf. Frau Seidel hatte nichts gemerkt, da würde es mit den anderen Damen, die die verschiedenen Bezirke bewachten, auch gut gehen. Freddys Vermutung war richtig. Die Ausbeute ihres Besuchs beim Grundbuchamt waren sechs Grundstücke in Frankfurt, eins davon das Haus der Kants in der August-Siebert-Straße am Grüneburgpark, das war das teuerste. Die anderen Grundstücke waren wahrscheinlich die Mietshäuser, die Arthur erwähnt hatte. Und keine der Damen hatte bemerkt, dass sie nicht mehr beim Anwalt arbeitete. Jetzt kann ich nur noch auf auskunftsfreudige Mieter hoffen. Zuerst nach Hause und auf dem Stadtplan die Häuser heraussuchen. Und den Kindern Mittagessen kochen und, ihre gehobene Stimmung sank schon wieder etwas, die Streitereien aushalten.

Entgegen ihren Erwartungen verlief das Essen friedlich. Es fing damit an, dass Tobias ohne Murren Kartoffelbrei mit Hackfleischsoße akzeptierte.

Das Telefon klingelte, Freddy hatte keine Lust aufzustehen und ließ den Anrufbeantworter anspringen. Es war Maria, die dringend um eine Beratungsstunde bat. Tobias rollte mit den Augen, sagte aber nichts.

Dafür redete Caro: »Ich will ein Piercing.«

»Auf gar keinen Fall!« Freddy überlegte, ob sie jetzt schon in die Pubertät kam. Bitte nicht, Tobias reicht mir. Erstaunlicherweise beharrte Caro nicht auf ihrem Wunsch.

Nach dem Essen räumte er den Tisch ab und die Spülmaschine ein, ohne dazu aufgefordert zu werden. Freddy konnte es nicht fassen. Sie überlegte hin und her, aber es fiel ihr nichts ein, was die Verwandlung ihres Sohnes ausgelöst haben konnte. Sie freute sich aber.

Sollte sie jetzt noch Maria anrufen? Nein, lieber später, Maria würde sie zu lange am Telefon aufhalten.

Als Freddy das Haus verließ, goss es in Strömen. Sie betrachtete den Himmel, es sah aus, als könnte es noch Stunden weiterregnen. Sie musste umdisponieren und den Wagen nehmen. Aber zuerst einmal zurück ins Haus, den Regenschirm suchen, das war das Schlimmste. Erstaunlicherweise fand sie ihn sofort, er lag auf der Garderobe, wo er hingehörte.

»Öffnet keinem Fremden«, rief sie Caro zum Abschied zu.

»Also Mama«, stöhnte Caro. »Wir sind doch keine kleinen Kinder mehr.«

Sie fuhr einen kleinen, roten, uralten Seat, der keinen

Regen mochte, aber Freddy liebte ihn trotzdem. Der Wagen sprang sofort an. Ein gutes Omen. Freddy bemühte sich, langsam zu fahren, weil große Wasserlachen an den Seiten standen. Sie fuhr so selten Auto, dass sie sich immer mit den Fußgängern identifizierte.

Als sie in die Weberstraße einbog, sah sie sofort, dass es sich um eine Anwohnerparkstraße handelte. Sie überlegte kurz und entschied, bei diesem Wetter würde niemand parkende Autos kontrollieren. Ein Irrtum. Schon an der nächsten Querstraße entdeckte sie einen Hilfspolizisten, der eifrig in seinen kleinen Computer tippte. Das hatte ihr gerade noch gefehlt. Zwanzig Euro oder einen legalen Parkplatz finden. Es war relativ hoffnungslos im Nordend, das wusste sie von früheren Erfahrungen, aber sie musste es versuchen.

Sie hatte Glück, auf der richtigen Seite fuhr ein Auto weg, und sie konnte einparken. Es kostete sie – wie immer – Mühe, sie hatte zu wenig Übung, schon bei der Führerscheinprüfung war das Einparken keiner ihrer Glanzpunkte gewesen. Sie stieg aus, passte nicht auf und landete genau in einer tiefen Pfütze. Brachten nasse Füße Glück? Wahrscheinlich nicht. Andererseits, erst der Parkplatz, jetzt die nassen Füße, wenn der Rhythmus so weiterginge, müsste wenigstens ein Mieter zu Hause sein.

Das Haus war heruntergekommen, der Vorgarten wirkte verwahrlost, und die Briefkästen hingen an den Angeln. Die Haustür stand offen. Investiert wird hier nicht, dachte Freddy. Sie fing im Erdgeschoss an, nach dreimaligem Klingeln gab sie auf und ging einen Stock höher. Dasselbe, keiner da. Im dritten Stock hatte sie Glück, die Tür wurde einen Spalt geöffnet, man sah eine angespannte Kette, dahinter schaute sie ein kleines Mädchen, vielleicht sechs Jahre alt, mit großen Augen an.

»Meine Mami ist nicht da, und ich darf nicht aufmachen«, erläuterte sie ungefragt.

Freddy nickte verständnisvoll. »Wann kommt sie denn wieder?«

»Um sieben«, sagte das kleine Mädchen.

»Und was machst du so lange allein?«

»Fernsehen und malen.«

»Weißt du, ob sonst jemand zu Hause ist, irgendwo im Haus?«

»Ich weiß nicht, vielleicht oben. Wir wohnen noch nicht lange hier, ich kenne keinen.«

»Vielen Dank und auf Wiedersehen.«

Das Mädchen grüßte stumm und schloss langsam die Tür.

Freddy versuchte es im vierten Stock, sie hatte nochmals Glück. Eine blonde Frau mit müden Augen öffnete die Tür, sie hielt ein Geschirrhandtuch in der Hand. Hinter ihr kamen fünf Kinder in den Flur gestürzt und starrten Freddy neugierig an.

»Was gibt's?«, fragte die Frau. Mist. Freddy hatte sich wieder nicht genau überlegt, was sie sagen sollte. Jetzt stand sie da.

»Es geht, eh, es geht um Ihren Hausbesitzer.«

»Mit dem will ich nichts zu tun haben. Wenn Sie von dem kommen, können Sie gleich wieder gehen«, sagte die Frau böse und schwang die Tür, als würde sie sie Freddy vor der Nase zuwerfen.

»Nein, nein«, beschwichtigte Freddy. »Ich bin Detektivin und versuche einen Mord aufzuklären. Dabei bin ich auf Ihren Hausbesitzer gestoßen. Ich würde gerne wissen, was er für ein Mensch war, beziehungsweise, was war er für ein Vermieter?«

»Ein Schwein«, sagte die Frau, ohne zu überlegen, sah aber etwas zugänglicher aus.

»Könnten wir uns vielleicht drinnen weiter unterhalten? Es zieht im Treppenhaus, und ich habe nasse Füße. Eine Erkältung würde mir jetzt gerade noch fehlen.« Freddy nieste zur Bestätigung.

»Na gut, kommen Sie rein. Hier lang.« Sie führte Freddy in die Küche, die Kinder liefen schweigend mit. Dort roch es nach Essen und Zigaretten, überall lag Spielzeug herum. Freddy hätte am liebsten eine Zigarette geschnorrt, aber sie traute sich nicht. Außerdem war die Frau offensichtlich arm. Die Kinder blieben am Küchenschrank stehen und beobachteten Freddy, die sich mit ihrer Mutter an den Tisch setzte.

»Was wollen Sie denn genau wissen?«

Freddy überlegte einen Augenblick. »Wie war sein Verhältnis zu seinen Mietern?«

»Den hat jeder gehasst. Ich auch. Als ich gehört hab, dass er tot ist, hab ich mit dem da oben 'nen Kognak getrunken.«

»Wohnt da oben noch jemand?«, fragte Freddy erstaunt.

»Quatsch«, sagte die Frau. »Ich mein unsern gerechten Herrn, wie er früher im Religionsunterricht immer genannt wurde.«

»Was hat Ihr Vermieter denn Schlimmes getan?«

»Er hat zu viel Miete verlangt, der wusste genau, dass jemand wie wir keine Wohnung kriegt und das Sozialamt zahlt, die sind froh, dass wir von der Straße sind. Repariert hat er auch nie was. Und man wusste nie, wann er in der Wohnung stand. Der hatte Schlüssel und fand, das ist sein Haus, und er kann kontrollieren kommen, wann er will. Kündigungen, Räumungsprozesse. Was Sie wollen. Betatscht hat er einen auch immer, er war einfach ein widerlicher Typ.« Die Frau war bei der Aufzählung lauter geworden.

»Ja, aber hat er sich mit irgendjemandem besonders gestritten? Gab es vielleicht Handgreiflichkeiten oder so etwas?«

»Gab es was?« Die Frau starrte Freddy verständnislos an.

»Kam es zu einer Prügelei?«

»Nein, aber fast. Was er mit dem Slansky unten gemacht hat, das war das Schlimmste.«

»Ist Slansky der Vater von dem kleinen Mädchen unter Ihnen?«

»Nein, nein, der wohnt doch nicht mehr hier. Den hat er doch rausgeschmissen. Ihn und die Frau und die vier Kinder. Das heißt, Frau Slansky konnte er ja gar nicht mehr rausschmeißen.« Die Frau begann Geschirr abzutrocknen, das neben dem Waschbecken gestapelt war.

»Wieso?«

»Die hat sich umgebracht, nachdem der Gerichtsvollzieher das erste Mal da war. Hier.« Sie trat ans Küchenfenster. »Rausgesprungen, sie war sofort hin. Nichts mehr zu machen.«

»Warum, was ist passiert?«

»Räumungsklage. Obwohl das Sozialamt gezahlt hat. Der Slansky hat sich nicht drum gekümmert, weil er fand, es war ja gezahlt, und dann war's zu spät. Obwohl er im Recht war. Der Kant wollte den unbedingt loswerden, und das hat er ja dann auch geschafft.«

»Und warum?«

»Warum, warum, der war einfach ein Sadist, der quälte gern. Und Frau Slansky, die hat sich immer so leicht aufgeregt, die ist vor dem auf die Knie gefallen und hat ihn angefleht. Die hatte Angst, auf der Straße zu landen. Das hat ihm gut gefallen. So war der Kant.« Die Kinder standen immer noch still da und hörten zu.

Freddy war erstaunt. »Und wo sind Herr Slansky und die Kinder jetzt?«

»Keine Ahnung. Vielleicht hat das Sozialamt ihnen ein Hotelzimmer verschafft. Er hat sich nicht von mir verabschiedet. Das ist hier nicht üblich. Aber der hat dem Kant Prügel angedroht. Und wenn Sie mich fragen, ich hätte Beifall geklatscht, wenn er's getan hätte. Die andern im Haus auch.« Sie hatte sich in Rage geredet, viel mehr war von ihr nicht zu erfahren.

Freddy versuchte es trotzdem. »Wissen Sie vielleicht, wie er mit Vornamen heißt?«

Die Frau überlegte. »Also, warten Sie, Frau Slansky hat ihn doch manchmal im Hof gerufen, wissen Sie, der hat immer gerne unten gebastelt. Vielleicht auch nicht gerne, wahrscheinlich wollte sie es. In der Wohnung war es bestimmt zu eng. Er hat im Hof immer gepfiffen, manchmal habe ich das bis hier oben gehört. Frau Slansky lehnte sich dann irgendwann aus dem Fenster und rief ihn, wenn es Essen gab. Werner, ja Werner.«

Freddy bedankte sich, verabschiedete sich – auch von den Kindern – und ging.

Der Regen hatte nicht nachgelassen. Freddys ehemaliges Büro lag ganz in der Nähe. Sie konnte es versuchen. Als sie beim Anwaltsbüro klingelte, fiel ihr ein, dass Freitagnachmittag war und ihr wahrscheinlich niemand öffnen würde.

»Ja bitte, wer ist da?« Freddy erkannte Corinnas Stimme durch die Sprechanlage.

»Ich bin's. Wollen wir einen Kaffee trinken? Oder bist du nicht allein?«

»Was für 'ne Frage! Du weißt doch, dass sie Freitagmittag alle fluchtartig das Büro verlassen. Ich drück dir auf.«

Freddy sah sich erstaunt im Treppenhaus um. Kaum ein Monat war vergangen, und sie erkannte es kaum wieder. Sie hatte dieses Büro völlig vergessen. Im Aufzug erinnerte sie ihr Magen an das Gefühl, das sie jeden Morgen beim Betreten des Büros gehabt hatte.

»Na du Glückliche.« Corinna umarmte sie und stellte eine große Tasse Kaffee mit Milch auf den Schreibtisch. »Oder hast du deine Gewohnheiten geändert?«

»Nein, nein, nur den Beruf.« Sie lästerten ein wenig über die Anwälte, und im Nu war eine Stunde vergangen.

»Du solltest mich häufiger besuchen.«

»Ja, vielleicht, mal sehen. Ich habe noch eine große Bitte. Kannst du für mich eine Einwohnermeldeamtsanfrage machen? So unter der Hand?«

Corinna sah sie verwundert an. »Wozu brauchst du das? Suchst du einen verschwundenen Ehemann?«

»Nein«, lachte Freddy, »das Problem hatte ich noch nicht. Ich muss einen Zeugen finden. Und ich weiß nicht, wo er jetzt wohnt. Ich habe auch sonst niemanden gefunden, der etwas weiß. Eine Einwohnermeldeamtsanfrage ist meine letzte Hoffnung, wobei ich mir nicht sicher bin, ob er zu den Leuten gehört, die sich anmelden. Und für Privatpersonen wie mich gilt ja der Datenschutz. Deshalb brauche ich dich beziehungsweise einen der Rechtsanwälte. Meinst du, es könnte gehen?«

Corinna überlegte einen Moment, stand dann auf, umkreiste ihren Schreibtisch und ließ sich schließlich darauf nieder. Nachdenklich betrachtete sie ihre langen Beine in der Nylonstrumpfhose.

»Du hast abgenommen«, stellte Freddy fest.

Corinna nickte.

»Wie machst du das bloß?«

»Ich mache gar nichts, ich gehe jeden Tag hierher, da vergeht dir der Spaß am Essen, kennst du doch.«

Freddy stöhnte. »Die Menschen sind unterschiedlich, bei mir funktioniert das nicht. Ich esse einfach gerne, und seit ich nicht mehr rauche, nehme ich wöchentlich zu.« Sie rieb sich den Bauch. »Machst du's?«

Corinna grinste. »Versuchen können wir es.«

»Vielleicht solltest du eine Aktennummer dazuschreiben«, schlug Freddy vor. »Keine Abweichungen von der Regel, dann merken sie es nie. Pass auf. Er heißt Werner Slansky, und ich schreibe dir die letzte Adresse auf. Ich zahle auch 5 Euro in die Kaffeekasse.«

Corinna nahm den Zettel. »Mache ich gleich Montag früh. Heute kommt eh keiner mehr zum Unterschreiben. Aber du weißt, das dauert Wochen.«

»Ich weiß, aber da gab es doch diese nette Frau Welse. Wenn du die anrufst und sagst, es sei dringend, sagt sie es dir vielleicht schon mal am Telefon. Oder arbeitet sie nicht mehr da?«

»Keine Ahnung. Du hast das immer so gemacht, ich nicht. Ich finde nicht, dass ich bei dem ganzen Stress hier auch noch den Behörden Dampf machen muss. Aber versuchen kann ich es ja.«

»Vielen Dank! Du bist wirklich ein Schatz.«

»Wenn das hier nur mal einer merken würde«, stöhnte Corinna.

»Ich ruf dich Dienstagnachmittag an.«

»O. K. Wie ich dich beneide.«

»Wenn ich mal expandiere, denke ich bestimmt an dich«, lachte Freddy und ging erleichtert hinaus.

Es regnete immer noch, und als sie bei ihrem Auto ankam, war sie – trotz Regenschirms – klatschnass. Sie überlegte, wo sie einen langen, leichten Regenmantel kaufen konnte. Es fiel ihr nichts ein. Wahrscheinlich musste man extra nach England fahren, aber dafür hatte sie kein Geld. Der Wagen sprang schon wieder beim ersten Versuch an, es begann sie zu beunruhigen. Plötzlich musste sie über sich selbst lachen. Sie sollte sich eine entspannende Abendbeschäftigung suchen, wenn sie schon hinter einem sofort anspringenden Automotor ein schlechtes Omen vermutete. War Maria entspannend? Wahrscheinlich nicht, aber ablenkend.

*

Maria trug ein giftgrünes, weitschwingendes Kleid mit einem tiefen Ausschnitt. Sie drehte sich, Freddy wurde es etwas schwindlig.

»Wie findest du es?«

Freddy kniff die Augen zusammen. »Sag ich dir, wenn du aufhörst, dich zu drehen, mir wird schlecht.« Maria erstarrte augenblicklich. Freddy ging langsam um sie herum und betrachtete sie von oben bis unten. »Auffallend.«

»Na Gott sei Dank«, lachte Maria, »es hat ein Vermögen gekostet.«

»Warst du in der Farbberatung, oder bist du selbst auf die Idee gekommen?« Freddy hatte sich noch nicht von der Farbe erholt.

»Du bist bösartig«, schimpfte Maria und strich beleidigt eine Falte glatt.

»Stimmt, entschuldige. War das die dringende Beratungsstunde, oder gibt es außerdem noch etwas Neues von dem jungen Mann?« Freddy sehnte sich nach einer erfreulichen Nachricht.

»Ach ja, der Herr Doktor«, seufzte Maria. »Er hat mir aufs Band gesprochen. Er fühlt sich von mir eingeengt. Kannst du mir verraten, warum ich immer bei komplizierten Männern lande?«

»Vielleicht gibt es nur komplizierte«, gab Freddy zu bedenken. »Außerdem bist du auch nicht gerade die Einfachste.«

»Dabei will ich doch nur eine einfache Beziehung.«

Freddy musste über Marias unschuldigen Gesichtsausdruck lachen. »Na ja, erinnere dich an die letzte, die war einfach, und was passiert, nach wenigen Monaten langweilst du dich zu Tode und verlässt ihn.«

Maria erinnerte sich sofort. »Du meinst Thomas, nein, das war was anderes, der suchte eine Hausfrau und potenzielle Mutter, und das bin ich nun wahrhaftig nicht. Gib's zu.«

»Willst du behaupten, dass ich das bin?«, ereiferte sich Freddy. »So funktioniert das doch nicht. Es ergibt sich manchmal einfach, und dann steckst du mittendrin, und es dauert Jahre, bis du wieder draußen bist.«

»Siehst du, ich fliehe, bevor es sich ergibt. Sag mal. Es hat noch keine Tür geknallt. Wo ist dein Sohn?« Maria sah sich um.

»Stimmt.« Freddy überlegte. »Ich glaube, er ist nicht da und hat nur mal wieder vergessen, mir Bescheid zu sagen. Aber was willst du jetzt machen? Hörst du auf, ihn anzurufen?«

»So schnell gebe ich nicht auf.« Marias Stimme signalisierte Kampfbereitschaft. »Du brichst mein Herz, wenn du mir nicht hilfst, ihn zu beschatten.« Freddy sah das Bild vor sich, wie sie Marias Herz in den Händen hielt und es in kleine Teile zerbarst. Zu ihrem Entsetzen fühlte sie Nachgiebigkeit in sich aufsteigen.

»Machst du's?«, fragte Maria beim Abschied noch einmal drängend.

»Mal sehen«, antwortete Freddy ausweichend, als sie Maria zur Tür brachte.

Nachdem Maria gegangen war, suchte Freddy den Kater. Sie fand Mao in ihrem Bett. Anschließend machte sie einen Rundgang durchs Haus, zog überall die Rollläden herunter und verschloss sowohl die Haus- als auch die Kellertür. Tobias war immer noch nicht zu Hause. Das fehlte ihr noch, aber selbst wenn sie den Namen und die Telefonnummer des blonden Mädchens gehabt hätte, es war viel zu spät für einen Anruf. Morgen werde ich ihn zwingen, mir wenigstens ihren Namen und die Telefonnummer zu geben, beschloss Freddy. Ich werde standhaft bleiben.

Sie zog sich langsam aus und überlegte, ob sie sich die

Zähne putzen sollte oder nicht. In Erinnerung an die letzte Zahnarztrechnung tat sie es schließlich doch. Dann wälzte sie sich unruhig im Bett hin und her. Es hatte keinen Zweck, sie konnte nicht einschlafen. Sie machte das Licht wieder an. Wenn sie nur rauchen könnte. Mao öffnete empört ein Auge, schlief dann aber weiter. Er fing leise an zu schnarchen. Freddy betrachtete sehnsüchtig den Kater und fragte sich, ob sie aufstehen und noch ein wenig fernsehen sollte. Sie entschied sich dagegen, wahrscheinlich wäre sie dann bis drei oder vier Uhr morgens wach und den ganzen nächsten Tag müde. Das ging nicht. Wenn sie schon nicht schlafen konnte, musste sie wenigstens ruhen, vielleicht ein wenig träumen. Nein, lieber nicht, womöglich träumte sie wieder von Arthur, das war zu gefährlich.

10

Am Montag beschloss Freddy, Frau Kants Haus zu durchsuchen, in der Hoffnung, irgendeine Spur zu finden. Sie würde wohl einbrechen müssen. Es war der erste Einbruch ihres Lebens, aber anders käme sie nie weiter. Erstaunlich, wie schnell sie sich mit ihrem neuen Beruf identifizierte und Dinge tat, die sie früher mindestens für verrückt gehalten hätte. Sie wählte die Nummer von Frau Kant. Niemand ging ans Telefon, obwohl sie es 20-mal klingeln ließ, seltsamerweise sprang auch kein Anrufbeantworter an. Dann zog sie sich zügig an: Jeans, Sweatshirt und Turnschuhe; und packte Handschuhe, einen kleinen Hammer, eine Taschenlampe und ein Küchenhandtuch in ihren Rucksack. Sie rannte fast bis zum Grüneburgpark. Beim Haus der Kants angekommen, klingelte sie Sturm. Als sich nichts rührte, ging sie durch das Gartentor und schloss es leise hinter sich. Dann schlich sie hinter das Haus. Sie klopfte heftig an die Terrassentür. Nichts geschah, nur ein Hund in der Nachbarschaft fing hysterisch an zu bellen. »Hoffentlich haben sie keine Alarmanlage«, flehte sie beim Überstreifen der Handschuhe. Dann umwickelte sie den Hammer mit dem Küchenhandtuch und stellte sich vor das Fenster, das am weitesten von der Terrassentür entfernt war. Sie zielte mit dem Hammer ungefähr dahin, wo sie den Fensterriegel vermutete und schlug mit voller Kraft zu. Es war furchtbar laut, und statt des kleinen Lochs, das sie in das Glas schlagen wollte, flog der größte Teil des Fensters zersplittert ins Zimmer. »Bockmist«, fluchte sie im Stillen. Wenigstens ertönte keine Sirene. Sie griff durch das Fenster, entriegelte es und stieß es vorsichtig auf. Ein schwerer Vorhang behinderte sie etwas. Dann kletterte sie hinein. Glücklicherweise lagen die Glassplitter dicht am Fenster. Das kann ich hier nicht liegen lassen. Sie versuchte, sich zu orientieren und schlich in die Küche. Direkt neben dem Abfalleimer hingen Handfeger und Schippe, unter der Spüle fand sie Plastiktüten. Eilig kehrte sie ins Wohnzimmer zurück und fegte die Scherben zusammen. Nach kurzem Nachdenken steckte sie die Tüte in ihren Rucksack. Dann schloss sie das glaslose Fenster und zog den Vorhang sorgfältig vor.

Es war immer noch alles ruhig. Sie durchquerte eilig das Wohnzimmer. Im Flur herrschte Halbdunkel. Sie blinzelte, um ihre Augen an das Dämmerlicht zu gewöhnen.

Plötzlich klingelte das Telefon. Freddy zählte mit: dreimal, viermal, nichts außer dem Telefonklingeln war zu hören. Abrupt herrschte wieder Stille. Freddy hatte den Atem angehalten. Jetzt atmete sie mit einem tiefen Stoßseufzer weiter, wandte sich nach rechts und schlich die Treppe hinauf.

Ein Geräusch. Ihre Nackenhaare sträubten sich. Wieder hielt sie den Atem an. Wenn das so weitergeht, werde ich in Ohnmacht fallen, dachte sie. Vielleicht sollte ich doch mit Maria ins Fitness-Studio gehen? Da gibt es gewiss auch Atemtraining. Eine rot-weiß gestreifte Katze erschien und schmiegte sich eng an Freddys Bein. »Du hast mich aber erschreckt«, flüsterte Freddy und streichelte vorsichtig die Katze. Sie schnurrte. Dann gingen sie gemeinsam weiter. »Komm, zeig mir das Schlafzimmer«, lockte Freddy. Die Katze ging mit hoch erhobenem Schweif vor Freddy her und führte sie gehorsam ins Schlafzimmer. Mit einem Satz sprang sie aufs Bett und schlief augenblicklich ein. Das Bett hatte eine geblümte Überdecke, die aussah, als läge sie schon fünfzig Jahre dort, keine Falte, nichts. Freddy schloss vorsichtig die Tür. Es war stockdunkel, weil die Rollläden heruntergelassen waren, aber sie traute sich nicht, Licht zu machen. Stattdessen holte sie eine Taschenlampe aus ihrem Rucksack und durchleuchtete das Zimmer. Das Erste, was ihr auffiel, war ein riesengroßes schwarz eingerahmtes Foto von Arthur Kant am Kopfende des Bettes. Daneben hing ein kleineres von der Jungfrau Maria mit einem winzigen Vorbau, auf dem eine Kerze stand. Freddy betrachtete das Foto von Arthur. Er war darauf vielleicht zehn Jahre jünger. Heute gefällt er mir besser, entschied sie.

Es half nichts, sie musste sich von Arthurs Bild lösen, es könnte jederzeit jemand kommen. Sie wandte sich um. Der Kleiderschrank. Unwahrscheinlich. Die Kommode. Im obersten Fach Unterwäsche, gute altmodische Baumwolle. Was suchte sie eigentlich? Freddy wusste es nicht. Vielleicht fand sie es trotzdem. Die zweite Schublade enthielt Fotos, viele ungeordnete Fotos. Freddy zog einige heraus. Es waren Kinderfotos von Arthur. Sie legte sie resigniert wieder zurück. Es würde Stunden dauern, die Fotos zu sortieren, und sie hatte keine Zeit. Außerdem stimmten sie die Fotos wahrscheinlich nur sentimental. »Los, weiter«, befahl sie sich selbst.

Endlich, die dritte Schublade enthielt Papiere. Zuoberst lag der Adoptionsbescheid des Gerichts, er stammte aus Ostberlin. Freddy blätterte hastig alles durch. Sie fand keine Spur von Arthurs wirklichen Eltern. Und was hätte sie auch damit angefangen? Freddy hatte keine Ahnung. Sie suchte verzweifelt den Anfang irgendeines Fadens. Dann fand sie die Abschrift eines Testaments. Trude war Vorerbin, Arthur alleiniger Nacherbe. Wert 5 Millionen. Womit hat er bloß so viel Geld gemacht?, überlegte Freddy. Ein Zonenflüchtling. Als Spekulant? Vielleicht erzählt es mir Arthur.

Sie blätterte noch ein wenig weiter. Plötzlich stieß sie auf eine Anwaltsrechnung »In Sachen Aufenthaltserlaubnis Alina Kolokowska« und eine zweite »Beratung über Eheschließung Kant/Kolokowska«. Nachdenklich betrachtete Freddy die Rechnungen. Sie kannte Rechtsanwalt Schäfer, weil sie in den letzten Jahren unregelmäßig für ihn gejobbt hatte. Sie überlegte kurz, ob sie die Rechnungen einstecken sollte, entschied sich dagegen, prägte sich nur das Datum ein und räumte sie wieder dahin zurück, wo sie sie gefunden hatte.

Im Erdgeschoss schlug eine Tür. »Peterle, Peterle, wo bist du?«, klang es von unten. Peterle sprang mit einem Satz vom Bett.

»Hilf mir, Peterle«, flüsterte Freddy verzweifelt. Sie legte die Taschenlampe in den Rucksack, schlich zur Tür, öffnete sie und lauschte. Man hörte Kratzgeräusche.

»Aber, Peterle, ich bin doch gerade erst gekommen. Gut, gehen wir in die Küche, du bekommst schon dein Fressen.« Ich muss sofort verschwinden. Freddy spürte, wie ihr der Schweiß den Rücken heruntertropfte. Wenigstens verdächtige ich diesmal nicht die Wechseljahre, dachte sie, als sie die Treppe herunterschlich. Vorne raus ist zu gefährlich, entschied sie und nahm Kurs auf eine weitere Tür, die sie hoffentlich in den Keller führte.

Sie hatte Glück, es war die Kellertür. Dank sei Peterle, freute sie sich, als sie in den Keller schlich. Sie holte wieder die Taschenlampe aus dem Rucksack. Hier war es genauso sauber und ordentlich wie im ganzen Haus. Keine Leiche im Keller … Trotzdem musste sie tief durchatmen und sich Mut zusprechen, bevor sie weitergehen konnte. Lass es einen Ausgang geben. Es gab einen. Freddy sah auf die Uhr, ob sie warten sollte, bis es dunkel war. Zu gefährlich, entschied sie, früher oder später würde jemand das kaputte Fenster entdecken, und dann konnte auch Peterle nicht mehr helfen. Freddy versuchte sich zu orientieren, ob der Ausgang vorne oder hinten lag. Es war hoffnungslos. Warum habe ich bloß in Erdkunde bei den Himmelsrichtungen nie aufgepasst, seufzte sie. Es rächt sich alles im Leben. Tobias würde mir das nie glauben.

Na ja, ich habe meinem Erdkundelehrer auch nicht geglaubt.

Sie öffnete vorsichtig die Tür und sah die Straße. Also vorne. Schaffte sie es, über den Zaun zu klettern, ohne aufzufallen? Sie wusste es nicht, aber sie hatte keine Wahl. Sie schlich zum Zaun. Wenigstens gab es Büsche, die sie vor Blicken aus dem Nachbarhaus schützten. Oje, ein hoher Lattenzaun. Mit zusammengebissenen Zähnen zog sie sich mühsam hoch. Es ging. Als sie oben war, dachte sie, was wohl Tobias sagen würde, wenn er sie so hängen sähe. Wahrscheinlich würde er nur über meinen Arsch lästern. Du willst ja nur davon ablenken, was wohl Arthur sagen würde, wenn er dich sehen könnte, hämmerte ein kleines Teufelchen in ihrer Schläfe. »Sei ruhig«, zischte Freddy und sprang. »Au«, entfuhr es ihr. Das Knacksen vervielfältigte sich in ihren Ohren. Sie konnte fühlen, wie der Fuß anschwoll.

Mühsam hinkte sie die Straße herunter. Ein Königreich für ein Taxi. Da stand tatsächlich eins. Freddy humpelte winkend darauf zu. Aufatmend ließ sie sich auf den Vordersitz fallen. Als sie losfuhren, bog ein Streifenwagen um die Ecke. »Die sind auch immer da, wo man sie nicht braucht«, nuschelte der Taxifahrer und begann einen langen Vortrag, wie viele Strafzettel er allein letzte Woche bekommen hatte, nur weil er hilfsbereit das Gepäck alter Damen holte und deshalb ganz kurz auf Anwohnerparkplätzen stand. »Immer auf den kleinen Mann«, damit endete er und hielt. Erleichtert stellte Freddy fest, dass sie bereits vor ihrem Haus standen.

Als sie die Haustür öffnete, stürzten Mao und Caro gleichzeitig auf Freddy zu.

»Rate mal, was heute …« Caro brach ab und starrte auf ihre hinkende Mutter. »Was hast du denn gemacht?«

»Ich hatte einen kleinen Unfall. Kann ich mich auf dich stützen?«

»Klar.« Bereitwillig hielt Caro ihr die Schulter hin. Nachdem sich Freddy aufs Sofa geschleppt hatte, holte ihr Caro eine Schüssel mit essigsaurer Tonerde und ein Küchenhandtuch.

»Danke, mein Schatz, wenn du mir nur noch das Telefon bringst, bin ich restlos glücklich.« Sie rief Maria an.

»Da hilft nichts«, sagte Maria später mit einem langen Blick auf Freddy, »wir müssen zu meiner Wahrsagerin.«

»Du spinnst, was soll ich denn da? Sag mir lieber, was ich mit Arthur machen soll, oder spendier mir eine gute Ausrede für den Fuß.«

»Du wirst schon sehen, wir gehen, sobald sie einen Termin frei hat«, endete Maria.

»Ich glaube nicht an Wahrsagen, und außerdem will ich die Zukunft gar nicht wissen.« Freddy blieb hartnäckig.

»Ein bisschen Zukunft hat noch nie geschadet«, entgegnete Maria unverdrossen. »Wir gehen.«

*

»Hüten Sie sich vor Männern!« Die Wahrsagerin entpuppte sich als modische Dreißigjährige mit viel zu rotem Lippenstift und viel zu roten Fingernägeln.

»Vor welchen Männern? Ich bin von ihnen umgeben«, fragte Freddy hilflos.

»Das sagen die Karten nicht. Vor einem, vor allen, Sie

müssen selbst entscheiden. Außerdem sollten Sie Ihren Körper trainieren.« Damit endete die Sitzung.

Auf der Straße kicherte Freddy. »Und das hat mich jetzt 50 Euro gekostet. Das wäre schon die Anmeldegebühr für dein Fitness-Studio gewesen.«

Maria war etwas kleinlaut. »Aber sie hat bestimmt Recht.«

»Ja, nur hat sie mir nichts Neues gesagt. Wenn sie wenigstens gesagt hätte ›Hüten Sie sich vor einem Mann namens Arthur Kant‹, oder ihn beschrieben hätte, aber so.«

»Und hättest du dich gehütet?«, fragte Maria.

Freddy blieb abrupt stehen und überlegte. »Ich weiß es nicht«, sagte sie endlich. »Was ist denn bei dir rausgekommen?«

»Suchen Sie die Frau hinter dem Mann.«

»Und?«

»Ich weiß es nicht, vielleicht ist ja auch seine Mutter gemeint.«

»Na ja, aber wenn sie so dicht hinter dem Mann steht, dann ist es genauso schlimm, als wenn er eine Frau hätte«, warf Freddy ein. Sie verabschiedeten sich in bedrückter Stimmung.

Zu Hause überraschte sie ein riesiger Strauß roter Rosen auf dem Tisch. Freddy suchte vergeblich nach einer Karte. Sie stand noch nachdenklich vor dem Strauß, als Tobias hereinstürmte.

»Hast wohl einen neuen Liebhaber!«, zischte er. »Wart's ab, ich stürme jetzt jede Nacht dein Schlafzimmer.«

»Wie du aus eigener Erfahrung wissen müsstest, braucht man die Nacht nicht dazu«, stichelte Freddy.

»Du bist gemein«, damit stürzte er aus dem Zimmer.

»Hast du die Spülmaschine eingeräumt?«, rief sie ihm nach. Statt einer Antwort wurde die Haustür zugeschmettert.

»Hat er nicht.« Caro betrat die Szene. »Und von wem ist der?«, fragte sie neugierig.

»Möchte ich auch gerne wissen. Wie sind die Blumen denn ins Haus gekommen?«

»Es hat geklingelt, und da lag nur der Strauß vor der Tür. Und ich dachte, er ist bestimmt für dich«, sagte Caro.

»Ja, das nehme ich auch an. Du bist noch zu jung, und Männer und Kater kriegen üblicherweise keine Blumen.«

»Seit ich zu Hause bin, hat jede halbe Stunde das Telefon geklingelt. Du hast bestimmt einen Haufen Nachrichten.«

»Du bist ein Schatz.« Freddy drückte einen Kuss auf Caros Stirn und humpelte ins Wohnzimmer.

Pustekuchen, der Anrufbeantworter gab nur Besetztzeichen von sich. »Mist.« Sie setzte sich. Soll ich wieder Gänseblümchen pflücken? Nein, es ist sein Part. Prompt klingelte das Telefon. Freddy holte tief Luft und nahm ab.

Arthurs Stimme sagte bestimmt: »Wo warst du denn?«

»Ich arbeite.«

»Woran, an meiner Mutter?« Klang seine Stimme lauernd, oder bildete sich Freddy das nur ein?

»Berufsgeheimnis, das müsstest du doch kennen.«

»Entschuldige, ja natürlich, ich bin einfach neugierig.«

»Verziehen, bin ich auch.«

»Wann sehen wir uns wieder?«

Freddy schmolz dahin.

»Ich vermisse dich«, drängelte Arthur.

»Das geht aber schnell«, lachte Freddy.

»Ich habe dich noch nie lachen hören. Es gefällt mir gut.«

Freddy überlegte fieberhaft, einerseits wollte sie Arthur unbedingt sehen, andererseits tat der Fuß noch so weh. Und überhaupt. »Hüten Sie sich vor Männern.«

»Arthur, lass mir ein paar Tage Zeit. Ich bin so lange nicht mehr mit jemandem ausgegangen.« Er lenkte überraschend schnell ein. Zu schnell, dachte Freddy. Kaum hatte sie aufgelegt, klingelte das Telefon wieder. Er will doch nicht warten, Freddys Herz schlug einen Purzelbaum, und sie nahm blitzschnell erneut den Hörer ab.

»Hartmann.«

»Ebenfalls.« Freddys Stimmung sank in den Keller. »Ich wollte dir nur mitteilen, dass sich dein Sohn entschlossen hat, bis auf weiteres bei uns zu wohnen.«

»Herzlichen Glückwunsch«, sagte Freddy.

»Mehr fällt dir dazu nicht ein? Ich wusste schon immer, dass du herzlos bist.«

»Du wirst schon sehen.«

»Nun gut, beenden wir dieses unangenehme Gespräch. Ich wollte nur, dass du dir keine Sorgen machst. Aber wie ich dich kenne, hättest du dir sowieso keine gemacht.«

»Steht die Gemahlin hinter dir?«, stichelte Freddy.

»Sei nicht immer so bösartig. Schließlich nimmt sie deinen Sohn auf.« Damit endete das Gespräch. Freddy knallte den Hörer auf.

»Caro, Caro«, schrie sie anschließend durchs Haus. Caro kam ins Zimmer gelaufen.

»Was ist denn?«

»Dein Bruder hat uns verlassen – zumindest für den Moment.«

»Ist er zu der Ziege gezogen?«

»Ja.«

»Geschieht ihm recht.«

»Wollen wir wetten, wie lange er es aushält?«

»Lieber nicht, vielleicht bleibt er dann ja länger.«

Es klingelte Sturm. »Meinst du, dass er das schon wieder ist?«, fragte Caro ängstlich.

»Nein, bestimmt nicht«, beruhigte sie Freddy. Es war Maria, außer Atem und mit hochrotem Kopf.

»Ich habe ihn mit einer Frau gesehen, und die war bestimmt nicht seine Mutter.«

»Vielleicht eine Arbeitskollegin?« Ich will damit nichts zu tun haben, sträubte sich Freddy.

»Nein, glaube ich nicht, sie hatte sich bei ihm eingehakt.«

»Jetzt setz dich erst mal. Ich koche uns einen Kaffee.«

»Ein Kognak wäre mir lieber.«

»Du kriegst beides.« Freddy spürte es im Genick, weshalb Maria gekommen war, und versuchte den Moment der Enthüllung so lange wie möglich hinauszuzögern. Sie kochte umständlich Espresso, stöberte lange nach einem passenden Kognakglas, aber irgendwann musste sie sich hinsetzen. Maria starrte sie an und spielte mit ihrem Ring.

»Bitte!«, flehte Maria.

»Nein!«, antwortete Freddy.

»Du weißt doch noch gar nicht, was ich von dir will.«

»Ich wusste es, seitdem du gesagt hast, dass du ihn mit einer Frau gesehen hast. Nein, nein, nein. Frag ihn doch einfach.«

»Das kann ich nicht. Außerdem kenne ich ihn noch nicht gut genug, ich merke es nicht, wenn er mich anlügt. Bitte!« Maria warf sich auf die Knie und reckte ihre Hände Freddy entgegen.

»Hör auf.« Freddy zog sie hoch. »Ich habe deine theatralischen Auftritte noch nie leiden können.«

»Ich höre sofort damit auf, wenn du es machst.«

»Besiegt. Aber du musst ein paar Tage warten. Ich kann niemanden mit einem Hinkefuß verfolgen.«

»Du bist ein Schatz.« Maria warf sich in ihre Arme und küsste sie stürmisch.

11

Am nächsten Morgen schien ausnahmsweise die Sonne. Aber Freddy war übermüdet und schlecht gelaunt. Sie trat vorsichtig mit dem verletzten Fuß auf, es ging besser, als sie gedacht hatte. Dann zog sie ihren Bademantel über, um die Zeitung zu holen. Sie war noch nicht da oder nicht mehr. Warum ließ sich kein Zeitungsdieb von ihren neugierigen Nachbarn abhalten; oder war es gar einer ihrer Nachbarn?

Als sie wieder im Haus war, strich Mao hungrig um ihre Füße. Freddy gab ihm etwas in seine Schüssel und hielt sich dabei die Nase zu. Um diese Uhrzeit konnte sie den Geruch von Katzenfutter noch nicht ertragen. Währenddessen war Caro in die Küche gekommen.

»Du hast schlechte Laune«, begrüßte sie ihre Mutter lakonisch. »Macht aber nichts, ich auch, ich bin müde.«

»Das wollen wir jetzt nicht zum Gesprächsthema machen, sonst werde ich vielleicht ernsthaft böse. Du hast doch garantiert wieder mit der Taschenlampe unter der Bettdecke gelesen.« Freddy überlegte kurz, ob sie ihrer Tochter je erzählt hatte, dass sie als Kind auch immer nachts gelesen hatte. Besser nicht, und sie nahm sich vor, das auch erst zu tun, wenn Caro erwachsen war.

»Gut, dann nicht.« Caro war offensichtlich nicht scharf darauf, mit Freddy ihre abendlichen Lesegewohnheiten zu diskutieren.

Freddy schnitt energisch eine Scheibe Brot ab. »Du musst jetzt frühstücken, sonst kommst du zu spät in die Schule.«

Nachdem Caro das Haus verlassen hatte, klingelte das Telefon. Es war Corinna aus dem Anwaltsbüro. Sie hatte die Adresse herausgefunden. Freddy bedankte sich. Ihre Stimmung hob sich etwas, vielleicht war dieser Tag ja doch zu retten. Sie musste noch Wäsche in die Maschine stopfen, dann würde sie Herrn Slansky einen Besuch abstatten und versuchen herauszukriegen, wo er am 3. Februar gewesen war. Er wohnte in einem Hotel in der Innenstadt. Das würde wieder erhebliche Parkplatzprobleme mit sich bringen, vielleicht sollte sie von vornherein mit der U-Bahn fahren.

Zögernd betrat Freddy das Hotel und blickte sich suchend um. Von dem nahegelegenen Kirchturm schlug es zwölf. Es gab eine Rezeption, aber sie war unbesetzt.

»Hallo, ist da jemand?« Niemand antwortete. Freddy betrachtete den Raum, er war schäbig und heruntergekommen, insoweit entsprach er ihren Erwartungen. Außerdem roch es, damit hatte sie nicht gerechnet. Sie rümpfte die Nase und rief noch einmal: »Hallo, ist da jemand?« Wieder passierte nichts. Plötzlich entdeckte sie auf der Theke eine Klingel, sie schlug kräftig mit der Faust drauf. Der Erfolg war ohrenbetäubend. Freddy rechnete mit einem Volksauflauf. Er blieb aus, stattdessen raschelte ein Fadenvorhang hinter dem Empfang, und ein gähnender alter Mann erschien. Das Rasieren musste er schon vor geraumer Zeit aufgegeben haben, und er muffelte nach ungelüfteter Kleidung.

»Was wollen Sie?«, fuhr er Freddy an. Obwohl er wütend wirkte, flüsterte er nur.

Freddy überlegte kurz, ob sie auch flüstern sollte, entschied sich dann aber für ihre normale Lautstärke. »Ich möchte zu Herrn Slansky. Ist er da?«

»Woher soll ich das wissen? Wir überwachen unsere Gäste nicht«, wisperte der Alte, drehte sich um und wollte weggehen.

»Halt, halt, nicht so eilig«, rief Freddy. »Sagen Sie mir wenigstens seine Zimmernummer.«

Der Alte zischte »512«, dann fing er flüsternd an zu lachen. Freddy wartete, ob er ihr die Ursache seines Heiterkeitsausbruchs mitteilen würde. »Der Aufzug ist kaputt«, keuchte er immer noch lachend und verschwand hinter dem Vorhang.

Freddy seufzte, dann schalt sie sich, du wolltest doch trainieren, reckte die Schultern und suchte das Treppenhaus. Sie hatte ihren angeschlagenen Fuß vergessen, er begann schon im zweiten Stock wieder zu schmerzen. Der strenge Geruch verschärfte sich, je höher sie kam. Freddy schnüffelte und versuchte zu erraten, wonach es roch. Es gelang ihr nicht. Im fünften Stock blieb sie kurz stehen, bis sich ihr Atem wieder normalisiert hatte. Dann klopfte sie an die Tür 512. Nichts geschah. Sie klopfte nochmals. Wieder nichts. Sie drehte sich um und wollte enttäuscht gehen, da fiel ihr die Szene beim Portier wieder ein. Kurz entschlossen schlug sie mehrmals kräftig gegen die Tür und brüllte gleichzeitig: »Aufmachen!«

Etwas raschelte im Zimmer. Freddy wartete. Dann öffnete sich leise die Tür und ein zerknautscht aussehender Mann in Unterhose stand vor ihr und gähnte herzhaft.

»Was ist denn das für ein Krach?«, herrschte er sie unfreundlich an. Freddy betrachtete ihn aufmerksam, sein Kopf war genau so glatt rasiert wie sein Kinn. Aber was sagte das aus? Vom Alter her passte er zu Frau Tons Beschreibung des auffälligen Fremden bei der Burgbesichtigung. Nur war er eindeutig im Moment nicht blond und einen Schnurrbart trug er auch nicht. Sie lugte neugierig ins Zimmer.

»Wo haben Sie denn Ihre Kinder versteckt, Herr Slansky?«

Er zuckte zurück und fuhr sie scharf an: »Meine Kinder sind im Heim, das müssten Sie doch wissen, wenn Sie vom Sozialamt sind.«

»Nein, nein, mein Name ist Hartmann. Ich bin Detektivin und untersuche den Tod von Herrn Kant, der muss Sie ja sehr gefreut haben.« Diese Antwort beruhigte ihn nicht, im Gegenteil, er versuchte die Tür zuzuschlagen. Geistesgegenwärtig stellte Freddy ihren Fuß dazwischen. Sie musste unbedingt etwas sagen, um ihn zu besänftigen, nur was? »Haben Sie ihn gehasst?« Herr Slansky ließ verblüfft die Tür los. »Kann ich nicht reinkommen? So zwischen Tür und Angel spricht es sich schlecht.«

Herr Slansky nickte stumm und ließ sie eintreten. Es roch nach Schlaf, die Bettdecke war zurückgeschlagen und die Vorhänge zugezogen. Er deutete auf einen wackeligen Stuhl und setzte sich aufs Bett. Freddy ließ sich langsam auf dem Stuhl nieder und sah ihn erwartungsvoll an. Er schlug die Arme übereinander, starrte sie an und schwieg. Nach einer Weile wurde Freddy unruhig und begann auf dem Stuhl hin und her zu rutschen.

»Ich habe gehört, Herr Kant hat Ihr Leben ruiniert.«

Widerwillig sagte er schließlich: »Natürlich war ich froh, dass er tot war, sonst hätte ich ihn doch mal verprügelt.«

»Ich dachte, Sie hätten ihn nicht ganz ungeschoren davonkommen lassen, sondern eventuell bei seinem Sturz nachgeholfen.«

»Sie spinnen wohl.«

Sie sah sich um. Einige Zeitungsausschnitte hingen an den Wänden. Sie waren nicht schön. Das Bild, auf das sie gerade sah, zeigte drei Männer am Galgen, eine vergrößerte Schwarz-Weiß-Fotografie, die nicht aus einem Film zu stammen schien. Freddy schüttelte sich und wandte sich angewidert ab. Herr Slansky gefiel ihr immer weniger. Außerdem wurde ihr langsam klar, dass sie ihn bestimmt nicht durch Schweigen zu einem Geständnis bringen konnte.

Sie räusperte sich. »Wenn ich ins Badezimmer gehe, könnten Sie sich vielleicht anziehen«, schlug sie vor.

Slansky lachte höhnisch. »Badezimmer von wegen, glauben Sie, das Sozialamt zahlt ein Luxushotel? Draußen gibt's Gemeinschaftsduschen. Ich glaube nicht, dass Sie da gerne wären. Ist Ihnen wohl unangenehm mit einem Mann in Unterhosen. Dabei sehe ich doch gut aus oder nicht?«

Mit diesen Worten stand er auf, ging auf sie zu und spannte seine Muskeln an. Freddy schreckte zurück. »Na, wie wär's mit uns?« Slansky beugte sich vor, legte seine Hände auf die Stuhllehnen und blieb so stehen. Freddy war gefangen. Sie überlegte fieberhaft, sollte sie schreien? Wahrscheinlich zwecklos. Sich wehren? Körperlich war sie ihm eindeutig unterlegen. Bevor sie weiter überlegen konnte, beugte er sich vor und presste seine Lippen auf ihren Mund, sie konnte kaum weiteratmen. Ihr wurde schlecht vor Ekel. Wieso war sie nur so dumm gewesen und alleine in dieses Hotelzimmer gegangen? Es schien eine Ewigkeit zu dauern, bis er sich von ihren Lippen löste. Freddy schüttelte sich, holte tief Luft und spuckte ihm ins Gesicht.

»Sie gefallen mir immer besser«, sagte er und wischte sich mit der rechten Hand die Spucke von der Stirn. Das war Freddys Chance. Sie sprang vom Stuhl, ihr Kopf zielte auf seinen Magen und traf. Slansky schwankte und plumpste auf den Hintern. Er sah sehr überrascht aus. Freddy stürzte zur Tür und rannte und rannte. Als sie keuchend und außer Atem am Empfang eintraf, war er wieder unbesetzt.

Sie rannte weiter, obwohl ihr Fuß furchtbar pochte. Erst draußen in der Sonne beruhigte sie sich allmählich. Etwas fehlte. Sie hatte ihren Rucksack im Zimmer vergessen. Es war fast eins. Wenn sie Glück hatte, war Maria schon zu Hause. Sie hatte Glück. Maria war da und hörte sich begeistert Freddys Geschichte von dem finsteren Herrn Slansky an.

»Ich brauche meinen Rucksack zurück«, damit endete Freddys Bericht.

»Vielleicht geht Hans mit«, schlug Maria vor. Freddy versuchte sich Hans in dem schäbigen Hotelzimmer vorzustellen und schüttelte den Kopf. »Oder dein Sohn?« Freddy musste lachen. »Was mag er mit dem Kuss bezweckt haben?«, überlegte Maria.

»Er wollte mich einschüchtern und das ist ihm auch gelungen. Wenn wir zu zweit gehen? Du bleibst an der Tür stehen, und wenn es brenzlig wird, holst du Hilfe.«

»Also gut.«

Als sie gemeinsam zum Hotel zurückgingen, gickelten sie aus Nervosität wie junge Mädchen. Freddys Herz klopfte, aber diesmal war der Empfang besetzt, und der alte Mann schwenkte Freddys Rucksack.

»Sind Sie immer so vergesslich?«, fragte er flüsternd. Maria betrachtete ihn interessiert. Freddy war so erleichtert, dass sie ihm einen 10-Euro-Schein in die Hand drückte und wortlos Maria am Arm nach draußen zog. Dann prüfte sie den Inhalt ihres Rucksacks, es war noch alles da.

Erschrocken griff Freddy Maria an das Handgelenk. »Er hat jetzt meine Adresse!« Maria nickte stumm. »Wie konnte mir das nur passieren? Ich muss meinen Verstand verloren haben, erst gehe ich allein da hin, und dann überlasse ich ihm auch noch meinen Rucksack mit allen Papieren.«

Maria versuchte vergeblich, sie zu trösten. »Und wenn du zur Polizei gehst?«

»Und dann, was soll ich sagen? Da ist ein Mann, der meine Adresse kennt, weil ich so blöd war, ihm meinen

Rucksack zu überlassen. Glaubst du, sie geben mir daraufhin Personenschutz?«

*

Freddy lag friedlich auf der Couch, erholte sich und las in einem Gedichtband. Plötzlich begann auf der Straße ein Hupkonzert. Sie stürzte zur Tür und riss sie auf. Mao war gleichzeitig mit ihr aufgesprungen und ließ ein Lederbällchen über das Parkett hüpfen. Das gemeinsame Ergebnis war ohrenbetäubend. Der Urheber des Hupkonzerts war Arthur in einem dunkelblauen BMW, mit der linken Hand hupte er, mit der rechten winkte er Freddy lachend zu. Sie dachte, dieser Wagen passt zu ihm. Als ob ich Argumente sammeln möchte, dass ich nicht zu ihm passe.

Sie lief zum Auto. »Bist du wahnsinnig?«

»Ich konnte nicht länger warten.« Damit beendete er sein Hupen. Die plötzliche Stille ließ Freddy zusammenfahren. »Habe ich dich erschreckt?«, fragte er schuldbewusst.

»Nein, aber wahrscheinlich meine Nachbarn«, antwortete sie und überlegte einen Moment, was sie tun sollte. »Willst du reinkommen?« Eine idiotische Frage.

»Sehr gerne.« Er stieg langsam aus und stellte sich neben den Wagen.

»Was ist?«, fragte Freddy irritiert. Er bereut, dass er gekommen ist, interpretierte sie sein Verhalten.

»Wo sind deine Kinder?« Freddy verstand sofort, dass sie nur »im Haus« antworten müsste, und Arthur ginge auf der Stelle.

»Keine Sorge, Tobias ist bei seinem Vater, Caro im Ballettunterricht.« Ich renne in mein Unglück. Nein, ich springe.

Erleichtert folgte ihr Arthur ins Haus. »Du hinkst ja. Was ist passiert?« Er hielt besorgt ihren Ellenbogen fest.

»Ich habe mir den Fuß verstaucht, als ich einen Bürgersteig übersehen habe. Es ist halb so wild.« Sie bemühte sich, weniger auffällig zu humpeln.

Kaum hatte Freddy die Haustür geschlossen, drehte Arthur sie zu sich um, umarmte sie und begann, sie heftig zu küssen, dabei presste er sie so an die Tür, dass sie nicht entkommen konnte. Wollte sie entkommen?

Als er Luft holen musste, fragte sie schnell: »Bist du immer so stürmisch in fremden Wohnungen?«

»Ich bin keineswegs ständig damit beschäftigt, Frauen zu verführen.«

»Aber diesmal ja?«

Jetzt ließ er beleidigt von ihr ab und starrte sie finster an. »Ist schon gut.« Sie zog ihn auf das Sofa. »Willst du was trinken?«

»Zeig mir dein Haus«, sagte er mit verbissener Stimme.

»Warum?«

»Ich will mir ein Bild von dir machen.« Was soll das heißen?, dachte Freddy. Aber vielleicht ist er nur genauso neugierig wie ich.

»Es ist nicht nur mein Haus, es ist auch das meiner Kinder und des Katers und wenn man genau sein will, auch das meines Exmannes.«

»Das gehört alles zu dir.« Er wirkte immer noch beleidigt. Trotzdem stand er auf und fing an, sich im Wohnzimmer umzusehen. Dann studierte er die Küche und wartete auf sie an der Treppe. »Hast du was dagegen?«

»Nein, nein, ich frage mich nur… Nein, lassen wir das.«

Sie ging hinter ihm die Treppe hoch, zeigte auf Tobias' Zimmertür, auf Caros, dann auf das Bad und schließlich auf ihr Schlafzimmer. »Zeigen ist keine Einladung.«

»Habe ich auch nicht erwartet.« Trotzdem zog er sie aufs Bett und küsste sie wieder. Er hatte sich gerade unter ihrem Pullover an ihren Rücken herangetastet, da wurde die Tür aufgerissen. Tobias stand da, und Freddy hatte das einmalige Vergnügen, ihren Sohn mit knallrotem Kopf zu sehen.

»Oh, Verzeihung«, stammelte er, »das wusste ich nicht.« Er wirkte so zerknirscht, dass Freddy lachen musste. Sie sprang aus dem Bett.

»Darf ich vorstellen, Tobias, Arthur Kant.« Arthur hatte sich hingesetzt, sein Gesicht war auch rötlich angelaufen. »Ich hatte dich nicht so bald wieder erwartet.«

»Ich habe mich mit ihnen gestritten. Wenn ich nicht so eine Wut auf dich gehabt hätte, wäre ich schon früher gekommen. Sie sind mir tierisch auf die Nerven gegangen, alle beide.«

Freddy musste lachen. »Ist schon gut.«

»Ich geh dann mal wieder.«

Nachdem die Türe geschlossen war, drehte sich Freddy zu Arthur. »So, jetzt bist du zu dem ungewöhnlichen Vergnügen gekommen zu hören, dass mein Sohn sich entschuldigt.« Arthur saß immer noch steif da. »Was ist?«

»Ich habe mich erschreckt. Er ist ja schon fast erwachsen. Ich habe mir immer vorgestellt, du hättest kleine Kinder.«

»Habe ich das gesagt?«

»Nein.« Arthur stand auf. »Ich gehe wohl besser.«

»Warum?«

»Es ist mir unangenehm mit deinem Sohn im Haus.«

»Ich kann dir versichern, heute platzt er nicht mehr rein.«

»Trotzdem.«

»Findest du das nicht ein bisschen widersprüchlich, erst kannst du nicht länger warten, und dann genügt der kurze Anblick eines Teenagers, und du flüchtest auf der Stelle.«

»Dann bin ich eben widersprüchlich.« Arthur war aufgestanden und brachte seine Kleidung in Ordnung. »Auf Wiedersehen. Ich melde mich. Du musst mich nicht raus begleiten. Ich finde den Weg alleine.«

Sie ging trotzdem mit nach unten. Erst nachdem Arthur bereits abgefahren war, fragte sie sich, woher er ihre Adresse hatte.

12

Als Freddy das Wohnzimmer betrat, sah sie schon von weitem den Anrufbeantworter blinken. Außerdem sah sie, dass sie dringend sauber machen müsste, der Staub hatte sich in dicke Flocken verwandelt, die durch den Raum tanzten. Ob Arthur angerufen hatte? Nein, es war Elsa, die mitteilte, dass sie in Frankfurt war, und die Telefonnummer ihres Hotels durchgab. Nachdenklich notierte Freddy die Nummer. Warum war Elsa in Frankfurt? Sie verabredeten sich zum Abendessen bei einem kleinen Italiener, den Freddy kürzlich entdeckt hatte.

Freddy betrat als Erste das Lokal und wurde freundlich

und ein wenig zu überschwänglich vom Besitzer begrüßt. Sie setzte sich an ein Fenster und atmete tief den Knoblauchgeruch ein. Gute Idee, sie würde Spaghetti aglio olio essen. Hoffentlich kam Elsa nicht so spät, sie hatte Hunger. Ich gebe ihr eine halbe Stunde, entschied sie und bestellte erst einmal einen Milchkaffee. Dann suchte sie in ihrem Rucksack nach dem Krimi, den sie gestern gekauft hatte. Just in dem Moment, als sie das Buch aufschlug, betrat Elsa winkend den Raum.

»Hallo.« Elsa setzte sich und betrachtete neugierig den Krimi. »Nesser? Kenne ich gar nicht, aber ich bin immer auf der Suche nach neuen Autoren. Gefällt Ihnen das Buch?«

»Keine Ahnung, ich habe es noch nicht angefangen. Aber ich habe schon andere von Nesser gelesen, und die haben mir gut gefallen. Aber können Sie sich erst mal die Speisekarte ansehen? Ich sterbe vor Hunger.«

»Klar.« Elsa war amüsiert. Sie entschied sich auch für Spaghetti aglio olio.

»Es ist ziemlich scharf«, warnte die Bedienung.

»Prima«, sagte Elsa.

Nachdem Wein und Wasser vor ihnen standen, fragte Freddy endlich: »Warum sind Sie hier? Was gibt es Neues?«

Elsa nahm einen großen Schluck Wein. »Ich habe mich umentschieden. Ich will doch erben.«

»Oh. Damit habe ich gar nicht mehr gerechnet. Wie kommt's?«

»Ich glaube, es war Ihr Rachegedanke, der mir nicht mehr aus dem Kopf ging. Und dann, es ist eben sehr viel Geld. Finden Sie das jetzt unmoralisch?«

Freddy schüttelte energisch den Kopf. »Wenn Sie wüssten, wie es auf meinem Bankkonto aussieht, würden Sie das nicht fragen. Außerdem war er Ihr Vater. Also sind Sie auch seine Erbin, Punkt, zumindest unter anderen.«

Elsa lächelte erleichtert und strich sich eine Haarsträhne aus der Stirn. »Deshalb bin ich nach Frankfurt gekommen. Ich weiß nicht, was ich jetzt machen muss. Aber ich denke, von hier aus ist es sicher einfacher. Ich habe meinen ganzen Jahresurlaub genommen. Mein Chef war nicht begeistert, aber er hat nachgegeben. Und was kann ich jetzt tun? Haben Sie eine Idee?«

»Uff«, stöhnte Freddy. »Als wir das erste Mal darüber redeten, war ich ja noch davon ausgegangen, dass er in Ihrer Geburtsurkunde steht. Jetzt sind wir in der unerfreulichen Situation, dass wir nachweisen müssen, dass er Ihr Vater war. Alle Beteiligten sind tot, und die einzige Person, die das damals mitbekommen hat, ist Frau Kant. Und die wird uns sicher nicht helfen.« Freddy unterbrach sich. »Entschuldigung, ich habe ganz automatisch wir gesagt.«

»Ist schon recht, ich kriege das alleine bestimmt nicht hin. Ich habe Briefe von damals gefunden. Grässlich, ich sag's Ihnen. Das war bestimmt auch ein Grund für meinen Sinneswandel. Ich war so wütend auf ihn.«

»Haben Sie die Briefe dabei?«

»Nicht hier, aber im Hotel.«

»Und was steht drin?«

Elsa biss die Zähne zusammen. »Wenn du dir ein Kind anhängen lässt, kümmere dich selbst darum. Ich will nichts damit zu tun haben. Und unterstehe dich und erzähle, dass ich der Vater bin, so ungefähr.«

»Netter Zeitgenosse«, murmelte Freddy, »aber ich glaube, das wird nicht reichen.«

»Und Tante Marianne?« Elsa stützte ihr Kinn in die Hände und sah Freddy erwartungsvoll an.

Freddy dachte nach. »Ich befürchte, nein. Sie weiß ja nur, was Ihre Mutter erzählt hat. Außerdem haben wir es jetzt mit zwei Gegnern zu tun. Das können Sie noch nicht wissen. Ich habe herausgefunden, dass die Kants einen Sohn namens Arthur haben. Einen Adoptivsohn, aber das spielt keine Rolle. Durch die Adoption ist es, als wäre er ein eheliches Kind. Jetzt ist er Josephs Sohn und damit Ihr Halbbruder.

»Als Kind habe ich mir immer einen Bruder gewünscht«, murmelte Elsa. »Aber jetzt?«

»Wünsche erfüllen sich selten zum richtigen Zeitpunkt. Und ich habe das Testament von Joseph einsehen können, Trude ist Vorerbe und Arthur ist Nacherbe.«

»Was bedeutet das?«, fragte Elsa ratlos.

»Es bedeutet, dass das ganze Erbe an Trude gegangen ist, Arthur hätte sein Pflichtteil fordern können, aber das hat er offensichtlich nicht getan.«

»Woher wissen Sie das alles?« Elsa wirkte verwirrt. Freddy zog die Nase kraus.

»Ich will nicht in die Einzelheiten gehen, aber ich habe Arthur kennen gelernt. Er ist gefährlich nett.«

»Was heißt das?«

»Das heißt, dass er mir leider gefällt.«

»Oh«, sagte Elsa. »Ich versteh schon, zwei Seelen wohnen, ach! in meiner Brust.«

»So ungefähr«, stimmte Freddy zu. »Und zu allem Überfluss ist er auch noch Rechtsanwalt.«

»Ein Anwalt des Rechts«, sinnierte Elsa, »da müsste er uns doch eigentlich helfen, oder?«

Elsa und Freddy fingen gleichzeitig an zu lachen. Immer noch lachend, sagte Freddy: »Wollen wir uns nicht duzen? Wenn man schon über dieselben Dinge lachen kann.«

»Gern.«

Endlich kam das Essen, Freddy stürzte sich auf die Spaghetti und murmelte kauend: »Ich will dir helfen. Aber es ist schwierig. Ganz davon abgesehen, dass mir nicht klar ist, was Arthur von mir will. Er behauptet, ich gefalle ihm einfach.«

»Kann doch sein. Mir gefällst du auch.« Elsa sah sie nachdenklich an.

»Kann, muss aber nicht. Er weiß, dass ich versuche, den Tod deiner Mutter aufzuklären. Das könnte sein Interesse auch erklären. Egal, das lässt sich jetzt nicht herausfinden. Kehren wir zum Thema zurück. Der einzig sichere Beweis für Josephs Vaterschaft ist eine Exhumierung.«

»Was soll das beweisen?«

»Der genetische Fingerabdruck. Hast du noch nie davon gehört?«

»Doch, aber ich wusste nicht, dass das auch mit Leichen funktioniert.«

»Tut es, das Problem ist nur, wie setzen wir das durch? Ich muss nachdenken.«

Sie bestellten noch Wein und schwiegen eine Weile. »Ich kann das nicht allein lösen«, sagte Freddy. »Ich werde morgen einen meiner alten Chefs anrufen. Er ist Spezialist für Erbrecht. Ihm fällt bestimmt etwas ein. Wenn ich ihm das Problem anschaulich genug schildere, fängt er vielleicht Feuer und hilft uns. Es kann außerdem sein, dass wir sowieso einen Anwalt brauchen. Das wird natürlich Geld kosten, und da das Erbe groß ist, kann es auch viel Geld kosten. Bist du bereit, ins Ungewisse zu investieren?«

Elsa zündete sich eine Zigarette an, Freddy seufzte, sagte aber nichts. »Im Prinzip schon, aber du müsstest mir genauer sagen, um wie viel Geld es sich handeln könnte, dann denke ich noch einmal nach.«

Freddy überlegte und machte dabei eine kleine Schnute. »Aus dem Stegreif kann ich dir das nicht sagen, aber ich werde morgen fragen, was das ungefähr kosten könnte.«

Nach einer weiteren Runde Wein zahlten sie und Elsa ließ sich ein Taxi rufen. Beim Abschied verabredeten sie für den nächsten Tag ein Treffen bei Freddy.

Leicht schwankend ging Freddy dann nach Hause. Auf dem ganzen Heimweg fühlte sie sich beobachtet. Sie schaute sich mehrfach um, konnte aber niemanden entdecken. Selbst an der Haustür spürte sie noch diese Blicke im Rücken. »Warum bin ich eigentlich so nervös?«, dachte sie, als sie die Tür hinter sich zufallen ließ. Plötzlich erschreckte sie ein irritierendes Geräusch, sie drehte sich blitzschnell um. Mao raste wie ein Derwisch auf sie zu. Etwas war um seinen Hals gebunden und klingelte leise, aber enervierend. Freddy versuchte ihn festzuhalten, er entglitt ihr immer wieder und raste weiter durch das Haus. Erschöpft gab sie auf und warf sich aufs Sofa. Als hätte er darauf gewartet, sprang er mit Schwung auf Freddys Bauch. Sie streichelte ihn vorsichtig. »Komm her, ich nehme es dir ab. Haben die Kinder dich wieder geärgert?« Mao leckte ihr Gesicht und ließ sich willig die Schnur aufknoten. Neben dem Glöckchen befand sich ein zusammengefalteter Zettel. Freddy faltete ihn auseinander und las: »Misch dich nicht ein!« Nein, das waren nicht die Kinder. Aber wer sonst? Sie betrachtete den Zettel genauer. Einfache Buchstaben in Druckschrift aneinander gereiht, mehr ließ sich nicht feststellen. Eine Gänsehaut kroch langsam ihre Arme herauf und den Rücken hinunter.

Jetzt erst war sie in der Lage zu kontrollieren, ob ihre Kinder beide zu Hause waren. Sie war erleichtert, zwei Schlüssel hingen am Brett, das Haus war in Dunkelheit getaucht, nur Mao kam und strich um ihre Beine. »Verflixt, Mao. Ich habe zu viel getrunken, und wenn du so weitermachst, werde ich hinfallen.« Mao schien zu verstehen und rannte in Freddys Schlafzimmer, Freddy tappte hinter ihm her. Sie war zu müde, um den Kater aus dem Bett zu befördern.

*

Am nächsten Morgen wachte Freddy mit dröhnenden Kopfschmerzen auf. Selbst schuld, dachte sie und erhob sich mühsam. Im Badezimmer durchsuchte sie das Arzneischränkchen nach Aspirin und fand nur eine leere Schachtel. Sie stöhnte und überlegte, ob sie genug Energie hatte, jetzt einen Krach mit Tobias anzufangen. Sie hatte nicht und schon gar nicht mit diesen Kopfschmerzen. Sie versuchte es mit einer kalten Dusche. Es half nichts, sie musste in die Apotheke.

Freddy wollte sich an den Kindern vorbei zur Haustür schleichen. Ihre Mühe war vergeblich. Tobias lehnte an der Küchentür und grinste hämisch.

»Du siehst aus wie ein Gespenst. War wohl ein bisschen heftig letzte Nacht?«

»Das geht dich überhaupt nichts an«, zischte Freddy.

»Wenn du nicht meine letzten Aspirin genommen hättest, wären wir uns heute Morgen wahrscheinlich gar nicht begegnet. Wie oft soll ich dir noch sagen, dass du Sachen, die du aufbrauchst, ersetzen sollst?«

Tobias konterte: »Zu viele Tabletten sind ungesund. Du wirst dir noch eine Sucht zuziehen.« Freddy gab auf, sie konnte im Moment nicht gewinnen. Sie musste auf die nächste Gelegenheit warten. Es gab ja genug.

Diesmal knallte sie die Haustür zu und bereute es sofort. Das Echo begleitete sie bis zur Gartentür.

Als sie zurückkam, hatten die Kinder das Haus verlassen. Sie kochte sich einen starken Kaffee und wartete auf die Wirkung der Tabletten. Dann rief sie im Anwaltsbüro an und verlangte Rechtsanwalt Münzer.

»Was willst du denn von dem?«, fragte Corinna neugierig.

»Erkläre ich dir demnächst, du hast sowieso noch ein Essen frei«, wich Freddy aus. Sie hatte Glück, Herr Münzer war da, hatte keine Mandanten im Zimmer und telefonierte nicht. Und das Glück hielt weiter an, er ließ sich sofort für den Fall gewinnen, vielleicht lag das am Gegenstandswert von mindestens zwei Millionen, aber spielte das eine Rolle? Er stellte sie zu Corinna zurück, sie sollte ihr einen Termin für den nächsten Tag geben.

»Wie hast du das geschafft?«, fragte Corinna ungläubig. »Hast du ihn in einer verfänglichen Situation gesehen, und er hat Angst, du könntest es seiner Frau stecken?«

»Quatsch«, sagte Freddy.

»Irgendein Zaubermittel musst du angewandt haben, sein Terminkalender ist für die nächsten drei Wochen voll. Praktizierst du heimlich Voodoo?«

»Ich erzähl es dir, wenn wir essen gehen.«

Sie legte auf. Sofort klingelte das Telefon erneut.

»Hartmann.«

»Winter hier. Ich habe Ihre Anzeige gelesen. Suchen Sie auch vermisste Tiere? Mein Papagei ist vorgestern verschwunden und ich kann ihn nicht wiederfinden. Die Feuerwehr sagt, sie ist nicht zuständig«, jammerte eine alte zittrige Männerstimme. Freddy musste sich erst einen Moment besinnen, bevor sie antworten konnte. »Sind Sie noch da?«, fragte die Stimme.

»Tut mir Leid. Vermisste Tiere fallen auch nicht in meinen Bereich. Auf Wiedersehen.« Sie legte bedauernd auf. Wahrscheinlich war der Papagei der einzige Freund des alten Mannes.

Dann rief sie Elsa an und sagte ihre Verabredung ab. Sie würden sich stattdessen beim Anwalt treffen.

*

Am nächsten Tag verließen Elsa und Freddy beschwingt das Anwaltsbüro. Im Aufzug fragte Elsa: »Ist der immer so trocken?«

»Nun, er ist Anwalt«, erwiderte Freddy, »und in seinem Bereich ist er gut.«

»Und teuer.«

»Das ist meistens so, außerdem hat er nach der Gebührentabelle abgerechnet und mit Millionenwerten wird es eben teuer.« Der Aufzug ruckelte, und sie waren unten.

»Lass uns einen Sekt trinken gehen«, schlug Elsa vor.

»Meinetwegen, wir können zu mir gehen, ich habe einen im Kühlschrank, wenn sich mein Sohn nicht daran vergriffen hat.«

»Ist dein Sohn schon so alt?«

»Das ist eine Frage der Perspektive.«

Der Sekt befand sich überraschenderweise noch im Kühlschrank, und Freddy trug die Sektgläser in den Garten.

»Wie lange wird so ein Verfahren vor dem Gericht dauern?«

»Das kann ich dir nicht genau sagen.«

»Nun gut, dann muss ich mich eben gedulden. Du hast einen schönen Garten.«

»Und aufmerksame Nachbarn, das ist manchmal etwas lästig, wenn jeder deiner Besucher oder der der Kinder mit Blicken verfolgt wird.«

»Ich kenne das, bei mir macht das Tante Marianne, aber sie sagt nie etwas.«

Sie prosteten sich gerade zu, als es klingelte. Freddy ging an die Tür und kam mit einem großen Rosenstrauß zurück. »Eigentlich brauche ich gar nicht nachsehen.« Sie zog eine Karte aus den Rosen und zeigte sie Elsa. *Ich würde mich über ein Wiedersehen freuen. Ich melde mich. Gruß Arthur.*

»Mal sehen, ob er sich wirklich freuen wird«, bemerkte Freddy.

»Das hängt wahrscheinlich entscheidend davon ab, wann er die Post vom Gericht bekommt«, lachte Elsa.

13

Das Gericht arbeitete schneller, als alle prognostiziert hatten. Rechtsanwalt Münzer schickte Freddy einen Brief, in dem er gleichzeitig mitteilte, dass Herr Kant angerufen hatte, um Elsas Adresse zu erfahren. Er hatte sie ihm selbstverständlich nicht gegeben. Freddy rief ihr ehemaliges Büro an.

»Corinna, hier ist Freddy, kann ich Rechtsanwalt Münzer sprechen?«

»Er ist nicht da, ich kann ihm nur etwas ausrichten. Aber erst muss ich dir etwas erzählen. Gestern Nacht ist im Büro eingebrochen worden.«

»Und was haben sie geklaut?«

»Das ist ja das Merkwürdige, ich habe überall nachgesehen, aber sie haben nichts mitgenommen. Selbst die Kaffeekasse ist noch da, und der Tresor ist unberührt.«

»Haben sie wenigstens was kaputtgemacht?«

»Nein, nichts, wenn das Schloss nicht aufgebrochen gewesen wäre, hätte ich es gar nicht bemerkt.«

»Ruf die Polizei an.«

»Ich muss warten, was der Alte entscheidet.«

Freddy dachte gerade darüber nach, ob sie unter Verfolgungswahn litt, als es Sturm klingelte. Es war Elsa, völlig außer Atem, sie stotterte: »Ich habe Angst.« Sie war kreidebleich und zitterte, ihr Sommerkleid wies mehrere Schmutzflecken auf.

»Komm doch erst mal rein.« Freddy nahm sie am Arm und führte sie in die Küche. »Kognak?«

»Nein, nein, danke.« Elsa setzte sich und versuchte Haltung zu gewinnen. »Jemand hat versucht, mich vor die U-Bahn zu stoßen. Ich habe totales Glück gehabt. Mir ist noch ganz schlecht.«

»Hast du gesehen, wer es war?«

»Nein, es war ein Stoß von hinten, ich fiel auf die Trasse. Dann ging alles wahnsinnig schnell. Ich habe die U-Bahn schon kommen hören und gedacht, ich komme nie mehr rechtzeitig hoch. Ich war total panisch. Und dann waren da zwei nette Menschen, die mich hochzogen. Hinterher musste ich noch erklären, dass ich keinesfalls Selbstmord begehen wollte.«

»Hast du die Polizei gerufen?«

»Nein, natürlich nicht, was hätten die machen sollen?«

»Ich weiß es nicht, aber melden solltest du es.«

»Freddy, ich fürchte mich zu Tode.« Freddy streichelte beruhigend Elsas Schulter.

»Das verstehe ich. Ich muss nachdenken.« Freddy stand auf und setzte einen Kessel Wasser auf. Dann suchte sie nach der Teekanne, ohne sie zu finden. »Ich komme gleich wieder.« Sie ging hoch in Tobias' Zimmer, wo sie sowohl die Teekanne als auch den Zuckerstreuer und eine verdorbene Milch fand. Sie stöhnte und trug alles in die Küche.

»Du hast doch deinem Arthur nicht meine Adresse gegeben?«, fragte Elsa vorsichtig.

»Er ist nicht mein Arthur.« Freddy überlegte kurz, ob sie beleidigt war, aber an Elsas Stelle hätte sie sich dasselbe gefragt. »Habe ich natürlich nicht, er hat außerdem gar nicht gefragt.« Mich nicht, dachte sie und beschloss, Elsa vorerst nichts von dem Einbruch in Rechtsanwalt Münzers Büro zu erzählen. »Elsa, das Beste ist, du ziehst zu mir, vorübergehend, dann sind wir wenigstens zu zweit. Ich könnte auf dich aufpassen.«

Elsa lächelte gerührt. »Das ist sehr nett. Danke. Aber du kannst doch nicht den ganzen Tag auf mich aufpassen oder ich auf dich.«

»Für eine Weile ließe sich das organisieren. Du wärst

hier auf jeden Fall sicherer als im Hotel. Und wir wissen noch nicht, wer dahinter steckt.«

»Wieso, das ist doch ganz offensichtlich.«

»Ohne Beweise nicht. Außerdem könnte es auch Frau Kant gewesen sein.«

»Die alte Frau?« Elsa schüttelte den Kopf.

»Sie ist doch nicht im Rollstuhl. Und mit Geld lässt sich vieles arrangieren.«

»Du willst bloß nicht, dass es Arthur war.«

»Das stimmt, aber ich halte es leider auch für möglich.«

Die Haustür knallte. Freddy und Elsa fuhren zusammen. »Beruhige dich, das ist nur mein Sohn. Türeknallen ist ein Ausdruck seiner momentanen Persönlichkeitsstruktur.« Man hörte polternde Geräusche im Flur. »Jetzt hat er seine Tasche in die Ecke geworfen, gleich werden die Stiefel folgen.« Weitere polternde Geräusche bestätigten Freddys Vorhersage. »Er behauptet, er brauche das, um den Schulstress abzustreifen und wieder ganz er selbst zu sein.«

Elsa stöhnte.

»Ruhig wirst du es hier nicht haben, aber gewalttätig ist er noch nie gewesen.«

»Es gibt Menschen, die Krach als Körperverletzung einstufen«, entgegnete Elsa.

Freddy lächelte. »Also was ist, willst du vorübergehend hier einziehen?«

»Musst du da nicht erst deine Kinder fragen?«

»Nein, muss ich nicht. Tobias wird es sowieso nicht passen. Wenn du wenigstens ein Mann wärst, vielleicht, aber so gewiss nicht. Und mein Büro ist zu klein, da passt keine Liege rein, du musst im Wohnzimmer schlafen. Darüber wird er sich dann ärgern, weil er gern heimlich nachts Fernsehen guckt.«

»Aber ich will nicht, dass du noch zusätzlich Ärger kriegst.«

»Das spielt keine Rolle, es gibt immer Ärger, ist es nicht das eine, ist es das andere. Es liegt am Alter. Ich fahr dich ins Hotel, und du packst ein paar Sachen. Ich halte es für klüger, wenn du das Zimmer erst mal behältst.«

Sie gingen zum Wagen. Freddy öffnete die Tür für Elsa und sah sich gründlich in der Umgebung um. Es war nichts Auffälliges zu sehen. Trotzdem drehte sich Elsa beim Fahren unentwegt nach hinten um.

»Ich kann dich ja verstehen, aber du machst mich ganz nervös. Im Auto sind wir sicher.«

»Und wenn uns jemand anfährt?«

»Äußerst unwahrscheinlich. Zu großes Risiko. Man kann nie genau abschätzen, wie viel man selbst abkriegt.«

Als sie wieder zu Hause angekommen waren, rief Freddy ein Familienplenum ein. Alle kamen, außer dem Kater, Caro neugierig, Tobias murrend.

»Das ist Elsa, sie wird ein paar Tage bei uns wohnen.«

»Was heißt bei uns?«, fragte Tobias hellhörig. »Meinst du, du nimmst sie in dein Schlafzimmer auf?«

»Nein, sie zieht ins Wohnzimmer.«

»Was ist mit dem Fernseher?« Elsa sah betreten zu Boden.

»Nichts, was soll mit ihm sein?«

»Wie soll ich fernsehen, wenn da immer eine fremde Person rumhängt und womöglich sogar schlafen will?«

»Du hast doch Freunde«, schlug Freddy vor.

»Das ist mal wieder typisch, du unterdrückst die Bedürfnisse deiner Kinder für wildfremde Leute. Wir sind dir ganz egal.«

»Verallgemeinere doch nicht so, das ist unerträglich. Elsa ist keine fremde Person. Und ich glaube, sie ist in Gefahr. Heute Vormittag hat jemand versucht, sie vor die U-Bahn zu stoßen. Deshalb ist es mir lieber, wenn sie in der Nähe bleibt.«

»Vor die U-Bahn?« Tobias betrachtete Elsa erstmals mit Interesse.

»Ja«, sagte Freddy. »Aber bitte, das ist kein Krimi, das ist Realität.«

»Was ist denn an ihr so wichtig, dass man sie umbringen muss? Sie sieht doch ganz harmlos aus. Oder hat sie als Nutte gearbeitet und Männer erpresst?«

»Tobias, du bist unmöglich!«, sagte Freddy streng.

»Lass ihn doch«, beschwichtigte Elsa und erzählte ihnen kurz, was passiert war.

Plötzlich klingelte das Telefon. Freddy stürzte hin und wurde blass, sie führte ein stotterndes Gespräch.

»Das war Arthur. Er hat mich zum Essen eingeladen heute Abend. Da man die Wege des Feindes kennen sollte, habe ich zugesagt.«

»Soll ich dich beschatten?«, fragte Tobias.

»Nein, das fehlte noch. Helft mir lieber bei der Auswahl, was ich anziehen soll.« Tobias lehnte ab, aber Elsa und Caro gingen mit in Freddys Schlafzimmer und kommentierten alles, was sie vorführte. Schließlich entschieden sie sich für ein blaues Leinenkleid mit Pumps.

»Er hat mich noch nie im Kleid gesehen«, sagte Freddy unsicher.

»Umso besser«, sagte Caro, »Überraschungen sind immer gut.« Elsa nickte zustimmend.

*

Arthur hatte denselben Italiener vorgeschlagen wie beim letzten Mal, und Freddy beschloss, nicht den Wagen zu nehmen, sondern wieder mit dem Taxi zu fahren. Arthur wartete schon und lächelte, als er sie sah.

»Ich freue mich sehr, du siehst gut aus.« Er nahm ihre Hand und küsste sie.

»Hat mich eine Stunde vor dem Spiegel gekostet«, antwortete Freddy verunsichert. Warum erzähle ich ihm das?

»Das Ergebnis ist bemerkenswert, und es zeigt mir, dass doch ein gewisses Interesse an meiner Person besteht.« Freddy wurde rot. »Das steht dir auch ganz ausgezeichnet.« Arthur konnte es nicht lassen.

»Wechseln wir das Thema«, bat Freddy. »Ich bin am Verhungern. Bestellst du wieder für mich mit?«

»Gerne.«

»Uff«, sagte Freddy nach dem Essen und schob den Teller zurück. »Jetzt geht's mir besser.«

»Gut, dann können wir uns nun dem unangenehmeren Teil des Abends zuwenden«, sagte Arthur ernst. »Ich habe nur eine kurze Frage. Steckst du hinter dieser Klage?«

Freddy überlegte. »Was meinst du mit stecken? Ich weiß davon, ja. Aber ich bin schließlich nicht deine Halbschwester.« Hatte sie sich zu weit vorgewagt? Quatsch, irgendetwas musste sie schließlich sagen, und dann war die Wahrheit allemal besser. Außerdem wusste sie aus Erfahrung, dass ihr auf die Schnelle keine überzeugende Lüge einfallen würde.

»Das ist noch nicht bewiesen, für mich ist sie bis auf weiteres eine Erbschleicherin.«

»Frage deine Mutter, die müsste es eigentlich besser wissen.«

»Mit Mutter kann man über dieses Thema im Moment nicht reden, sie ist außer sich. Zusätzlich fühlt sie sich bedroht, seit bei ihr eingebrochen wurde.« Er sah Freddy streng an.

»Beim Anwalt ist auch eingebrochen worden«, sagte sie und sah ihn ebenfalls streng an.

»Gut, meine Frage ist beantwortet. Reden wir über erfreulichere Dinge.«

Es hatte angefangen zu regnen. Freddy sah aus dem Fenster und stöhnte: »Ich habe keinen Schirm dabei. Vorhin sah das Wetter noch so gut aus.«

»Das macht nichts, ich habe einen. Ich habe sowieso überlegt, ob wir nicht bei mir noch einen Espresso trinken.«

»Was heißt bei dir? Deine Mutter wird bestimmt nicht begeistert sein, ausgerechnet mich zu sehen.«

»Ich habe eine eigene Wohnung. Ich hüte nur das Haus, wenn meine Mutter verreist ist. Glaubst du, ich wohne in meinem Alter noch bei meiner Mutter?«, fragte Arthur empört.

»Gewundert hätte mich das nicht«, entgegnete Freddy schnippisch.

»Was hältst du von einem kurzen Besuch?«

Freddy überlegte, es reizte sie sehr, andererseits würde sie sich nur noch mehr in die Sache verstricken. Sie schob diese Gedanken beiseite und entschied sich rasch. »Gut, einverstanden, ich gebe zu, dass ich neugierig auf deine Wohnung bin.«

Sie gingen zu Arthurs BMW. Arthur öffnete zuerst die Beifahrertür, und Freddy fragte sich, ob es an ihren mangelnden Erfahrungen mit höflichen Männern lag, dass sie sofort gerührt war. Er fuhr langsam und vorsichtig. Freddy war erstaunt, sie hatte erwartet, dass er schnell fuhr wie ein typischer BMW-Fahrer.

»Ich muss dich vorwarnen, ich wohne im vierten Stock und ohne Aufzug.«

»Wofür hältst du mich? Das werde ich schon schaffen.« Sie dachte an das Hotel und den fünften Stock.

Es regnete immer noch heftig. Arthur ging um den Wagen herum, öffnete Freddys Tür und hielt ihr den Schirm hin. Sie hakte sich bei ihm unter und spürte seinen Körper mehr, als ihr lieb war. Nach einigen Metern hatten sie es geschafft, im gleichen Rhythmus zu gehen.

Arthur wohnte in einem Haus aus der Jahrhundertwende. Es war liebevoll restauriert. Freddy blickte nach oben, nirgendwo brannte mehr Licht.

»Schlafen deine Nachbarn immer so früh?«

»Keine Ahnung, damit habe ich mich noch nie beschäftigt«, lachte Arthur. »Ich gucke nie hoch, wenn ich nach Hause komme.«

Die vier Stockwerke waren mühsamer, als Freddy erwartet hatte, und sie legte den letzten Treppenabsatz keuchend zurück. Und das, obwohl ich seit Wochen nicht mehr rauche, dachte sie. Arthur sagte freundlicherweise nichts dazu. Er schloss die Wohnungstür auf und zog Freddy in die Wohnung. Dann küsste er sie stürmisch.

»Ich habe dich so vermisst.«

Sie entwand sich ihm. »Willst du nicht erst Licht machen? Mich macht das nervös, in unbekannten dunklen

Wohnungen geküsst zu werden. Außerdem tropft mir dein Regenschirm in die Schuhe.« Klasse, tadelte sich Freddy, wenn ich so weitermache, bringt er mich gleich nach Hause.

Arthur ließ sofort den Schirm fallen und knipste das Licht an. Freddy sah sich um, sie standen in einem geräumigen Flur mit einem großen Spiegel und zwei abstrakten Gemälden, deren Farben intensiv leuchteten.

»Komm.« Arthur ging voran und zeigte ihr kurz eine moderne Küche. »Aber ich koche selten.«

Schließlich landeten sie im Wohnzimmer auf einer riesigen Couch. Arthur umarmte sie und streichelte vorsichtig ihr Gesicht. Dann begann er sie wieder zu küssen, diesmal nicht nur auf den Mund.

»Willst du hier bleiben?«, flüsterte er.

»Ich weiß nicht, ich bin unsicher.«

»Wieso?«

»Ich habe schon so lange nicht mehr bei jemandem übernachtet.«

»Na und, glaubst du, das verlernt man?«

Freddy setzte sich auf. »Ja, man verliert die Selbstverständlichkeit.«

»Das macht nichts, ich finde es auch nicht selbstverständlich, mit einer Frau zu übernachten.«

»Oje, jetzt reden wir schon wieder nur.«

»Das können wir ändern.« Arthur zog sie hoch. »Komm, wir gehen ins Schlafzimmer.« Freddy lief zweifelnd hinter ihm her.

»Oh.« Freddy blieb staunend stehen. Ein großes Bett, mit dunkelblauer Bettwäsche bezogen, befand sich direkt vor einer riesigen Fensterfront.

»Fühlst du dich nicht beobachtet?« Arthur lachte laut auf.

»Das hat mich noch niemand gefragt. Auf so eine Idee kann nur eine Detektivin kommen.«

»Du hast meine Frage nicht beantwortet.« Freddy war schon wieder errötet.

»Nein, die anderen höheren Häuser sind alle weit weg. Das ginge nur mit einem Fernglas. Aber wenn es dich beruhigt, kann ich das Licht ausmachen.« Er zog einen Kerzenständer hervor, der sich in einem Regal hinter dem Bett befand, zündete die Kerzen an und schaltete das Licht aus. Freddys Augen gewöhnten sich nur langsam an das schummrige Licht. Sie erkannte Arthur, der sich langsam auszog und seine Kleidung sorgfältig und ordentlich gefaltet auf einen Kleiderbutler hing. Er war schlanker, als sie erwartet hatte. Arthur schlug die Bettdecke zurück, schlüpfte darunter und sah sie erwartungsvoll an.

Freddy drehte sich um und zog sich ganz schnell aus, wobei sie die einzelnen Kleidungsstücke auf den Boden fallen ließ. Dann glitt auch sie unter die Bettdecke. Arthur umarmte sie und streichelte ihren Rücken. Freddy schnupperte an seiner Brust.

»Was ist, rieche ich unangenehm?«, fragte er beunruhigt.

Freddy strich ihm über die Schultern. »Nein, nein, aber ich muss mich erst an deinen Geruch gewöhnen.« Sie reckte sich leicht empor und küsste ihn. Plötzlich landete etwas Hartes auf der Bettdecke. Freddy schrie auf.

»Karel, verlasse sofort das Bett«, sagte Arthur streng. Ein schlanker Siamkater richtete sich vor Freddys Augen auf, drehte sich um, erhob den Schwanz und blieb stehen. »Entschuldigung, er ist eifersüchtig, normalerweise springt er nie aufs Bett.« Arthur stand auf, nahm den Kater, trug ihn aus dem Zimmer und schloss die Tür hinter ihm. Dann kam er zurück ins Bett.

Als es vorbei war, sahen sich beide verschwitzt und außer Atem an. Freddy fuhr Arthur wortlos über die Hüfte.

»Hat es dir gefallen?«, fragte er.

Freddy sah ihn lange an. »Sex macht man«, sagte sie leise, aber deutlich. »Man redet und man schreibt nicht darüber.«

Arthur senkte folgsam den Kopf, als hätte er ein schlechtes Gewissen. »Fettnäpfchen scheinen meine Spezialität bei dir zu sein«, fuhr er fort. Dann hob er den Kopf und grinste. »Hast du dich jetzt wieder daran gewöhnt?«, fragte er dann unverdrossen.

Freddy überlegte, ob sie sich ärgern sollte, ließ es dann aber. »Nein, noch nicht ganz. Ich bin so aus der Übung, dass ich völlig vergessen habe, vorher darüber nachzudenken, dass so etwas Folgen haben könnte.«

Arthur rückte ein wenig von ihr ab. »Du meinst, du könntest schwanger werden?«

»Exakt. Aber du hast offensichtlich auch nicht daran gedacht.« Oder glaubt er, ich bin aus dem Alter heraus?

»Ich brauche nicht. Ich habe mich vor Jahren sterilisieren lassen.« Mittlerweile war ein halber Meter Platz zwischen ihnen.

Freddy sah ihn lange an. »Scheint ein Tabuthema zu sein.«

»Kann man sagen. Entschuldigung. Du kannst ja nichts dafür. Ich will jetzt nicht darüber reden.«

Freddy zog die Bettdecke etwas höher. »Musst du nicht. Soll ich gehen?«

»Sei nicht albern. Komm, wir versuchen zu schlafen.« Er rückte wieder näher und zog sie an sich. Wenige Minuten später atmete er tief und regelmäßig. Diese Männer. Schlafen in jeder Situation. Ob er wohl einen Wecker gestellt hat? Freddy sah sich um und konnte keinen Wecker entdecken. Sie reckte sich hoch und pustete die Kerzen aus. Dann konnte sie lange nicht einschlafen, immer wieder schob sich Hilde in ihre Gedanken.

14

Als Freddy aufwachte, musste sie erst einen Moment überlegen, wo sie sich befand. Die Erinnerung wurde von gemischten Gefühlen begleitet. Sie tastete um sich, vergebens, das Bett war leer. Sie setzte sich hin und überlegte, ob sie Arthur suchen sollte. In diesem Moment öffnete sich die Tür. Arthur erschien mit einem Tablett, auf dem zwei dampfende Tassen standen, der Kater folgte ihm dicht auf den Fuß. Er stellte sich vor das Bett und beschnupperte vorsichtig Freddys Hand.

»Auch er muss sich an deinen Geruch gewöhnen«, sagte Arthur lächelnd, als er das Tablett abstellte. »Guten Morgen, hast du gut geschlafen?«

»Ja, wahrscheinlich, ich bin nicht einmal aufgewacht. Wie viel Uhr ist es denn?«

»Kurz vor zehn.«

»Oje, hoffentlich sind die Kinder pünktlich in die Schule gegangen. Sie verlassen sich immer darauf, dass ich sie nachwecke.«

»Und wenn nicht, jetzt ist es auf jeden Fall zu spät. Komm, trink erst mal Kaffee.«

Freddy nickte und nahm eine Kaffeetasse. »Hhm, das ist Espresso.« Arthur bestätigte die Feststellung mit einem Nicken. Dann nahm er ihr die Kaffeetasse aus der Hand und küsste sie. Freddy drehte den Kopf weg.

»Oh, die junge Frau fängt an zu bereuen, ich sehe es an ihrer Nasenspitze.«

Freddy schluckte und nickte. »Ertappt. Ich gebe es zu. Ich will jetzt lieber gehen.« Sie trank schnell ihren Kaffee aus und stand auf. »Wo sind meine Kleider?« Sie bewegte sich etwas verunsichert durch das Zimmer.

»Ich habe sie in den Schrank gehängt. Knäulst du deine Sachen immer so zusammen?«

»Nein, bei mir gibt es einen Sessel«, sagte Freddy kühl, während sie die Schranktür öffnete. Sie zog sich ganz schnell an.

»Womit habe ich dir die Laune verdorben?«

»Du hast gar nichts gemacht, es liegt nur an mir. Ich werde mich schon wieder beruhigen.«

»Wann sehe ich dich wieder?«

»Kann ich dir jetzt nicht sagen, ich melde mich.«

»Das klingt nicht nach bald.« Freddy stöhnte, Arthur hatte ihre Hand ergriffen und hielt sie fest.

»Setz mich nicht so unter Druck, das hilft überhaupt nichts. Ich melde mich bestimmt.« Arthur ließ resigniert ihr Handgelenk los. Er öffnete den Mund, schloss ihn dann aber wieder, ohne etwas zu sagen. Mit hängenden Schultern ging er vor ihr her und öffnete ihr höflich die

Türen. »Nimm's nicht tragisch«, sagte Freddy und stürmte die Treppen hinunter.

Draußen schien die Sonne, Freddy blickte sich um und dachte, dass sie eigentlich glücklich sein müsste, zumindest ein ganz kleines bisschen. Sie hatte wohl kein Talent dazu. Ihr wurde etwas schwindlig, sie lehnte sich an eine Hauswand und wünschte sich dringend eine Zigarette. Dann ging sie resigniert weiter.

Freddy betrat leise ihr Haus, in der Hoffnung, sich noch ein wenig in ihr Schlafzimmer zurückziehen zu können, um nachzudenken oder zu träumen. Erfolglos, Elsa winkte ihr schon fröhlich aus dem Garten zu.

»Willst du mit mir frühstücken? Ich habe schon alles vorbereitet.«

Freddy schlich kraftlos in den Garten und betrachtete den fertig gedeckten Tisch. »Das bin ich gar nicht gewöhnt, aber ich weiß nicht, ob ich etwas essen kann.«

Elsa sah sie neugierig an und überlegte sichtlich, ob sie Freddy gleich befragen oder noch etwas abwarten sollte. »Na, wie war's?«

Freddy setzte sich, stützte die Ellenbogen auf und sah nach unten.

»Du siehst aus, als hättest du ein schlechtes Gewissen.«

»Hab ich auch.«

»Warum denn?«

»Das weißt du doch, er ist einer unserer Hauptverdächtigen, und ich verbringe die Nacht mit ihm. Das macht alles noch komplizierter. Es wäre schon kompliziert genug, mit irgendeinem Fremden eine Nacht zu verbringen. Ich bin aus der Übung, und außerdem fühle ich mich zu alt für solche Geschichten.«

»Ach du meine Güte. Dich hat's aber schwer erwischt.« Elsa lehnte sich in ihren Stuhl zurück.

Freddy rührte nervös in ihrer Kaffeetasse. »Du sagst es. Ich wollte, ich hätte ihn nie getroffen«, seufzte sie.

»War es nicht gut?«

»Doch, das macht es ja noch schlimmer. Sonst könnte ich ja sagen, ich habe es versucht, keine Wiederholung nötig. Aber ich fand es schön. Ich finde ihn interessant und unterhalte mich gerne mit ihm. Das passiert mir nicht oft mit Männern.«

»Kann ich verstehen. Und wie soll es weitergehen?«

»Ich weiß es nicht. Ich habe gesagt, dass ich mich melde. Es hat ihm nicht gefallen. Am liebsten hätte er sich gleich wieder verabredet.« Sie wollte das Thema wechseln. »Sag mal, sind meine Kinder pünktlich in die Schule gegangen?«

»Ich habe keine Ahnung. Als ich aufgestanden bin, war keiner zu sehen, selbst der Kater nicht. Ich habe allerdings das Haus nicht abgesucht.«

»Das ist merkwürdig, normalerweise stürzt er sich auf den ersten Erwachsenen, der auftaucht, und macht so lange Theater, bis man ihm etwas zu fressen gibt. Arthur hat auch einen Kater, allerdings ein edleres Exemplar. Vornehm und total eifersüchtig.«

Das Telefon klingelte, Freddy und Elsa sahen sich an. Freddy rührte sich nicht. »Soll er auf den Anrufbeantworter sprechen.« Die Gartentür schwang auf, und Caro rannte auf sie zu. »Oh nein«, sagte Freddy. »Ich wollte eigentlich erst mal duschen.« Caro war bei ihnen angekommen und betrachtete ihre Mutter mit einem ähnlichen Blick wie vorher Elsa. »Kein Kommentar, ich muss erst duschen«, wehrte Freddy ab und verließ eilig den Garten.

Frisch geduscht und umgezogen fühlte sie sich ihrer Tochter und Elsa eher gewachsen. Sie setzte sich an den Tisch und bestrich ein Brötchen mit Marmelade und Quark.

Mit »Also wie war er?« stieg Caro in die Diskussion ein.

»Für solche Fragen bist du viel zu jung«, entgegnete Freddy.

»Und ich?«, fragte Elsa. »Wahrscheinlich bin ich zu alt.«

»Na gut, ihr Nervensägen. Ich habe eine ganz reizende Nacht verbracht, und jetzt weiß ich nicht, was ich will.«

Elsa dachte nach. »Aber du musst dich doch nicht jetzt sofort entscheiden, oder?«

»Ich verstehe dich nicht«, sagte Caro. »Entweder war es gut, dann willst du ihn wiedersehen, oder es war schlecht, dann eben nicht.«

»Aber Caro, so einfach ist das nicht. Manchmal ist man hin- und hergerissen.«

Elsa verstand. Sie goss sich eine weitere Tasse Kaffee ein. »Ich habe mit Rechtsanwalt Münzer telefoniert. Er sagt, das Gericht hat einen Verhandlungstermin bestimmt, ich muss da auch hin. Und anschließend werden sie entscheiden, ob die Obduktion genehmigt wird oder nicht.«

»Wann denn?«, fragte Freddy.

»Nächsten Mittwoch. Ich fürchte mich.«

»Wir müssen eben gut auf dich aufpassen.«

»Hat dein Arthur nach mir gefragt?«

»Hat er nicht. Er wollte nur wissen, ob ich hinter dieser Klage stecke. Außerdem ist er nicht mein Arthur.«

»Noch nicht«, warf Caro ein. »Aber so wie du dich aufregst, wahrscheinlich bald. Ich finde das spannend.« Man hörte heftiges Klingeln an der Haustür. »Ich mach auf«, rief Caro und rannte davon.

Wenige Minuten später tauchte sie mit Maria im Schlepptau wieder auf.

»Dich hatte ich ganz vergessen«, stöhnte Freddy. »Darf ich bekannt machen, Elsa, meine Freundin Maria.« Beide nickten sich freundlich zu.

»Das habe ich gemerkt. Weißt du, wie oft ich dir in den letzten Tagen auf den Anrufbeantworter gesprochen habe? Ich habe schon überlegt, ob ich einen schlechten Einfluss auf Menschen habe, du benimmst dich wie Michael.«

»Wer ist Michael?«, fragte Elsa.

»Ihre jüngste Errungenschaft. Aber ich bin auch nicht auf dem neuesten Stand. Habt ihr euch wiedergesehen?«

»Nein, deshalb rufe ich dich ja dauernd an. Du hattest versprochen, ihn zu beschatten.«

»Wie spannend.« Caro klatschte in die Hände. »Darf ich helfen? Hast du ein Foto von ihm?«

»Du hältst dich da raus«, sagte Freddy energisch.

»Wieso sollst du immer nur den Spaß haben und ich nicht?«, fragte Caro.

Freddy rollte ihre Augen gen Himmel.

»Du hast es versprochen«, erinnerte Maria. »Und sonst, was gibt es Neues?«

Freddy erzählte kurz.

»Vielleicht solltet ihr alle ein paar Tage untertauchen. Bis die Obduktion vorbei ist«, sagte Maria.

»Falls sie überhaupt genehmigt wird«, dämpfte Freddy Marias Eifer. »Außerdem, ich verstecke mich nicht, das ist doch absurd.«

»Unsere tapfere, unverrückbare Freddy«, lästerte Maria.

»Oh verdammt, heute ist Elternabend bei Tobias. Das habe ich total vergessen.«

»Musst du da hin?«, fragte Maria. »Er ist doch schon so alt.«

»Eben. So wie er sich in der Schule benimmt, ist es besser, den Lehrern ab und zu Gelegenheit zu geben, sich auszuweinen.« Sie goss sich eine weitere Tasse Kaffee ein und sah Elsa neidisch beim Rauchen zu. »Wo steckt Mao?« Freddy sah sich unruhig um.

»Vielleicht ist er verliebt«, schlug Elsa grinsend vor.

»Das hat ihn noch nie vom Fressen abgehalten.« Freddy begann suchend hin und her zu laufen. Dann entdeckte sie ihn am Ende des Gartens. Mao war an die Birke gebunden, ein Knebel steckte im Maul. Er sah sie mit großen unglücklichen Augen an. Freddys Herz klopfte schneller, sie kniete nieder und befreite ihn erst von dem Knebel, dann von den Fesseln. Er reckte und streckte sich und stürzte ins Haus. Elsa und die anderen hatten sie von der Terrasse aufmerksam beobachtet.

Als Freddy langsam zurückkam, sagte Elsa: »Es ist gar nicht so einfach, ihn zu fangen, oder?«

»Nein, aber möglich, gefräßig wie er ist, wenn man ihm den richtigen Köder hinhält. Vielleicht sieht er sich jetzt etwas vor.«

Tobias betrat den Garten im Schlafanzug und rieb sich die Augen. »Nanu, hast du den Mann geküsst, und er verwandelte sich in Maria? Ein Albtraum.«

Maria lachte so sehr, dass sie ihren Kaffee verschüttete. »Höflicher bist du nicht geworden. Schreibst du gute Aufsätze?«

»Nein«, spuckte er aus, allein die Erwähnung hatte ihn in finstere Stimmung versetzt. Bemüht, das Thema zu wechseln, fragte er: »Was ist mit Mao? Er rast im Haus herum, als wäre ihm ein böser Geist begegnet.«

»So könnte man es nennen, er hat die Nacht gefesselt an der Birke verbracht.«

»Wieso? Fangt ihr jetzt an, nicht nur Kinder, sondern auch Katzen zu quälen?«

»Tobias, also weißt du. Meine Nerven sind zum Zerreißen gespannt, nimm dich zusammen. Ich habe wirklich keine Ahnung. Ich fand ihn vorhin, und da Kater nicht sprechen können, hat er mir leider nicht sagen können, wer es war.«

»Da steckt doch dein blödsinniger neuer Beruf dahinter!«

»Wahrscheinlich«, stimmte ihm Maria zu. »Außerdem hat sie eine Nacht bei dem Hauptverdächtigen verbracht«, sagte sie spitz.

Tobias lauschte aufmerksam und war kurze Zeit sprachlos. Dann setzte er sich, biss in ein Brötchen und sagte: »Ich dachte immer, Mütter sind vorsichtige Wesen.« Freddy gab ihm eine zarte Kopfnuss. »Wenn ich das Vater erzähle …«

»Dann beantragt er das Sorgerecht und nimmt dich ganz zu sich.«

»Schon gut, so war es nicht gemeint.«

»Wieso bist du nicht in der Schule?«, fragte Freddy streng, obwohl sie sich die Antwort denken konnte.

»Du hast mich nicht geweckt«, antwortete er vorwurfsvoll. Wenigstens konnte er sie nicht überraschen, aber reichte das?

*

Als Freddy um 22 Uhr endlich den Elternabend verlassen konnte, hatte sie schlechte Laune. Sie vermutete ja schon lange, dass Tobias gelegentlich den Unterricht schwänzte, aber heute hatte sie erfahren, dass er in den letzten Wochen häufiger abwesend als in der Schule gewesen war. Sie dachte an den bevorstehenden Krach, und ihre Stimmung sank noch weiter. Am besten schrieb sie ihm gleich heute Abend einen Zettel. Sie war so in Gedanken versunken, dass sie längere Zeit brauchte, bis sie die Schritte hinter sich bemerkte. Abrupt blieb sie stehen und sah sich um. Nichts. Sie ging ein paar Schritte weiter und drehte sich erneut um. Wieder nichts. Hatte sie Halluzinationen, oder lag es an ihrer Nachtblindheit? Sie müsste doch zumindest einen Schatten sehen. Beunruhigt lief sie schnell weiter. Als sie in ihrer Straße um die Ecke bog, sah sie Licht im Wohnzimmer. Elsa ist noch wach, dann kann ich ja heute Abend doch noch ein bisschen jammern, freute Freddy sich. Oder sie guckt mit Tobias Fernsehen. Hoffentlich nicht.

Als sie die Haustür aufschloss, kam ihr Elsa schon entgegen.

»Maria ist noch da. Der Kater ist nicht nach Hause gekommen. Wir haben schon den ganzen Garten abgesucht, nichts.«

»Vielleicht hat ihn eins der Kinder im Bett, oder er schläft in meinem Bett.«

»Habe ich alles schon überprüft. Außerdem ist Tobias auch nicht nach Hause gekommen.«

»Mao wird wieder auftauchen und Tobias auch, vielleicht ist es ganz gut, dass er mir jetzt nicht unter die Augen kommt.«

Sie tranken noch ein Glas Wein miteinander, Freddy beschwerte sich ein wenig über Tobias, dann ging Maria.

Gerade hatte Freddy Elsa und sich ein zweites Glas Wein eingeschenkt, als es Sturm klingelte. Hatte Tobias wieder den Hausschlüssel vergessen? Nein, es war Maria.

»Ich kann hier nicht weg, das Auto fährt nicht los. Es ist auch nicht so hell da draußen. Hast du eine Taschenlampe?« Freddy hatte eine, sie wusste es ganz genau, nur wo? Nachdem sie alle Stellen, wo sie liegen konnte, vergeblich abgesucht hatte, ging sie in Tobias' Zimmer, gab die Suche aber sofort wieder auf, als sie das übliche Durcheinander sah. Vorsichtig schlich sie in Caros Zimmer. Dort fand sie die Taschenlampe, sie war zusammen mit Caro und einem Buch unter Caros Bettdecke. Freddy schaltete das Licht ein und betrachtete ihre leicht schuldbewusst wirkende Tochter.

»Ich habe jetzt keine Zeit, aber du weißt ganz genau, dass du um diese Uhrzeit schlafen sollst. Und was du ganz bestimmt nicht sollst, ist nachts mit der Taschenlampe lesen.«

»Ich weiß, aber sonst merkst du es ja.«

»Das besprechen wir morgen, schlaf jetzt.«

Maria und Freddy betrachteten resigniert die Reifen von Marias Auto, alle vier waren platt.

»Kannst du Reifen wechseln?«, fragte Maria, man konnte ihrem Ton entnehmen, dass sie es nicht konnte.

»Mitten in der Nacht? Außerdem hast du nur ein Reserverad. Da ist jetzt nichts zu machen. Komm, ich fahr dich schnell nach Hause, wir kümmern uns morgen darum.« Maria seufzte, verkniff sich aber jegliche Diskussion. Freddy startete, aber ihr Auto rührte sich ebenfalls nicht. Sie stiegen aus und sahen nach. Auch hier waren alle vier Reifen aufgeschlitzt.

»Lass uns die Straße runtergehen und nachschauen«, schlug Freddy vor. Sie liefen die Straße hinauf und hinab und prüften jeden Autoreifen. Nichts. Alle wirkten unversehrt.

»Ich rufe mir ein Taxi.«

»Oder willst du bei mir übernachten?«

»Lieber nicht, wer weiß, was heute noch alles passiert.«

»Du kannst einem wirklich Mut machen.«

Als Maria fort war, überzeugte sich Freddy davon, dass im Haus alles in Ordnung war. Leider fand sie Mao auch nicht. Als sie gerade am Einschlafen war, hörte sie die Haustür leise zugehen.

15

Um halb neun öffnete Freddy noch völlig verschlafen die Haustür, um die Zeitung zu holen. Schon früh am Morgen versprach es warm zu werden. Auf dem Weg zum Briefkasten glitt sie aus und konnte sich gerade noch abfangen. Was war das? Gestern Abend war da noch nichts. Sie betrachtete den Boden. Es sah aus wie Blut und es roch wie Blut. Freddy sah, dass sich die Blutspuren bis zur Gartenpforte hinzogen. Langsam ging sie ihnen nach, überlegte, ob sie Elsa wecken sollte und verwarf den Gedanken. Sie schlich sich zur Gartenpforte und riss sie auf. Das, was von Mao übrig war, hing vor ihr. Er war ausgenommen und mit weit ausgebreiteten Beinen an die Pforte genagelt worden. Sein Kopf war intakt, er starrte sie aus großen, toten Augen an. Freddy kniete vor ihm nieder, schlug die Hände vors Gesicht und weinte und weinte. Als sie es wagte, zwischen ihren Fingern durchzublicken, sah sie genau auf Maos Mund. Seine Zunge hing heraus und daneben steckte ein weißes, zusammengerolltes Etwas. Sie schluckte, streichelte ihm über den Kopf und zog dann das Weiße zwischen seinen Zähnen hervor. Es entpuppte sich als ein zusammengerolltes Blatt Papier. Freddy zögerte, dann entrollte sie es vorsichtig. Mit Großbuchstaben stand da: *LETZTE WARNUNG! DER NÄCHSTE BIST DU!*

Freddy stürmte ins Haus und weckte Elsa, die ihre Freundin aus verschlafenen Augen ansah und Mühe hatte, Freddys von Schluchzen unterbrochenen Schilderungen zu folgen. Sie zog Freddy auf die Couch und streichelte sie sanft.

»Ich werde ihn rächen!«, sagte Freddy entschlossen. »Wir müssen ihn da wegholen, bevor die Kinder aufwachen.«

»Warte, ich hole noch meine Kamera.« Elsa stand auf und zog sich hektisch an, während Freddy oben dasselbe tat. Dann stürzten sie in den Garten. Elsa fotografierte sorgfältig den Tatort, auch die Blutspuren auf dem Weg. Dann versuchten sie, Mao von der Pforte zu holen, was sich als sehr mühsam erwies. Freddy musste erst eine Zange suchen, die Nägel waren tief ins Holz geschlagen. Mittlerweile hatten sie Zuschauer aus den umliegenden Häusern. Sie hingen aus den Fenstern und beobachteten genau, was die beiden Frauen taten. Freddy und Elsa betteten Mao in einen Stiefelkarton, den Freddy in ihrem Schrank gefunden hatte.

»Meinst du, deine Nachbarn haben vielleicht etwas mitgekriegt letzte Nacht?«

»Bestimmt nicht, die schlafen tief und fest und sind alle davon überzeugt, dass auch das Böse nachts schläft. Es reicht ihnen, uns am Tag zu kontrollieren. Was machen wir denn jetzt mit dem Kater?«

»Am besten, wir begraben ihn sofort. Oder willst du ihn den Kindern noch zeigen?«

»Ich will nicht, aber ich weiß nicht, was passiert, wenn wir ihn hinter ihrem Rücken begraben.«

»Wahrscheinlich wird es Vorwürfe hageln, aber immer noch besser, als ihnen zu zeigen, was von ihm übrig geblieben ist, oder?«

»Außerdem werden sie es wahrscheinlich von denen da oben detailliert geschildert bekommen. Nein, wir begraben ihn jetzt, und ich stelle mich den Vorwürfen.« Sie gingen gemeinsam zurück in den Garten.

Freddy holte eine Schaufel aus dem Keller und begann, unter dem Apfelbaum ein Loch zu graben. Es war noch wärmer geworden, und ihr tropfte der Schweiß von der Stirn in das künftige Grab. Vergeblich versuchte sie, ihn mit dem Arm beiseite zu wischen.

Elsa zeigte mit dem Finger auf Freddys Gesicht. »Du siehst aus wie wir früher, wenn wir versucht haben, uns als Indianer zu verkleiden. Weil wir keine Farben hatten, haben wir uns immer Erde ins Gesicht geschmiert.«

Freddy sagte nichts, sie grub erbittert weiter. Als das Loch tief genug war, hoben sie Mao mitsamt der Schachtel hinein. »Warte einen Moment.« Freddy lief davon und kam mit einem Arm voll Rosen zurück. Sie legte die Rosen ins Grab und schaufelte es zu. Arm in Arm gingen sie zurück in das Haus.

Tobias und Caro standen streitend in der Küche.

»Bitte hört auf!« Freddy hielt sich demonstrativ die Ohren zu.

»Die blöde Kuh will …«, fing Tobias wieder an.

»Hört auf, hab ich gesagt!«, schrie Freddy. »Setzt euch hin, ich will mit euch reden.« Von ihrem Zorn leicht eingeschüchtert, setzten sich beide an den Küchentisch und sahen sie an. Dann setzten sich Elsa und Freddy dazu. »Irgendwer hat Mao umgebracht«, flüsterte Freddy.

Tobias und Caro schrien auf, Caro stürzten die Tränen aus den Augen, auch Tobias schluckte mehrfach.

»Wo ist er?«, fragte er leise.

»Elsa und ich haben ihn eben unter dem Apfelbaum begraben.«

»Was haben sie mit ihm gemacht?«, fragte Caro unter Schluchzen.

»Ich weiß es nicht, ich weiß auch nicht, ob ich es wissen will, aber ich denke, sie haben ihn zuerst betäubt«, antwortete Freddy immer noch sehr leise. »Außerdem war da auch noch eine Warnung. Vielleicht solltet ihr eine Weile zu eurem Vater ziehen.«

»Auf keinen Fall«, sagten beide gleichzeitig.

»Ich denke, Freddy hat Recht, wer auch immer das

war, hört auch bei Menschen nicht auf«, gab Elsa zu bedenken.

»Ich lasse euch hier nicht allein«, murmelte Tobias.

»Du musst jetzt nicht den starken Mann spielen«, entgegnete Freddy. »Es wäre mir lieber, wenn ihr euch nicht hier aufhaltet, es ist mir zu gefährlich.«

»Lass uns Kriegsrat halten«, schlug Elsa vor. »Vielleicht solltest du Maria anrufen.«

Maria war sofort am Telefon, weil sie auf einen Anruf von ihrem Michael wartete, erklärte sich aber sofort bereit zu kommen.

»Was macht ihr denn noch hier?«, fragte sie Tobias, als er ihr die Tür öffnete.

»Wir bleiben hier«, antwortete er.

»Was sagst du dazu?«, fragte Maria.

»Das Problem ist, wenn beide Kinder unwillig zu ihrem Vater gehen, wird er misstrauisch werden und nachfragen. Er ist es gewöhnt, dass Tobias nach einem großen Krach kommt. Aber diesmal ist es anders, und wenn er die Wahrheit erfährt, ist hier der Teufel los. Dann wird er ernsthaft versuchen, mir das Sorgerecht entziehen zu lassen, und ich hätte im Moment vor Gericht nicht die besten Karten. Also sollten sie vielleicht doch besser hier bleiben und vorsichtig sein«, sagte Freddy.

»Das kommt mir nicht vernünftig vor«, entgegnete Elsa. »Es wäre immer noch besser, sie aufs Land zu schicken. Tante Marianne wäre begeistert.«

»Ich geh aber nicht zu irgendeiner Tante Marianne«, trotzte Caro.

»Das kommt sowieso nicht in Frage, wir müssen in die Schule«, warf Tobias ein.

»Dieses Argument, mein Sohn, wirst du eines Tages bitter bereuen.«

»Dann begleiten eben Maria und ich euch zur Schule«, schlug Elsa vor.

»Du spinnst wohl, das ist ja voll peinlich. Eine Gouvernante bringt mich zur Schule. Außerdem, wer ist hier eigentlich gefährdet, Elsa oder wir?«

»Wahrscheinlich Elsa«, sagte Freddy.

»Ich glaube, ich ziehe einstweilen bei euch ein. Was glaubt ihr denn, wann die Gefahr vorüber ist?« Maria war aufgestanden und lief unruhig hin und her.

»Ich denke, spätestens, wenn die Obduktion vorbei ist, gibt er auf. Falls das alles von Arthur oder seiner Mutter veranstaltet wird.«

»Du musst wirklich verliebt sein«, stellte Elsa fest. »Wie kannst du daran noch zweifeln? Wer soll es denn sonst sein?« Slansky, dachte Freddy. Aber warum?

Ein Schlag, gefolgt von lautem Klirren ließ alle erstarren. »Das kam von oben«, flüsterte Freddy. »Maria, komm mit.« Freddy nahm sich ein langes Messer aus dem Messerblock und gab Maria ein zweites. Vorsichtig schlichen sie die Treppe hinauf. Freddy winkte Maria in ihr Schlafzimmer.

Die Fensterscheibe lag in tausend kleinen Scherben auf dem Teppich verstreut, vor dem Bett befand sich ein großer Stein. Freddy stürzte vor und wollte den Stein hochheben.

»Bist du verrückt, denk an die Fingerabdrücke.« Maria war entsetzt. »Wir sollten alles lassen, wie es ist, und endlich die Polizei holen.«

»Das hat doch keinen Zweck, die werden das als Dummejungenstreich interpretieren und uns für hysterische

Gänse halten.« Freddy betrachtete noch einmal genau den Stein. »Guck mal.« Sie deutete mit dem Finger auf eine Zeichnung, es war das naiv, aber detailliert gemalte Gesicht einer Katze mit einem riesigen Schnurrbart und geschlossenen Augen.

»Geschmacklos«, stellte Maria fest.

Freddy robbte vorsichtig auf dem Fußboden um die Glasscheiben herum bis vor das Fenster, hangelte sich an der Seite hoch und zog den Rollladen herunter. »So, jetzt bieten wir wenigstens keine Zielscheibe mehr. Wahrscheinlich sitzt unten jemand im Auto und lacht sich tot. Lass uns wieder in die Küche gehen. Die anderen werden sich Sorgen machen.«

»Durch mein Schlafzimmerfenster ist ein Stein geflogen. Mit dem Gemälde einer Katze. Ich habe alle Rollläden geschlossen, die Haustür ist verriegelt. Jetzt sind wir Gefangene im eigenen Haus.« Freddy setzte sich und stützte die Stirn in die Hände. Die Kinder schwiegen.

»Mir ist ganz schlecht«, sagte Elsa.

»Oh, wir haben vergessen, etwas zu essen. Soll ich kochen?«, fragte Freddy und blickte umher.

»Wie kannst du jetzt an essen denken?« Caro war entsetzt.

»Wieso nicht, bei Menschen versammelt man sich nach der Beerdigung doch auch zum Leichenschmaus. Ich finde, das ist eine schöne Sitte.«

Tobias sah sie an und verzog angeekelt die Oberlippe. »Wir gehen nach oben.« Er nahm seine Schwester an die Hand und zog sie hinter sich her. Caro ließ es geschehen und warf ihrer Mutter noch einen verzweifelten Blick zu, bevor Tobias die Tür hinter ihnen schloss.

»Sie sind einfach zu jung. Ich koche jetzt Spaghetti, einverstanden?« Elsa und Maria nickten.

Freddy stand mit dem Kochlöffel am Herd und kostete vorsichtig. »Bis zur Gerichtsverhandlung müssen wir uns vorsehen.«

»Was macht dich so sicher, dass es dann vorbei ist?«, fragte Elsa.

»Ja, wenn Arthur oder seine Mutter dahinterstecken. Wenn eine Entscheidung gefallen ist und wir – was wir doch alle hoffen – gewonnen haben. Sie wären die ersten Verdächtigen, wenn dir was passiert. Das würden sie nicht riskieren, glaube ich. Sie sind ja nicht verrückt, sie wollen nur ihr Geld behalten.« Mit diesen Worten nahm Freddy den Topf vom Herd, um die Nudeln abzugießen. Sie goss sie mit Schwung ins Waschbecken, dabei spritzten einige Tropfen kochendes Wasser auf ihren rechten Fuß. »Verdammt, ich kann ja im Moment noch nicht mal auf mich selbst aufpassen. Ich bin einfach zu nervös. Hier, nehmt die Nudeln, ich muss meinen Fuß kühlen.« Sie schwang mühsam den Fuß ins Waschbecken und ließ kaltes Wasser darüber laufen. »Mist«, trotz ihrer schnellen Reaktion hatte sich eine Brandblase gebildet. »Jetzt kann ich keine normalen Schuhe anziehen.« Das war der letzte Beweis, sie war heftig verliebt. In der Anfangszeit mit Hans hatte sie sich auch unentwegt verletzt. Damit ich es nur nicht vergesse, Liebe tut weh, dachte sie.

»Wenn wir ihn verbinden, geht es vielleicht mit Turnschuhen«, schlug Maria vor. Es ging, allerdings humpelte sie. Wenigstens musste sie diesmal Arthur nicht anlügen.

Aus den Augenwinkeln sah Freddy Tobias die Treppe

hinunterschleichen. »Wo willst du hin?«, fragte sie argwöhnisch.

»In die Stadt. Ich brauche eine Aufmunterung.«

»Das gefällt mir nicht. Denk an den Kater.«

»Deshalb muss ich ja weg«, antwortete Tobias und sah sie traurig an.

»Schon gut. Aber bitte sei in zwei Stunden wieder da.«

»Versprochen«, sagte er und schien erleichtert, dass sie ihn so einfach hatte gehen lassen.

Kurz darauf rief Freddy ihre Werkstatt an und war sehr froh, als man ihr versprach, die beiden Wagen bis zum späten Nachmittag in Ordnung zu bringen.

*

»Wo bleibt Tobias?« Freddy lief unruhig in der Küche hin und her. »Er weiß doch ganz genau, dass ich das zurzeit nicht aushalten kann, wenn er später kommt als verabredet.«

»Also ehrlich gesagt, hast du das noch nie besonders gut aushalten können«, warf Caro ein.

Freddy blieb abrupt stehen, die Hände in den Hüften, und betrachtete ihre Tochter. »Unter anderen Umständen würde ich sagen, dass du frech bist. Jetzt fehlt mir die Energie.« Sie umrundete unruhig den Küchentisch. »Zwei Stunden.«

»Wahrscheinlich ist er einfach mit den Jungs in die Stadt gegangen«, schlug Caro vor. »Das dauert immer länger, und er kommt bestimmt nicht vor fünf.«

Maria und Elsa schwiegen vor so viel mütterlicher Besorgnis. Das Telefon klingelte schrill, alle sahen sich an, nur Freddy sprang auf und rannte aus dem Raum. Keiner sprach ein Wort, bis sie Freddy wiederkommen hörten, die langsam die Küchentür öffnete und hereinschlich.

»Sie haben ihn!«

»Wer hat wen?«, fragte Caro.

»Wer weiß ich nicht, auf jeden Fall haben sie Tobias. Er wimmerte immer nur meinen Namen und ›Tu, was sie sagen!‹ Sie haben nichts gesagt. Auf einmal war das Gespräch unterbrochen.«

Freddy schwankte leicht. Maria war aufgesprungen und schob ihr einen Stuhl hin. Freddy ließ sich schwer auf ihn niederfallen und stöhnte leise: »Warum habt ihr nicht auf mich gehört?«

Caro hatte angefangen zu weinen, sie schniefte und wischte sich mit der Hand die Nase ab. »Was machen wir jetzt?«, fragte sie in die Runde, ohne auf Freddys Frage zu achten.

»Warten.« Freddy schwang ihren Oberkörper hin und her, sie hatte die Zähne zusammengebissen. Maria stand auf, stellte sich hinter sie und massierte ihren Rücken. Freddy ließ es geschehen, entspannte sich aber nicht wesentlich. Es klingelte Sturm. Sofort stürzte Freddy zur Haustür und riss sie auf. Es war niemand da, nur ein kleines Päckchen lag auf dem Boden. Freddy rannte zur Gartentür und sah die Straße herauf und herunter, konnte aber auch dort niemanden sehen. Dann ging sie langsam ins Haus zurück, nahm das Päckchen mit hinein und legte es auf den Küchentisch.

»Wenn da eine Bombe drin ist, sind wir alle gleichzeitig erledigt.«

Elsa stand auf und ging zum Tisch, sie horchte am Päckchen. »Ich glaube nicht, ich mache es jetzt auf.« Sie nahm eine Schere vom Küchenregal und schnitt die Außenhülle auf. Zuoberst lag ein Polaroidfoto. Tobias saß mit verbundenen Augen gefesselt auf einem Stuhl. Er ließ die Schultern hängen und wirkte sehr verloren. Darunter lag ein verschlossener Briefumschlag. Elsa reichte ihn Freddy, sie riss ihn hektisch auf und entnahm ein Blatt Papier. *Lasst die Klage fallen. Keine Polizei! Sonst kannst du ihn auch unterm Apfelbaum begraben.*

»Also doch Arthur«, schrie Freddy. »Ich fahr da sofort hin.«

Caro schrie auf: »Damit er dich auch noch kriegt!«

Maria überlegte und sagte dann: »Stimmt. Wir rufen die Polizei.«

»Kommt gar nicht in Frage«, entgegnete Freddy. »Ich fahre.«

Maria stöhnte. »Dann nimm mich mit, du bist doch gar nicht in der Verfassung, Auto zu fahren.« Beide stürzten nach draußen.

Im Laufschritt ging es weiter, bis sie das Auto erreicht hatten. Frau Kerner von gegenüber saß schon wieder am Fenster und sah ihnen interessiert zu.

»Sie müssen sich nicht so beeilen, die Läden schließen doch jetzt erst um acht«, rief sie ihnen hinterher.

»Spinnt die?«, keuchte Maria.

»Nein«, hechelte Freddy. »Ihr Horizont geht nur nicht über essen und einkaufen hinaus. Wozu treibst du eigentlich Sport, wenn du genauso schnell außer Atem bist wie ich?«, fragte sie, während Maria die Autotür aufschloss.

»Das frag ich mich auch immer.« Maria startete und würgte das Auto ab.

»Das hätte ich auch geschafft«, murmelte Freddy.

»Sei nicht so zynisch, ich bin auch nervös.« Beim zweiten Versuch klappte es, und Maria schoss die Straße herunter. »Wo wohnt er überhaupt?«

Freddy dirigierte sie auf dem schnellsten Weg bis zu Arthurs Haustür. »Ich geh allein hoch.«

»Auf keinen Fall.«

»Sei doch vernünftig, wir machen eine Zeit aus, sagen wir fünfzehn Minuten, und wenn ich dann nicht wieder da bin, gehst du zur Polizei. Wenn ich mit dir im Schlepptau da aufkreuze, sagt er garantiert nichts.« Maria wollte widersprechen, überlegte es sich aber anders. Sie standen vor Arthurs Haus. Freddy riss die Beifahrertür auf, ohne hinzusehen.

Eine Radfahrerin machte eine Vollbremsung und schrie: »Können Sie nicht aufpassen?«

Freddy stammelte: »Entschuldigung, ich hab es eilig«, knallte die Autotür zu und stürzte zu Arthurs Haus.

Die Radfahrerin war fassungslos. »Das ist ja wohl das blödeste Argument aller Zeiten.«

Maria kurbelte das Fenster herunter und sagte: »Nehmen Sie es ihr nicht übel, sie ist sonst nicht so.«

Die Radfahrerin bestieg ihr Fahrrad, drehte noch einmal den Kopf zurück und schnaubte ärgerlich: »Erzählen Sie das meinem Schutzengel«, und strampelte davon.

Freddy klingelte mehrfach vergeblich und resignierte dann. Sie schlich zum Auto zurück.

»Er ist nicht da, hast du was zu schreiben dabei?«

»Klar.« Maria kramte in ihrer vollen Handtasche. »Hier, was willst du schreiben?«

»Er soll mich sofort anrufen, Tag und Nacht. Gib her.« Freddy schrieb wütend ihre Botschaft auf den Zettel und warf ihn in Arthurs Briefkasten. »So, jetzt können wir wieder zurückfahren, diesmal vielleicht etwas langsamer.«

»Hör ich da Kritik? Du kannst dich glücklich schätzen, von mir gefahren zu werden. Ich hatte mal eine Beziehung zu einem Mann, der war ganz wild auf Autorennen. Jedes verdammte Wochenende haben wir in irgendwelchen abgesteckten Feldern verbracht. Und ich durfte auch fahren, wahrscheinlich hat er gedacht, das hält mich bei Laune.«

»Vielleicht solltest du mal ein Buch veröffentlichen: Finden Sie Ihre Begabungen mit Hilfe häufig wechselnder Beziehungen heraus!«

Maria grinste und startete. »Angst schärft die Zunge, was?«

Freddy sah sie irritiert an und murmelte: »Entschuldige, ich weiß schon gar nicht mehr, was ich sage. Ich drehe gleich durch.«

Maria nahm eine Hand vom Steuer und klopfte Freddy auf die Schulter. »Reiß dich zusammen, du kannst durchdrehen, wenn wir die Sache hinter uns haben.«

Als sie in Freddys Straße bogen, sahen sie wieder Frau Kerner in derselben Position wie bei ihrer Abfahrt. Sie winkte ihnen heftig zu. Freddy sagte beim Aussteigen: »Beachte sie einfach nicht.«

Elsa und Caro saßen in der Küche und hielten sich die Hände.

»Der Anrufbeantworter ist einmal angesprungen.«

»Und was ist drauf?«

»Wir haben uns nicht getraut, ihn abzuhören«, gestand Caro. »Wir wollten lieber warten, bis ihr wieder da seid.«

Freddy ging zum Anrufbeantworter und drückte die Abhörtaste. Sofort kam das Besetztzeichen. Während sie noch überlegte, klingelte erneut das Telefon. Freddy fuhr zusammen.

»Münzer«, bellte es in ihr Ohr. »Hier hat gerade jemand angerufen, ohne sich vorzustellen wohlgemerkt. Vielleicht sollte ich klären, wie er an meiner Sekretärin vorbeigekommen ist.«

»Klären Sie das später«, fiel ihm Freddy ins Wort. »Was wollte der Anrufer?«

»Deshalb rufe ich ja an, er teilte mir mit, Sie und Frau Sommer seien übereingekommen, die Klage zurückzuziehen. Können Sie mir erklären, was das zu bedeuten hat?«

Freddy biss sich auf die Lippen. »Nein, im Moment kann ich das nicht. Unternehmen Sie erst mal gar nichts, warten Sie ab, bis Frau Sommer oder ich uns bei Ihnen melden.« Damit legte sie den Hörer auf und kehrte in die Küche zurück.

»Ich weiß nichts Neues, außer dass irgendjemand bei Rechtsanwalt Münzer angerufen und angekündigt hat, dass wir die Klage zurücknehmen. Er war etwas verwirrt, der Gute, ich habe ihm nichts erzählt, ihn nur auf später vertröstet.« Freddy rieb sich den Magen. »Ich muss jetzt was essen.«

»Du denkst immer ans Essen, egal, was passiert«, beschwerte sich Caro. »Wenn ich an Tobias denke, ist mir ganz schlecht.«

»Es wäre dir wahrscheinlich wesentlich weniger schlecht, wenn du was essen würdest«, entgegnete Freddy. »Deinem Bruder geht es nicht besser, wenn du jetzt auch noch anfängst zu hungern.«

»Du bist herzlos«, schluchzte Caro.

»Bitte hör auf, meine Tränen-Toleranz für heute ist erschöpft.«

Caro warf sich in Marias Arme. Maria hielt sie zwar fest, sah aber verzweifelt zu Freddy.

Elsa stand auf. »Komm, Spatz, ich bring dich ins Bett.«

Aufheulend drehte sich Caro herum und schrie: »Ihr wollt mich nur loswerden und mich dann allein im Haus lassen. Damit ich auch noch entführt werden kann.« Dabei trampelte sie mit dem Fuß auf den Boden.

Freddy ging auf sie zu und hielt sie fest. »Nein, bestimmt nicht. Lass dich von Elsa ins Bett bringen. Ich verspreche dir, wir lassen dich nicht allein. Gute Nacht, mein Schatz. Vielleicht ist morgen ja alles wieder gut.«

»Das glaubst du ja selbst nicht.«

»Nein, aber ich hoffe es.« Sie strich ihrer Tochter die Haare aus dem Gesicht und küsste sie auf die Wange.

Nachdem Elsa und Caro die Küche verlassen hatten, durchsuchte Freddy die Kühltruhe. Sie entnahm eine Pizza und schob sie in den Backofen. »Eine reicht wahrscheinlich?« Maria nickte. Freddy starrte Elsas Zigarettenpäckchen an, sie hatte es auf dem Küchentisch liegen gelassen. Dann nahm sie sich eine Zigarette, inhalierte tief und stellte die Uhr des Backofens.

Freddy hatte sich gerade wieder hingesetzt, als das Telefon klingelte. Sie stürzte ins Wohnzimmer, dicht gefolgt von Maria. »Ja«, brüllte sie ins Telefon. »Was willst du?« Maria starrte Freddy an, konnte aber nichts aus ihrer Miene herauslesen. »Nein, das passt mir gar nicht, aber wenn du willst, kannst du auf ein Gläschen Wein vorbeikommen. Gut, bis gleich.«

Beim Auflegen sagte Freddy: »Es war Arthur. Er wollte mich zum Essen einladen. Klang ganz harmlos. Ich habe erst überlegt, ob ich es ihm auf den Kopf zusagen soll, aber am Telefon hat er viel mehr Möglichkeiten. Ich möchte lieber sein Gesicht sehen, deshalb habe ich ihn eingeladen. Tun wird er mir nichts. Nicht unter Zeugen.«

»Ich weiß nicht, ob das eine gute Idee war«, entgegnete Maria.

Aber Freddy hörte ihr gar nicht zu. Aus der Küche klingelte der Backofen. Beim Versuch, die Pizza aus dem Backofen zu holen, verbrannte sie sich die Finger.

»Lass mich das machen.« Maria schob sie zur Seite, holte die Pizza heraus und drittelte sie. »Oder sollen wir Elsas Anteil wieder reinschieben?«

»Besser«, antwortete Freddy. »Meine Tochter zum Einschlafen zu bringen, kann dauern, und heute schon gar.« Sie aßen hastig, Freddy sah immer wieder auf die Uhr.

»Meinst du, dass es eine gute Idee ist, Elsa und Arthur aufeinander treffen zu lassen?«, fragte Maria kauend.

Freddy blickte irritiert auf. »Nein, daran habe ich nicht gedacht. Ich bringe die Pizza hoch und sage ihr, dass sie oben bleiben soll, bis die Luft rein ist.«

Freddy kam gerade die Treppe herunter, als es an der Tür klingelte. Sie schob Maria mit der Weinflasche und drei Gläsern ins Wohnzimmer. »Wir tun einfach so, als wäre es ganz normal, dass du da bist.«

»Na, da bin ich gespannt.«

Als Freddy mit Arthur ins Wohnzimmer kam, saß Maria schon auf dem Sofa und trank Wein. Falls Arthur überrascht war, ließ er es sich nicht anmerken. Bevor das gegenseitige Vorstellen beginnen konnte, platzte Freddy heraus: »Wo ist Tobias?«

Arthur blickte sie irritiert an. »Willst du mich nicht erst mal vorstellen?«

»Das hat Zeit.«

»Ich verstehe dich nicht, woher sollte ich wissen, wo sich dein Sohn befindet? Meines Wissens habe ich ihn nur ein einziges Mal gesehen, und so vertraut sind wir damals nicht geworden.« Er lächelte.

Freddy hielt es nicht mehr aus. Sie trat einen Schritt vor, schüttelte Arthur heftig an den Schultern und schrie: »Er ist entführt worden.«

Arthur sah sie ungläubig an und machte sich los. »Und du glaubst, ich habe etwas damit zu tun?«

»Ja, wer denn sonst? Wer hat denn ein Interesse daran, dass dieser verdammte Prozess nicht geführt wird? Ich kenne nur dich und deine Mutter.«

»Beruhige dich!«

»Bring mir Tobias wieder, und ich beruhige mich auf der Stelle.«

»Ich habe ihn nicht. Kannst du nicht der Reihe nach erzählen?«

Maria griff ein. »Setz dich und erzähle! Vielleicht erst ein bisschen Wein.«

Freddy setzte sich gehorsam und griff zum Wein. Sie nahm einen tiefen Schluck. »Zuerst wurde Mao ermordet.«

»Wer ist Mao?«

»Mao war unser Kater. Und jetzt haben sie Tobias entführt. Hier.« Freddy gab ihm das Foto und das Blatt Papier.

Arthur studierte beides sorgfältig. »Hast du die Polizei informiert?«

»Nein, das traue ich mich nicht.«

Fast zärtlich sah Arthur Freddy an. »Ich kann mir vorstellen, wie du auf mich kommst. Aber ich habe nichts damit zu tun. Und es kränkt mich tief, dass du dir vorstellen kannst, ich könnte deinen Sohn entführen oder einen Kater ermorden.«

Freddy reagierte nicht auf den Vorwurf. »Wo ist deine Mutter?«

»In ihrem Haus in der Wetterau. Klapperst du jetzt die nächsten Verdächtigen ab? Ich kann dir garantieren, dass meine Mutter allein in Ober-Hörgern ist, das heißt, sie hat wahrscheinlich Peter dabei.«

»Wer ist Peter?«, diesmal war es Maria, die fragte.

»Der Kater meiner Mutter. Meine Mutter ist eine alte Frau, sie entführt keine Teenager, sie hätte auch keine Chance, einen zu erwischen. Wie stellst du dir das eigentlich vor?«

»Sie hat Geld, damit kann man Helfer bezahlen.«

»Freddy, du verrennst dich da in etwas. Ich verstehe ja deine Sorge, aber wir haben bestimmt nichts damit zu tun. Wo ist eigentlich Elsa? Ist sie hier?«

»Wieso willst du das wissen?«, fuhr ihn Freddy an. »Eine weitere Entführung vielleicht? Praktisch, wenn man weiß, wo das Opfer zu finden ist.«

»Sei nicht albern. Ich würde sie einfach gerne sehen. Schließlich behauptet sie, meine Halbschwester zu sein. Ich bin neugierig, das ist alles. In den Akten war kein Foto.«

»Sie ist nicht hier, und dir würde ich bestimmt nicht sagen, wo du sie finden kannst«, sagte Freddy resolut. »Wie bist du eigentlich auf die Idee gekommen, mich ausgerechnet heute zum Essen einzuladen? Hast du geglaubt, das wirkt unverdächtig? Mein Zettel kann nicht so freundlich geklungen haben.«

»Welcher Zettel?«

»Der in deinem Briefkasten.«

»Ich bin überhaupt noch nicht zu Hause gewesen. Ich weiß von keinem Zettel. Ich habe dich vom Büro aus angerufen.«

»Warum?«

»Warum, warum, das war eine Spontanidee. Ich weiß nicht, warum. Vielleicht hatte ich Sehnsucht?«

»Ein passender Zeitpunkt, um Sehnsucht zu haben.«

Arthur seufzte und räusperte sich gleich danach. »Ich glaube, ich gehe jetzt. Ich werde dich heute bestimmt nicht mehr von meiner Unschuld oder der meiner Mutter überzeugen können. Du kannst mich ja anrufen, falls du dich doch dazu entschließen solltest, mir zu glauben. Ich würde mich freuen. Wirklich«, setzte er noch nach. Mit einer höflichen Verbeugung verabschiedete er sich von Maria und wandte sich nochmals Freddy zu: »Ich finde, du solltest die Polizei einschalten, die haben Erfahrung mit solchen Sachen, und außerdem bist du befangen.« Damit ging er.

Nachdem die Haustür zugefallen war, schwiegen beide eine Weile.

»Sehr beeindruckend.« Maria goss sich noch ein Glas Wein ein.

»Wie meinst du das?«

»Wenn er etwas mit Tobias' Entführung zu tun hat, dann kann er gut spielen.«

»Er ist schließlich Rechtsanwalt.«

»Und du meinst, alle Rechtsanwälte sind gleichzeitig gute Schauspieler?«

»Nein, natürlich nicht generell, aber ein Anwalt, dem man immer sofort ansieht, was er denkt, ist ein schlechter Anwalt, und ich glaube nicht, dass er zu den schlechten gehört. Aber ich weiß einfach gar nichts mehr sicher. Bis eben hätte ich geschworen, dass er der Urheber dieser Geschichte ist, aber jetzt, ich weiß es nicht.« Freddy ließ sich auf einen Sessel fallen und rieb nachdenklich ihr Kinn. »Himmel«, sie sah auf ihre Uhr. »Der Entführer hätte doch schon längst anrufen müssen.«

»Nicht, wenn Arthur etwas damit zu tun hat.« Elsa war unbemerkt ins Zimmer gekommen. Sie hob die Hände. »Keine Angst, ich habe ihn gehen sehen. Vielleicht musste er erst herauskriegen, was wir vermuten.«

In diesem Moment läutete das Telefon. Alle drei hielten die Luft an. Freddy rannte zum Telefon und sah ängstlich zu den andern.

»Hartmann.« Sie hörte zu. »Ich, ich«, stammelte sie dann in den Apparat und hörte wieder zu. »Halt, halt.« Resigniert betrachtete sie den Hörer in ihrer Hand. »Er hat nur gesagt: ›Wir behalten den Jungen, bis die Klage zurückgenommen worden ist.‹ Und: ›Keine Polizei.‹ Dann hat er aufgelegt. Was sollen wir denn tun?« Sie blickte fragend in die Runde.

»Warten. Am Mittwoch fällt die Entscheidung«, sagte Elsa energisch.

»Und du willst, dass Tobias noch zwei Tage bei diesen Leuten bleiben muss? Und wenn sie ihm was antun?« Freddy war fassungslos. Mach, dass ich mich verhört habe.

»Soll ich etwa die Klage zurücknehmen? Willst du das andeuten? Wie willst du denn sicher sein, dass sie ihn dann freilassen?« Auf Elsas Stirn hatte sich eine tiefe Falte gebildet.

»Dir sind also ein paar Millionen mehr wert als Tobias?«, schrie Freddy unbeherrscht.

Das Telefon klingelte erneut. Freddy sah unglücklich zu Maria. »Geh du, ich kann jetzt nicht. Sag, ich bin nicht da, irgendwas.«

Maria folgte gehorsam. Sie log glaubhaft. »Es war dein Exmann.«

»Ach, du meine Güte. Was ein Glück, dass ich nicht rangegangen bin.«

»Findest du nicht, dass du ihm Bescheid sagen solltest? Er ist schließlich sein Vater«, wandte Maria ein.

»Nein, finde ich nicht, in schwierigen Situationen hat er immer versagt. Das wird auch hier nicht anders sein. Und wenn der mir hier auch noch zwischen den Füßen herumspringt, werde ich endgültig wahnsinnig. Ganz zu schweigen von seiner schrecklichen Frau.«

Sie wendete sich wieder Elsa zu. »Du schlägst also vor, gar nichts zu tun und einfach abzuwarten?« Bitte sag nein.

»Ich lasse mich nicht um mein Erbe bringen. Jetzt nicht mehr. Es gibt keine Garantie, dass sie ihn freilassen, wenn wir die Klage zurücknehmen, das weißt du ganz genau.«

»Keine Garantie, aber eine Chance«, murmelte Freddy leise. Sie ließ die Schultern hängen und brach ohne Vorwarnung in Tränen aus. Maria eilte auf sie zu, nahm sie in die Arme und strich ihr tröstend den Rücken rauf und runter.

»Ist ja gut, ist ja gut.«

»Gar nichts ist gut«, schrie Freddy und zog die Nase hoch. »Gib mir ein Taschentuch.« Sie putzte sich energisch die Nase. »Wir müssen auf der Karte nachsehen, wo Ober-Hörgern ist.« Ihre Stimme zitterte. Maria ließ sie endgültig los.

»Und wenn du weißt, wo Ober-Hörgern ist, was dann?«, fragte Maria nüchtern.

»Ich hoffe auf ein kleines Dorf. Wir fragen einfach, wo Frau Kant wohnt. Wir gehen zu dritt. Ihr lenkt sie ab, und ich durchsuche das Haus. Sie kennt euch nicht, wir müssen uns nur eine gute Ausrede einfallen lassen.«

»Und was machen wir mit Caro?«, warf Elsa ein.

»Stimmt, wir können sie weder mitnehmen noch hier lassen. Ihr Vater geht auch nicht. Ich bringe sie zu einer Freundin. Abends sind wir wieder zurück.«

Maria zögerte. »Ich bin gespannt, wie du sie davon überzeugst.«

»Das schaffe ich. Ich muss es ihr nur als Rettungsaktion für Tobias verkaufen. Dann geht das.«

16

Wie Freddy vorausgesehen hatte, ließ sich Caro ohne Protest zu ihrer Freundin Lucie bringen. Elsa und Maria überlegten während der Fahrt nach Ober-Hörgern, was man Frau Kant erzählen könnte, es fiel ihnen aber nichts ein.

»Lasst uns eine Wiese suchen«, schlug Freddy vor und setzte ihre Sonnenbrille auf.

»Wozu?«, fragte Elsa.

»Ich habe einen Picknickkorb im Kofferraum. Wir frühstücken erst, dann kann man besser denken.«

»Du denkst wirklich in allen Lebenslagen ans Essen«, staunte Elsa.

Freddy drehte sich nach hinten zu ihr um und sagte: »Du wirst schon sehen, es hilft.«

Aber es half nicht. Dann mussten sie eben improvisieren.

Am Ortseingang hielt Freddy an und fragte einen alten Mann, wo Frau Kant wohne. Seine Beschreibung erfolgte in einem so heftigen Dialekt, dass Freddy sich stark konzentrieren musste. Das Haus lag am Ortsausgang und war ein altes Bauernhaus mit Stall und Scheune. Sie fuhren erst einmal langsam daran vorbei und betrachteten es intensiv. Dann wendeten sie und wiederholten das Ganze.

»Es sieht so aus, als gäbe es einen Garten hinter dem Haus. Außerdem gibt es wahrscheinlich eine Verbindung zwischen Haus und Stall. Zumindest war das bei meiner Oma so«, sagte Freddy nachdenklich.

»Ja, das kenne ich auch«, pflichtete ihr Elsa bei.

»Ich werde es zuerst im Stall versuchen, sobald ihr im Haus seid. Es bleibt dabei, ihr müsst versuchen, mir eine halbe Stunde den Rücken zu decken. Und wenn alles schief geht und sie doch anfängt, im Haus herumzulaufen, müsst ihr euch irgendwas ausdenken. Wir treffen uns dann wieder an der Bushaltestelle.«

Sie ließen Freddy kurz vor dem Haus aus dem Wagen und wünschten ihr viel Glück. »Euch auch«, gab Freddy den Wunsch zurück.

Maria wechselte auf die Fahrerseite, parkte vor dem Haus und wandte sich zu Elsa um.

»Ich bin dermaßen aufgeregt, mein Herz klopft im Hals.«

»Mir zittern die Hände«, erwiderte Elsa.

»Auf geht's.« Maria klingelte. Sofort wurde die Tür geöffnet, als hätte Frau Kant auf sie gewartet.

»Ja bitte?« Frau Kant stand erwartungsvoll vor ihnen, der Kater strich um ihre Beine. Elsa bückte sich und streichelte ihn.

Maria ergriff das Wort: »Guten Tag, wir sind von der Zeitschrift ›Der Tierfreund‹ und …«

Frau Kant unterbrach sie: »Ich habe bereits genügend Zeitschriften«, damit wollte sie die Türe wieder schließen.

»Nein, nein«, beruhigte sie Maria. »Wir wollen keine Abonnements verkaufen, wir hätten gerne ein Interview. Es geht um Katzen.«

Frau Kant zögerte und betrachtete ihren Kater, der sich immer noch von Elsa streicheln ließ. »Nun ja, wenn es wirklich darum geht, bitte.« Damit wies sie die beiden ins Haus. Sie ging durch eine altertümliche Küche ins Wohnzimmer voran.

Maria hatte Papier und Stift gezückt und befragte Frau Kant zu ihrem Kater. Elsa hatte noch kein Wort gesagt, sie lauschte unauffällig, hörte aber nichts. Sie riss sich zusammen und versuchte dem Interview zu folgen.

»Und was halten Sie von Adventskalendern für Katzen?«, fragte Maria in diesem Moment. Elsa biss sich auf die Lippen, um nicht laut loszulachen. Um sich abzulenken, versuchte sie unauffällig auf ihre Uhr zu sehen. Sie mussten mindestens noch zwanzig Minuten bleiben.

Frau Kant hatte nachgedacht. »Gibt es so was wirklich, oder wollen Sie sich über mich lustig machen?«

»Das gibt es«, sagte Maria und nickte ernst.

Frau Kant betrachtete Maria und sagte dann: »Ich bin dagegen. Wissen Sie, Katzen sind Tiere. Außerdem, vielleicht bin ich ein bisschen altmodisch, aber ein Adventskalender hilft uns, beziehungsweise den Kindern, beim Warten auf Weihnachten. Ich weiß, für viele bedeutet es heutzutage nur eine weitere Süßigkeit, aber das ist ja kein Grund, nun auch noch die Tiere mit Adventskalendern zu beglücken.« Frau Kant war aufgestanden. »Entschuldigung, ich bin unhöflich. Möchten Sie einen Kaffee mit mir trinken?« Maria schüttelte heftig den Kopf. »Es macht mir wirklich keine Umstände, falls Sie das denken. Ich trinke jeden Tag um diese Uhrzeit Kaffee.« Sie ging zur Tür. Maria und Elsa sahen sich verzweifelt an. Maria rollte ihre Zunge und stieß einen gellenden Pfiff aus. Frau Kant drehte sich entsetzt um.

Noch ehe sie etwas sagen konnte, sprang Elsa ein. »Sie übt überall diesen Eulenschrei, ich habe ihr schon unheimlich oft gesagt, dass die Leute sich erschrecken.« Frau Kant verließ kopfschüttelnd das Wohnzimmer.

»Uff, das war aber knapp«, flüsterte Elsa.

»Kann man wohl sagen«, antwortete Maria und sah auf die Uhr. »Aber ich glaube, wir schaffen es.«

*

Sie sahen Freddy schon von weitem an der Bushaltestelle warten. Sie lief unruhig hin und her. »Na endlich«, sagte sie, als sie sich ins Auto fallen ließ. »Die Leute fingen schon an, sich nach mir umzudrehen. Ihr braucht gar nicht so zu gucken. Ich habe ihn nicht gefunden, auch sonst nichts Verdächtiges.«

»Wo warst du eigentlich, als Maria gepfiffen hat?«, fragte Elsa neugierig. Maria hatte den Wagen angelassen und war losgefahren.

»Ach, es war Marias Pfiff. Mir standen die Haare zu Berge. Ich war mitten auf der Treppe und die Stufen quietschten bei jedem Schritt. Ich musste stehen bleiben und konnte mich nicht rühren, bis Frau Kant endlich wieder aus der Küche war. Glücklicherweise hatte sie laute Absätze, sodass ich jeden ihrer Schritte hören konnte.«

»Sie war nett, damit hätte ich überhaupt nicht gerechnet«, sagte Elsa leise. »Ich habe immer gedacht, sie wäre eine schreckliche alte Frau.«

»Es gibt auch nette Mörder«, entgegnete Freddy.

»Du hast ja die große Erfahrung«, spottete Maria.

Freddy wurde rot. Elsa kam ihr zu Hilfe. »Und jetzt, was machen wir nach diesem Fehlschlag?«

»Ich weiß nicht, ob es ein Fehlschlag war, immerhin waren wir schon mal in diesem Haus. Wer weiß, ob uns das nicht einmal von Nutzen sein wird. Wir holen jetzt Caro ab und fahren nach Hause. Und warten weiter.«

Zwei Stunden später waren sie mutlos im Wohnzimmer versammelt, Caro weinte leise vor sich hin. Auf einmal deutete sie unter Tränen auf den Anrufbeantworter, der hastig blinkte. Freddy stand langsam auf und drückte die Abhörtaste. Arthurs sonore Stimme erklang: »Ich wollte nur mal hören, ob sich irgendwas getan hat«, dann das Besetztzeichen. Enttäuscht ließ Caro die Schultern hängen und weinte weiter.

Plötzlich klingelte es zaghaft an der Haustür.

»Wenn das Arthur ist, knalle ich ihm die Tür vor der Nase zu«, sagte Freddy mit harter Stimme. Dann ging sie langsam aus dem Zimmer. Ein lauter Schrei ertönte. Maria, Elsa und Caro stürzten zum Eingang. Freddy hing schluchzend an Tobias' Schultern.

»Du zerdrückst mich«, sagte er leise. Daraufhin ließ sie ihn los und zog ihn ins Haus. Alle redeten durcheinander, bis Tobias die Hand hob. »Kann ich mich erst mal setzen? Ich erzähl dann schon alles, was ich weiß. Viel ist es nicht.« Alle setzten sich und sahen ihn erwartungsvoll an. »Kann ich einen Schluck Wasser haben?« Caro stürzte in die Küche und brachte ihm ein Glas. »Ich habe zwei Tage mit verbundenen Augen auf einem Stuhl verbracht. Dreimal am Tag brachten sie mich zur Toilette und dreimal am Tag gaben sie mir zu essen. Ich habe keine Ahnung, wer das war. Sie haben auch nicht direkt mit mir geredet. Sie haben immer ein Band abgespielt. Und die Stimme habe ich nicht erkannt.«

»Und wie bist du jetzt hierher gekommen?«, fragte Freddy gespannt.

»Sie haben mich in ein Auto gesteckt, und als sie angehalten haben, hat das Band gesagt, wenn ich draußen bin, soll ich bis fünfhundert zählen. Dann wurde ich auf eine Bank gesetzt. Und ich habe bis fünfhundert gezählt, bevor ich mich getraut habe, die Augenbinde abzunehmen. Und nachdem ich mich wieder an das Licht gewöhnt hatte, sah ich, dass ich mitten im Grüneburgpark war. Und dann bin ich hierher gelaufen. Das war alles. Und jetzt brauche ich was zu essen, und dann muss ich schlafen.«

»Mach ich gleich, Tobias, aber sag mir noch kurz, haben sie nichts gesagt, warum sie dich laufen lassen?«

»Nein, keinen Ton«, sagte Tobias erschöpft.

Freddy ging sofort in die Küche und taute Gulasch für alle auf. Als sie gegessen hatten, brachte sie Tobias ins Bett, deckte ihn zu und streichelte ihm den Kopf wie zu den Zeiten, als er noch ein kleiner Junge war. Er ließ es sich widerspruchslos gefallen.

»Ach Tobias, ich bin ja so froh.«

»Und ich erst.« Er schloss die Augen und war auf der Stelle eingeschlafen.

Freddy verließ leise das Zimmer und schloss die Tür. Ich muss unbedingt wieder aufhören zu rauchen, dachte sie und fürchtete sich. Dann schickte sie Caro ins Bett, die ohne Widerworte ging, und öffnete eine Flasche Sekt. Nachdem sie sich zugeprostet hatten, fragte Freddy: »Könnt ihr euch einen Reim darauf machen?«

Elsa schüttelte den Kopf. »Vielleicht hat Arthur ein schlechtes Gewissen bekommen«, schlug Maria vor. »Oder du bist ihm so wichtig, dass er aufgibt.«

»Das kann ich mir nicht vorstellen. Es ist auf jeden Fall sehr auffällig, dass erst Arthur anruft und dann Tobias freigelassen wird. Vielleicht ist ihm eine bessere Idee gekommen, wenn ich mir auch nicht vorstellen kann, welche.«

*

Am Mittwoch warteten Freddy und Elsa aufgeregt vor dem Gerichtssaal, um sich mit Rechtsanwalt Münzer zu treffen. Freddy versuchte Elsas Erwartungen zu dämpfen.

»Wahrscheinlich geben sie heute noch keine Entscheidung bekannt.« Rechtsanwalt Münzer pflichtete ihr bei.

Sie irrten sich beide. Der Richter entschied, dass die Autopsie stattfinden könne.

»Ich bin ja so gespannt. Dürfen wir dabei sein?«, fragte Elsa. »Und wann machen sie das überhaupt?«

Rechtsanwalt Münzer räusperte sich. »Ich habe keine Erfahrung mit Autopsien, aber wahrscheinlich morgen oder übermorgen früh. Das Urteil muss erst geschrieben werden, vorher geht sowieso nichts. Und wenn Sie wissen, wo sein Grab ist, kann Sie meiner Ansicht nach niemand daran hindern, dabei zu sein. Ein Friedhof ist schließlich ein öffentlicher Ort. Die Grabnummer ist H 13. Meine Rechnung wird Ihnen demnächst zugehen«, damit verabschiedete er sich.

»Typisch«, sagte Freddy in seinen Rücken.

*

Um halb sechs klingelte Freddys Wecker. Sie wollte ihn ausschalten und weiterschlafen, als ihr einfiel, dass heute der große Tag war. Freddy quälte sich unter die Dusche, dann stellte sie die Kaffeemaschine an und begab sich zu ihrem Kleiderschrank. Ratlos holte sie einige Hosen heraus und betrachtete sie. Ob es eine Kleiderordnung für solche Situationen gab? Wenn, dann war sie ihr unbekannt. Schließlich entschied sie sich für eine schwarze Jeans, ein schwarzes T-Shirt und ein dunkles Sweatshirt. Jetzt konnte sie endlich Elsa wecken, Kaffee trinken und wach werden.

Um sieben Uhr wollten Freddy und Elsa am Haupteingang des Hauptfriedhofs sein. Freddys Theorie war, dass man den Sarg ausgraben würde, bevor die ersten Beerdigungen stattfanden. Es war noch kühl, obwohl es wahrscheinlich schön werden würde. Beide fühlten sich unbehaglich, außer ihnen war niemand zu sehen. Das Portal war geöffnet, Freddy atmete auf, sie war sich nicht sicher gewesen, ob es nicht zu früh war. Auf einem Plan, in dem die Wege mit Buchstaben und Nummern versehen waren, suchten sie das Grab, aber Freddys Orientierungsvermögen war noch nie sehr groß gewesen. Schließlich fanden sie H 13.

»Komm, ich glaube, es geht hier lang«, sagte Freddy und zog Elsa am Arm in einen Gang hinein. Sie gingen beide schnell, aber nur Freddy war außer Atem, als sie beim Grab angelangt waren. »Uff«, pustete sie, »ich bin ja doch besser, als ich dachte.«

»Sie haben ja schon angefangen.« Elsa wirkte enttäuscht.

Einer der Totengräber kratzte sich am Ohr und sagte etwas zu seinem Kollegen, Freddy konnte leider nicht verstehen, was es war. Dann gruben sie weiter. Als neben dem Grab ein großer Erdhaufen lag, war endlich der Sarg zu sehen. Es war ein stabiler, dunkler Eichensarg.

Elsa pfiff. »Der hat bestimmt einen Haufen Geld gekostet.«

»Na ja, sie haben's ja, wie wir wissen«, entgegnete Freddy. »Trotzdem wäre das kein Sarg für mich.« Freddy träumte von einer Seebestattung. Leider war die sehr teuer.

Der Sarg wurde auf einen kleinen Rollwagen gehoben, und dann fuhren ihn die Männer fort.

»Warum mussten wir uns das unbedingt ansehen?«, fragte Freddy.

»Ich weiß es nicht«, gestand Elsa. »Ich habe geglaubt,

wenn ich das sehe, ist es wie eine Begegnung mit ihm. Blöd. Aber wenn man immer alles voraussehen könnte, würde man vieles nicht tun. Lass uns einen Kaffee trinken gehen.« Sie hakte sich bei Freddy unter, und beide verließen den Friedhof.

*

»Und wie war es?«, fragte Caro beim Mittagessen.

Tobias hatte sich schon wieder so weit eingelebt, dass er ohne Bescheid zu sagen weggeblieben war.

Freddy und Elsa sahen sich an. »Es gab eigentlich nichts zu sehen«, sagte Elsa verlegen. »Zwei Männer haben einen Sarg ausgegraben, luden ihn auf einen Rollwagen, schoben ihn weg, fertig, das war alles.«

»Habt ihr euch nicht gegruselt? Kein bisschen?« Caro war noch nicht zufrieden.

Freddy überlegte. »Gegruselt, nein, aber es war auch nicht selbstverständlich, so wie auf dem Friedhof spazieren zu gehen. Man fühlt sich unbehaglich. Weißt du, es erinnert an so viele Geschichten, die man gelesen hat. Auch wenn die meist im Dunkeln spielen.«

Caro leckte ihren Löffel ab. »Und wann kriegt ihr Bescheid?«

»Ich weiß es nicht genau, ich denke, das wird ein paar Tage dauern.« Freddy wartete schon sehnsüchtig, dass ihre Tochter mit dem Essen fertig war, damit sie rauchen konnte. Endlich stand Caro auf und räumte den Tisch ab. Freddy griff nach ihrer Zigarette und inhalierte tief den ersten Zug. Wie schnell bin ich wieder bei einem Päckchen pro Tag, dachte sie. Elsa sah sie an und musste lachen.

Lautes Türeschlagen kündigte nun doch Tobias' Eintreffen an.

»Warum kommst du so spät?« Freddy war verärgert. »Du weißt genau, wann es Essen gibt.«

»Ich hatte eine Verabredung.« Seinem Ton konnte man entnehmen, dass er nicht vorhatte, weitere Unterhaltungen zu diesem Thema zu führen.

»Du hättest mir einen Zettel schreiben können.« Freddy ließ nicht locker. »Warst du mit Sarah zusammen?«

»Heute Morgen wusste ich das noch nicht, ich bin nicht wie du, ich habe nicht mein ganzes Leben verplant. Und übrigens, Sarah existiert für mich nicht mehr.« Nun war endgültig klar, dass das Gespräch beendet war. Er wendete sich ab und durchsuchte die Töpfe nach Resten. »Ihr habt mir nichts übrig gelassen«, sagte er vorwurfsvoll, dann verließ er die Küche.

Elsa lächelte, Freddy stöhnte. »Ich kann mich nicht immer mit dem Gedanken trösten, dass es das Alter ist.«

»Nein, ich glaube, es hat auch geschlechtsspezifische Aspekte«, unterstützte sie Elsa.

Caro hielt sich aus der Debatte heraus und begann die Spülmaschine einzuräumen. »Das ist Tobias' Aufgabe«, sagte Freddy.

»Ja, aber mit der Laune wird er es bestimmt nicht machen, und in deiner Stimmung wird es einen Riesenkrach geben, und ich habe es satt. Deshalb räume ich lieber die Spülmaschine ein.«

Freddy setzte gerade zu einer weiteren Entgegnung an, da klingelte das Telefon. »Es war Rechtsanwalt Münzer«, sagte sie, als sie zurückgekommen war. »Und ihr werdet nie erraten, was er mir erzählt hat.«

»Spann uns nicht auf die Folter«, sagte Elsa nervös.

»Die Autopsie kann nicht stattfinden, die Leiche ist weg.«

»Wie? Man hat sie aus der Gerichtsmedizin gestohlen?« Elsa konnte es nicht glauben.

»Nein, offensichtlich vorher, sie haben den Sarg geöffnet, und er war leer. Ohne Leiche keine DNA-Analyse, das leuchtet doch ein. Damit ist die ganze Sache verloren.«

»Wieso?«, fragte Elsa. »Das ist doch der absolute Beweis. Kein Mensch klaut einfach so Leichen.«

»Willst du das ernsthaft dem Richter erzählen? Du kannst ja schon mal üben, indem du es Rechtsanwalt Münzer zu erklären versuchst. Die lachen dich aus. Und jetzt komm mir nicht mit dem gesunden Menschenverstand.«

Elsa saß zusammengesunken am Küchentisch. Dann schlug sie mit der Faust auf den Tisch. »Ich lasse mich nicht unterkriegen. Nicht von dieser Familie. Das ist doch vollkommen klar, was da gelaufen ist. Die haben von dem Urteil erfahren und die Leiche entführt oder beseitigt.«

»Bestimmt nicht die alte Frau Kant. Du musst überlegen, mitten in der Nacht auf dem Friedhof, alles andere wäre ja viel zu riskant. Grab aufbuddeln, Sarg raus, Leiche raus, Sarg rein, Grab zu und dann nichts wie weg.« Freddy dachte laut nach.

»Vielleicht hat sie die Lampe gehalten«, schlug Caro vor.

»Aber allein hätte er diesen Sarg nicht aus dem Grab gekriegt, der war bestimmt viel zu schwer. Oder kann man den Deckel öffnen, wenn der Sarg noch im Grab liegt? Ih, was für ein Thema.« Elsa schüttelte sich.

Freddy überlegte. »Ich habe keine Ahnung. Und danach erst. Wie wird wohl so eine Leiche nach einem halben Jahr im Sarg aussehen? Gibt es da noch Haut an den Knochen?«

»Ihr seid eklig, mir wird schlecht.« Caro sah schon ganz bleich aus.

»Stimmt, das ist kein Gespräch für Kinderohren, geh doch ein bisschen nach oben.«

»Du sollst nicht immer sagen, dass ich ein Kind bin«, beschwerte sie sich, verließ aber trotzdem die Küche.

»Also«, nahm Freddy den Faden wieder auf. »Wir müssen erst herauskriegen, wie so eine Leiche aussieht, und dann kann man überlegen, wo sie versteckt sein könnte.«

»Vielleicht hat er sie verbrannt?«, schaltete sich Elsa ein.

»Kann schon sein, aber so einfach ist das nicht. Außerdem muss er dazu einen Ort finden, wo man unauffällig Leichen verbrennen kann. Ich glaube, das stinkt furchtbar. Und er hatte nicht sehr viel Zeit.«

»So wenig Zeit sind zwei Tage nicht«, warf Elsa ein.

»Ich habe mir doch gedacht, dass ihnen eine bessere Idee gekommen ist, als mich mit Tobias zu erpressen. Das ist genial.« Freddy ärgerte sich.

»Ruf Maria an.« Elsa war aufgestanden und lief unruhig in der Küche hin und her. »Vielleicht fällt ihr was ein.«

»Glaub ich kaum. Wenn sie mich sieht, fällt ihr nur wieder ihr Liebhaber ein, beziehungsweise mein unvorsichtiges Versprechen, ihn zu beschatten.«

»Ruf sie trotzdem an. Wir sind zu enttäuscht, um Ideen zu entwickeln. Wir können ihn ja zu zweit beschatten, und Maria denkt derweil über die Leiche nach.«

Freddy war nicht überzeugt. »Wenn Maria unglücklich verliebt ist, denkt sie nur an das Eine.«

Dennoch rief sie Maria an, die begeistert war. Sie brachte ein Foto von Michael mit.

»Wo hast du das denn aufgetrieben?«, wollte Elsa wissen.

»Das habe ich schon die ganze Zeit. Meinst du, ich treffe mich blind mit fremden Männern? Ohne Foto keine Verabredung. Die Herren und ich sind nicht immer derselben Meinung, was gutaussehend bedeutet. Aber in diesem Fall«, sie wedelte mit dem Foto, »müsst ihr zugeben, er ist es.«

Freddy und Elsa betrachteten nacheinander das Bild und nickten stumm.

»Findest du nicht, dass er ein bisschen jung ist?«, gab Freddy zu bedenken.

»Was sind schon zehn Jahre?« Maria war aufgestanden und betrachtete ihren trainierten Körper.

»Zehn Jahre können ganz schön viel sein«, sagte Elsa in Erinnerung versunken.

»Wieso, hast du einschlägige Erfahrung?« Maria wirkte aggressiv und tänzelte durch die Küche.

Elsa nickte und verwuschelte ihre Haare. »Ich war einmal mit einem zehn Jahre älteren Mann verheiratet. Er war übrigens gutaussehend, aber geholfen hat es nichts.«

»Vielleicht habt ihr einfach nicht zusammengepasst?«, schlug Maria vor.

»Ja, er war zehn Jahre zu alt«, nickte Elsa.

»Jetzt hört doch auf, euch zu streiten. Ich finde es viel bedenklicher, dass du schon jetzt glaubst, dass er eine andere hat.«

»Was heißt hier schon jetzt? Die meisten Männer, die ich kennen lerne, haben eine andere. Freie Männer gibt's hier nicht, oder sie haben eine Macke. Ich will es wissen, wer dann gewinnt, ist eine andere Geschichte.«

»Hahaha«, ein ekelhaftes Lachen ertönte. Tobias war unbemerkt an die Küchentür geschlichen, es war nicht klar, wie lange er dort schon gelauscht hatte. »How, der alte Feministenhauptmann hat gesprochen.« Damit war diese Frage klar beantwortet. Er gab noch einige Indianerlaute von sich.

Freddy sprang auf und suchte nach einem Wurfgeschoss. Das Einzige, was sie in der Eile finden konnte, war ein Apfel aus der Obstschale. Tobias sah ihn kommen und duckte sich geschickt. Der Apfel flog im hohen Bogen weiter in den Flur. Sein Flug endete in einem klirrenden Geräusch. Tobias sah hinaus und bekam einen Lachanfall. »Scherben bringen Glück«, schrie er, bevor er sich eilig aus dem Staub machte. Freddy war in den Flur gestürzt und betrachtete die Reste ihres Spiegels. In der Mitte war ein scharfzackiges Loch, über den ganzen Flur waren kleine Scherben verstreut. Während Freddy den Flur kehrte, konnte sie nur noch »Wasser und Brot« vor sich hinmurmeln. Maria war hinzugekommen und deutete hier und dort auf verstreute Splitter.

»Denkst du dir jetzt Foltermethoden für deinen missratenen Sohn aus?«

Freddy bejahte mit einem stummen Nicken.

Nachdem sie die Splitter beseitigt hatte, wollte sie mit Marias Hilfe den Spiegel entfernen. Sie hielten ihn schon in der Luft, als Maria einfiel: »Warum lassen wir ihn nicht hängen, als Mahnmal sozusagen. Der Einzige, den das Loch stört, dürfte doch Tobias sein, oder?«

Freddy nickte begeistert. »Mit Sicherheit. Ich weiß, wie ich aussehe, und Caro ist noch nicht in dem Alter.« Befriedigt hängten sie den Spiegel wieder an seinen alten Platz und kehrten zu Elsa zurück.

»Wie stellst du dir denn das Beschatten vor?«, fragte Freddy. »Du erwartest ja wohl nicht, dass wir uns jetzt abwechselnd vor seiner Wohnung herumdrücken, oder?«

»Nein, natürlich nicht«, antwortete Maria leicht verlegen.

»Also hast du doch damit gerechnet«, stellte Freddy etwas verbittert fest.

»Nein, so glaub mir doch. Er hat mir am Anfang, als er noch nicht so aufpasste, von seiner Stammkneipe erzählt. Ich weiß nicht, wie sie heißt, aber ich kann euch auf dem Stadtplan zeigen, wo sie ist. In Kneipen geht ihr doch gern, also verbringt ihr einfach die nächsten Abende dort. Einmal wird er schon auftauchen, vielleicht sogar heute schon. Und ich hüte derweil die schrecklichen Kinder. Abgemacht?«

»Du stellst uns dar, als wären wir die letzten Sumpfeulen«, beschwerte sich Freddy.

»Ach Quatsch, du bist nicht schlimmer als ich, aber ich kann euch ja schlecht begleiten.«

»Und wenn du sie immer die schrecklichen Kinder nennst, brauchst du dich nicht zu wundern, wenn es Ärger gibt.«

»Ich wundere mich nicht, aber du nennst sie nicht so, und es gibt trotzdem nur Ärger, sie sind eben schrecklich«, entgegnete Maria gleichmütig.

»Außerdem sollst du nicht nur die Kinder hüten, sondern hauptsächlich darüber nachdenken, wo sie die Leiche versteckt haben könnten«, sagte Freddy. Maria stöhnte.

17

Die Stammkneipe entpuppte sich als ein kleines spanisches Lokal. Es waren nur wenige Leute da, und Michael befand sich eindeutig nicht unter ihnen.

»Sollen wir Alkohol trinken oder lieber nicht?«, fragte Elsa vorsichtig.

»Natürlich, du willst doch nicht, dass wir auffallen.« Freddy winkte dem Kellner. Er sprach das reizende Deutsch der Spanier und stieß immer leicht mit der Zunge an. Freddy gefiel das. Er empfahl ihnen einen Rioja, den sie dann auch bestellten. Sehnsüchtig betrachtete Freddy die Speisekarte. »Schade, wenn ich das gewusst hätte, hätte ich vorher nichts gegessen.«

»Macht doch nichts, wahrscheinlich sitzen wir morgen wieder hier, und du kannst alles nachholen«, tröstete sie Elsa.

»Ich werde mich die Speisekarte rauf- und runteressen«, lachte Freddy. Man konnte ihr die Vorfreude ansehen. »Und ohne einen einzigen Kommentar oder Genörgel, himmlisch.« Sie sah sich aufmerksam im Lokal um. »Gefällt mir hier. Vielleicht ist dieser Michael doch nicht so schlimm, wie ich ihn mir vorstelle.« Der Kellner brachte den Wein.

»Wieso? Schließt du von der Stammkneipe auf die Persönlichkeit?«, fragte Elsa erstaunt.

»Warum nicht?«

»Also wirklich, Freddy, überlege mal, wie viele reizende Frauen mit schrecklichen Männern zusammen sind.«

»Stimmt, aber eine Lieblingskneipe hat trotzdem einige Aussagekraft.«

Die Lokaltür ging auf, Freddy blickte hin, erbleichte und drehte sofort den Kopf zur Seite.

»Was ist denn? Hast du Kreislaufprobleme?«, fragte Elsa besorgt.

»Nein«, zischte Freddy. »Dieses Paar, das eben reingekommen ist, siehst du das?« Elsa nickte stumm, ihre Augen verfolgten etwas im Raum. »Wo setzen sie sich hin?«

»An das andere Ende, gegenüber der Küche glaube ich. Ist das Michael? Ich konnte die beiden nur noch von hinten sehen.«

Freddy nickte. »Nicht nur Michael. Die Frau an seiner Seite ist Nora Ton. Es fällt mir jetzt auch wieder ein, sie hat immer von ihrem anhänglichen Freund Michael erzählt. Ich bin bloß nicht auf die Idee gekommen, in Marias Michael und Noras Michael denselben Michael zu sehen. Oh, wie peinlich. Und wie kommen wir beziehungsweise ich hier ungesehen heraus?« Elsa fing schallend an zu lachen, einige Gäste drehten sich schon zu ihr um. »Pst, bist du verrückt? Sei leise«, flüsterte Freddy verzweifelt.

Elsa wischte sich die Lachtränen aus dem Gesicht und dachte nach. »Ich muss erst auf die Toilette.« Sie stand auf.

»Du kannst mich doch hier nicht alleine sitzen lassen.«

»Also, Freddy, reiß dich zusammen. Dreh dich halt ein wenig zur Wand. Sie sind doch gerade erst angekommen. So schnell wird sie schon nicht aufs Klo gehen. Außerdem kennt sie mich nur vom Telefon.« Elsa ging um den Tisch herum zur Toilette und war gleich darauf wieder zurück.

»Wir gehen jetzt einfach. Ich gebe dir Deckung.«

»Und was machen wir mit dem Kellner?«

»Ich gehe vor und sage, dass wir zahlen wollen. Sie kennen mich doch beide nicht. Der Schreck scheint deine Gehirnfunktionen außer Kraft zu setzen.« Freddy nickte.

Elsa kam mit dem Kellner im Schlepptau zurück. »Sie sitzen da und knutschen«, flüsterte sie Freddy ins Ohr. Sie zahlten. Freddys Blick streifte noch einmal enttäuscht die Speisekarte.

Als sie das Lokal verließen, hakte sich Freddy bei Elsa unter. »Komm, wir überlegen unterwegs, wie wir es Maria beibringen.«

Zu Hause platzten sie in einen heftigen Streit. Weder Tobias noch Maria nahmen Notiz von ihnen.

Mit »Was ist denn hier schon wieder los?« versuchte sich Freddy lautstark in den Streit einzuschalten. Beide sahen sie hasserfüllt an.

»Die blöde Kuh hat mir verboten, aus dem Haus zu gehen.« Anklagend starrte Tobias Maria an.

»Na und, abgesehen davon, dass du Frauen nicht blöde Kuh nennen sollst, es ist zehn Uhr. Was mich wundert ist, dass du überhaupt gefragt hast.«

»Hat er nicht, ich habe ihn an der Haustür gestellt, was ihn wahrscheinlich noch mehr geärgert hat.« Maria hatte sich schon wieder etwas beruhigt.

»Für wie alt haltet ihr mich eigentlich?«, schrie Tobias, der keineswegs die Absicht hatte, sich ebenfalls zu beruhigen.

»Für reife 16«, antwortete Freddy. »Und deshalb gehst du am besten jetzt ins Bett, bevor weitere Beleidigungen fallen.«

Tobias sah sie entgeistert an. Angesichts der einhelligen Ablehnung resignierte er jedoch und verließ das Zimmer.

»Und? Erfolg gehabt?« Maria sah sie erwartungsvoll an. Freddy scharrte unruhig mit einem Fuß.

»Wie man es nimmt.« Sie biss sich auf die Unterlippe. »Es hat ja keinen Zweck, drum herum zu reden. Volltreffer. Er war da. Mit einer Frau. Und diese Frau ist Frau Ton. So, jetzt weißt du es.« Mit diesen Worten ging Freddy in die Küche und holte Wein und drei Gläser. Maria hatte noch kein Wort gesagt, die anderen beiden fanden auch keinen Anfang. In einem Zug kippte Maria ihr Glas Wein herunter und goss sich gleich das nächste ein.

»Wenn du in dem Tempo weitertrinkst, sitzen wir bald auf dem Trockenen. Ich habe nur noch eine Flasche in Reserve«, warf Freddy ein. Maria kippte ungerührt das zweite Glas herunter.

»Wir haben uns gedacht«, fing Elsa schüchtern an, »dass du deine Energien auf die Leichensuche richten könntest. Wir hätten Hilfe, und du wärst abgelenkt.« Maria sah sie ungläubig an und goss sich das dritte Glas ein.

»Im Ernst«, sagte Freddy. »Besser als jetzt in Trauer zu versinken.«

»Wer sagt denn, dass ich traurig bin?«

Marias Stimme klang etwas belegt. »Ich bin total sauer. Ich richte meine sämtlichen Energien darauf, mir einen Rachefeldzug auszudenken.« Maria schnaubte ärgerlich. Dann steckte sie sich eine Zigarette an und rammte wütend das Streichholz in den Aschenbecher. Elsa und Freddy sahen sich an.

Freddy versuchte es noch einmal. »Das ist doch kindisch.«

»Das ist mir vollkommen egal. Mir würde auch eine wundervoll kindische Idee reichen. Hauptsache, er ärgert sich.«

Das Telefon klingelte. Freddy nahm es, telefonierte im Flur und kam gleich darauf zurück.

»Das war Arthur. Er will mich sehen. Was soll ich tun? Ich habe ihn erst einmal vertröstet. Aber er ruft bestimmt wieder an.«

»Lass mich doch jetzt mit deinem blöden Arthur in Ruhe«, fauchte Maria.

Ein leises Geräusch ließ Freddy auffahren. »Was war das?«

»Keine Ahnung«, sagte Elsa. »Es klang wie eine sich ganz leise schließende Haustür.«

Freddy stürzte in den Flur. »Es klang nicht nur so, es war eine sich leise schließende Haustür. Tobias' Schlüssel hängt nicht am Brett. Eines Tages drehe ich ihm den Hals um. Ich hätte mir ja denken können, dass er nicht so schnell aufgibt.«

Immerhin hatte die kleine Szene Maria ein Lächeln ins Gesicht gezaubert. »Du wirst ihm nicht den Hals umdrehen, sondern froh und dankbar sein, wenn er heil wiederkommt. Wohin wird er wohl gehen?«, fragte sie etwas freundlicher.

»Keine Ahnung, in eine Disco oder einen Spätfilm.«

»Es muss doch ziemlich wichtig sein, wenn er einen großen Krach mit dir riskiert.«

»Für ihn ist alles wichtig, was er will. Abgesehen davon hat er bestimmt gehofft, ungesehen raus- und reinzugelangen«, entgegnete Freddy. »Na warte. Aber nachdem du dich ein wenig beruhigt hast«, sie wandte sich an Maria. »Hast du nicht eine Idee? Vielleicht sollte ich mich wirklich mit Arthur treffen.«

»Wozu soll das gut sein?«, fragte Elsa.

»Ich könnte mit in seine Wohnung gehen und mich unauffällig umsehen.«

Maria lachte. »Für wie naiv hältst du ihn denn? Glaubst du, dass in seiner Wohnung auch nur der Hauch einer Spur zu finden ist? Gib es zu. Du hast Sehnsucht nach ihm, und da ist dir jeder Grund recht.«

Freddy errötete augenblicklich. »Du bist gemein.«

»Nein, realistisch. Aber mach nur, schaden kann es auch nicht. Und du kannst dann morgens mit einem strahlendem Lächeln zurückkommen und uns alten Jungfern das Frühstück bereiten.«

Freddy errötete noch tiefer. »Woher willst du wissen, dass ich die Nacht mit ihm verbringe?« Maria breitete die Arme aus.

»Das sagt mir meine Lebenserfahrung.«

Elsa mischte sich ein. »Wenn ihr mit dem Geplänkel kurz aufhören könnt, möchte ich mich noch mal der Leiche zuwenden. Wisst ihr jemanden, der sich mit Leichen auskennt?«

»Wahrscheinlich Michael«, rief Freddy.

Elsa winkte ab. »Nur weil er Arzt ist, kennt er sich doch nicht mit Leichen aus.«

»Stimmt«, sagte Freddy. »Aber er kennt bestimmt jemanden, der sich damit auskennt.«

»Warum nicht Hans?«, schlug Maria vor.

»Den habe ich ganz vergessen. Warum soll er nicht mal für etwas nützlich sein. Ich rufe ihn gleich morgen früh an.«

Zufrieden tranken sie den restlichen Wein und gingen schlafen.

Freddy stellte den Wecker auf sechs Uhr. Als er klingelte, schlug sie auf den Knopf und wäre fast wieder eingeschlafen, dann fiel ihr wieder ein, warum sie so früh aufstehen wollte. Sie schlich sich die Treppe hinunter zum Schlüsselbrett. Tobias' Schlüssel fehlte immer noch. Sie kochte Kaffee, setzte sich ins Wohnzimmer und wartete. Um sich die Zeit zu vertreiben, schaltete sie den Fernseher ein und sah in den Nachrichten die Katastrophen des letzten Tages. Da, beinahe hätte sie das leise Geräusch überhört. Sie stürzte in den Flur und stellte ihren Sohn, der bereits dabei war, sich die Stiefel abzustreifen.

»Sieh mal an.« Freddys Ton war sehr freundlich. »Du bist ja in der Lage, die Türe leise zu schließen und deine Stiefel auszuziehen, ohne sie in die Gegend zu pfeffern. Das werde ich mir merken.«

»Was tust du hier um diese Zeit?« Tobias stotterte etwas.

»Damit hast du nicht gerechnet, was? Ich warte auf dich.« Freddys Ton war etwas schärfer geworden. »Nicht nur das, ich habe mir extra den Wecker gestellt, um dich nicht zu verpassen.« Freddy war einen Schritt näher gekommen, Tobias duckte sich unwillkürlich und hob die Hand schützend vor seinen Kopf. »Findest du nicht, dass du in deinen Reaktionen mir gegenüber etwas übertreibst?« Freddys Stimme war ins Süße abgeglitten. »Wann habe ich dich zuletzt geschlagen?« Freddy kam noch näher und blieb dicht vor seinem Gesicht stehen.

»Noch nie«, stammelte Tobias.

»Das stimmt, aber wenn du so weitermachst, wird es bald ein erstes Mal geben.«

Tobias richtete sich zu seiner vollen Körpergröße auf.

Ironisch sagte er von oben: »Meinst du?«, drehte sich um und stieg langsam die Treppe empor.

»Verdammt.« Freddy schlug auf das Treppengeländer und heulte auf, sie war abgeglitten und gegen eine Stange geprallt. »Zehnmal verdammt«, sie stürzte ins Badezimmer und ließ kaltes Wasser über ihre Hand laufen. Dann ging sie in die Küche und presste Eiswürfel darauf. Das einzige Ergebnis einer halben Stunde Bemühungen war ein geschwollener Knöchel am rechten Handgelenk. Resigniert machte sie sich einen Umschlag aus essigsaurer Tonerde und wartete auf den Ersten, der ihr Gesellschaft leistete. Es war Maria.

»Was hast du denn gemacht? Hast du dir mit Tobias einen Boxkampf geliefert?«

»Leider nicht, obwohl das Ergebnis wahrscheinlich auch nicht besser gewesen wäre, aber dann hätte ich wenigstens zugeschlagen.«

»Er ist also wieder da. Und wo war er?«

»So detailliert ist unsere Unterhaltung nicht geworden. Ich habe ihm Prügel angedroht, er hat nur höhnisch auf mich hinuntergesehen, dann ging er wortlos weg. Wenn er doch nur zu seinem Vater zöge.«

»Er müsste verrückt sein, wenn er es täte«, sagte Maria ungerührt, dabei umarmte sie Freddy. »Mach doch nicht so ein Gesicht, er könnte viel schlimmer sein. Er könnte sich unentwegt betrinken oder Drogen nehmen. Er geht doch sogar noch zur Schule.«

»Zeitweilig.«

»Na ja, zumindest haben sie ihn noch nicht rausgeschmissen.«

»Nicht dass ich wüsste. Was hast du denn für Kriterien?«

»Die einer Sozialarbeiterin, welche sonst?«

»Ist es so schlimm?«

»Noch schlimmer«, sagte Maria resigniert.

Freddy stützte den Kopf in die Hände. »Ich glaube, ich will es gar nicht genau wissen.« Sie war merklich leiser geworden. »Wie hältst du das bloß jeden Tag aus?«

»Es geht durch den Schichtdienst, manchmal habe ich mehrere Tage frei. Außerdem lenke ich mich ab, mit mehr oder weniger Erfolg, wie du weißt.«

Es klingelte. Freddy sah Maria erstaunt an und ging öffnen. Vor der Tür stand Hans, neben sich eine Sackkarre, beladen mit mehreren Kartons.

»Schön, dich zu sehen, aber was verschafft mir die Ehre?« Sie sah auf die Uhr. »Und schon so früh am Morgen?«

Hans sah sie ungläubig an und sagte empört, noch etwas außer Atem: »Tobias' Geburtstag.«

»Ach du meine Scheiße!« Freddy schlug sich aufs Knie.

»Da muss man sich nicht wundern, wenn die Kinder solche Ausdrücke gebrauchen. Du lebst sie ihnen vor.« Er schob die Sackkarre ins Haus und lud seine Pakete ab. »Wo ist die Geburtstagstorte?«

Freddy schwieg betreten. »Was ist in diesen Paketen?«, fragte sie vorsichtig.

»Ein Pentium 4«, erwiderte Hans selbstsicher. »Das hat er sich doch gewünscht.«

Freddy dachte nach. »Was ist ein Pentium 4?«, fragte Maria tapfer.

»Danke.« Freddy kniff sie leicht in den Oberarm.

»Das wisst ihr nicht?« Hans schwankte zwischen Fassungslosigkeit und Empörung. »Der arme Junge, wo lebt er denn? Die neueste Computergeneration.«

»Ach so«, sagte Freddy. »Lass es einfach hier stehen. Ich werde es schon richten. Du musst ja sicher ins Krankenhaus.«

»Wieso bist du so freundlich heute Morgen? Wirst du sentimental?«

»Ja wahrscheinlich«, lachte Freddy verlegen. »Kannst du mir sagen, wie eine Leiche nach drei Monaten im Sarg aussieht?«

»Sie stinkt fürchterlich«, antwortete Hans ohne nachzudenken. Dann dachte er nach, Freddy sah es genau. »Was hast du mit Leichen zu tun? Du steckst doch bestimmt in Schwierigkeiten.«

»Nein«, behauptete Freddy. »Ich suche nur nach einer verschwundenen Leiche.«

Hans sah auf die Uhr. »Ich muss dringend weg, bin sowieso schon zu spät.«

»Halt.« Freddy hielt ihn am Arm fest. »Sag mir erst,

wie sie aussieht. Ist sie nach so kurzer Zeit schon ein Skelett?«

»Kommt auf den Sarg an, wahrscheinlich nicht«, sagte er und ging endgültig.

»Uff.« Freddy sank auf das Sofa. »Das war knapp. Aber immerhin können wir jetzt davon ausgehen, dass es ziemlich mühsam gewesen sein muss, Herrn Kant zu transportieren. Sie müssen ihn ja erst in eine riesige Plastiktüte gesteckt haben.« Maria nickte zustimmend.

»Was mache ich denn jetzt? Ich habe noch nicht einmal einen Kuchen, und Tobias steht gleich auf.«

»Wann kam er denn nach Hause?«, fragte Maria nüchtern.

»Um halb sieben. Ja, stimmt, er wird nicht so schnell aufstehen, es müsste reichen. Die Bäckereien machen ja früh auf. Da er sich nichts gewünscht hat, will er wahrscheinlich Geld, und der Geldautomat steht jederzeit bereit. Was ein Glück. Halt die Stellung.« Sie küsste Maria auf die Wange und stürzte aus dem Haus.

Als sie zurückkehrte, saß Maria an derselben Stelle, nippte ihren Kaffee und wartete. »Es ist noch niemand aufgetaucht.«

Freddy keuchte etwas außer Atem. »Auf dem Rückweg ist mir aufgefallen, wie perfide er das mal wieder eingefädelt hatte, er wusste, dass ich heute keinen Krach schlagen würde.«

»Da hätte er sich aber beinahe verrechnet«, bemerkte Maria spitz.

»Schweig, erinnere mich nicht daran. Meinst du, ich werde alt, dass ich sogar die Geburtstage meiner Kinder vergesse?«

»Ich finde es genauso schlimm, wenn du die Geburtstage deiner Freundinnen vergisst. Außerdem bist du im Stress, da vergisst man alles, vielleicht sogar den eigenen Geburtstag«, tröstete sie Maria.

Oben schlug eine Tür. Freddy packte in Windeseile die Torte aus, deckte den Tisch und legte die für Tobias bestimmten Geldscheine auf einen Teller. Sie betrachtete ihr Werk, lief noch einmal weg und stellte eine Kerze vor den Teller. Jemand kam pfeifend die Treppe herunter. Freddy und Maria sahen sich an, Freddy gab den Einsatz, dann sangen beide »Happy Birthday to you«. Tobias winkte verlegen ab, stürzte sich aber sofort auf die neben seinem Stuhl stehenden Pakete. Fieberhaft riss er sie auf.

»Vorsicht, zerbrechlich!«, sagte Freddy.

»Oh Mann«, schrie Tobias, der gerade den Bildschirm aus dem Karton befreite.

Nachdem er unter weiteren »Oh-Mann«-Schreien den Rest ausgepackt und zufrieden die 150 Euro eingesteckt hatte, fragte Maria: »Was hast du vorhin gepfiffen?«

»Wann vorhin?«, fragte er misstrauisch.

»Als du die Treppe herunterkamst.«

»Keine Ahnung. Wieso? War es vielleicht obszön?« Er lachte tief.

»Es war die Internationale.«

Tobias war verwirrt. »Na und. Was ist das überhaupt?«

»Hältst du es für möglich, dass er nicht weiß, was die Internationale ist?«, fragte Maria verblüfft.

Freddy nickte. »Wie ich ihn einschätze, nicht nur für möglich, sondern für wahrscheinlich. Er glaubt immer nur, er wüsste alles.«

Tobias hatte gespannt zwischen ihnen hin- und hergesehen. Jetzt fing er an, unruhig auf seinem Stuhl herumzurutschen. »Wovon redet ihr eigentlich?«

»Pass mal auf.« Maria hatte sich vor ihn hingestellt und fing an die Internationale zu pfeifen. Er hörte ihr gespannt zu und trat mit dem Fuß den Takt mit.

»Jetzt weiß ich, wovon ihr redet, das hat mein Entführer immer gepfiffen, ich wusste gar nicht, dass sich mir das so eingeprägt hat.« Erleichtert lehnte er sich zurück und begann die Torte anzuschneiden. Als er den Mund voll hatte, nuschelte er: »Ihr seid beide etwas blass. Wurde wohl spät gestern Nacht?« und grinste anzüglich.

»Obwohl du heute Geburtstag hast, würde ich an deiner Stelle versuchen, uns nicht an gestern Nacht zu erinnern«, sagte Freddy schärfer, als sie beabsichtigt hatte.

18

Als Freddy am Dienstagmorgen in Tobias' Zimmer trat, um ihn zu wecken, lag er zu ihrem Erstaunen nicht im Bett, sondern saß vor dem Computer. Er hatte einen konzentrierten, fast entrückten Gesichtsausdruck, und seltsame Geräusche umschwirrten ihn. Klingt wie ein Schusswechsel, dachte Freddy.

»Guten Morgen«, sagte sie freundlich. Tobias fuhr herum und starrte sie wütend an.

»Dass du nie merkst, wenn du störst«, sagte er gequält, wandte sich wieder dem Bildschirm zu und schoss weiter.

Freddy schlich neugierig hinter seinen Rücken und sah

eine Laubbaumlandschaft mit winzigen Vögelchen, auf die Tobias unentwegt schoss. Mit der Zeit konnte sie erkennen, dass es Vögelchen in drei Größen gab. Die großen Vögel hatten weiße Glupschaugen und wirkten schwerfälliger. Freddy wusste, dass sie dieses Spiel unmöglich finden musste, aber es faszinierte sie. Dann sah sie einen großen, dicken Hahn in der Landschaft stehen, der aus Leibeskräften gackernd schrie. Er hatte gleichfalls Glupschaugen, die sich in Kreuze wie diejenigen in Zielfernrohren verwandelten, wenn man ihn traf. Ein letzter Schuss, und das Spiel wurde mit einer Melodie, die ebenfalls Schussgeräusche hämmerte, beendet. Dann erklang fröhliche Marschmusik als Aufforderung zum Weiterspielen.

»Deinetwegen habe ich jetzt weniger als 500 Punkte«, sagte er ärgerlich.

»Du willst doch immer geweckt werden«, sagte Freddy und wünschte, dass er das Spiel noch einmal von vorne anfing.

»Aber nicht, wenn ich wach bin«, entgegnete Tobias. »Und jetzt geh bitte, ich komme gleich nach.«

Nachdem Tobias in die Schule gegangen war, schlich sich Freddy in sein Zimmer und schaltete den Computer ein. Es dauerte eine Weile, bis sie das Spiel wiedergefunden hatte, es hieß Moorhuhn. Sie begann, und ihre ersten Ergebnisse waren deprimierend. Tobias hatte ihr die Zahl 500 als Minimum vorgegeben und sie erreichte lediglich 300. Mit der Zeit wurde sie besser und stellte fest, dass sie echte Aggressionen gegen den stehenden, schreienden Hahn entwickelte und ihn mit Vergnügen niederschoss. Sie lernte, wie lang und gleichzeitig wie kurz eine Minute und 29 Sekunden sein konnten.

Dieses Spiel ließ ihre Gedanken fließen. Sie dachte plötzlich an Rechtsanwalt Schäfer und dass es eine Möglichkeit geben müsse, an die Akte zu kommen, zu der sie die beiden Rechnungen bei Frau Kant gefunden hatte. Alina Kolokowska und Joseph Kant wollten heiraten. Vielleicht konnte sie bei Alina etwas erfahren, und in der Akte musste wenigstens ihre Adresse stehen. Nach drei Stunden hatte sie eine Idee und in der Spielerliste immer über 900 Punkte. Widerwillig riss sie sich los und schaltete den Computer aus. Bevor sie angefangen hatte zu spielen, war das höchste Ergebnis 725 gewesen. Was sollte sie Tobias sagen?

Als er nach Hause kam, war ihr noch nichts als die Wahrheit eingefallen. Aber ihr blieb eine Schonfrist, weil er sofort in sein Zimmer stürmte. Leider stürmte er wenige Minuten später schon wieder durch das Haus, und seine Schritte klangen wütend.

»Diese verdammte Computerspezialistin«, schrie er von der Treppe. Freddy eilte ihm entgegen.

»Du sollst Gäste nicht beschimpfen«, sagte sie und ahnte, was er dachte.

»Sie hat meinen Intimbereich verletzt«, schrie er, und Freddy musste lachen, weil er so gestelzt sprach. »Sie hat sich in mein Zimmer geschlichen und meine Moorhuhnliste gekippt. Sie hat so hohe Punkte gemacht. Das schaffe ich nie mehr aus der Welt.«

»Du irrst«, sagte Freddy leise in seine Anklagerede. »Elsa ist gar nicht da. Sie ist im Taunus spazieren gegangen, weil sie sich nach Rapunzel sehnt. Ich war es.«

»Was?« Tobias' Stimme kippte vor Überraschung weg. »Du bist doch Pazifistin.« Jetzt klang er empört.

»Aber doch nicht beim Moorhuhnschießen«, antwortete Freddy inbrünstig.

Tobias' Stimmung änderte sich plötzlich. »Beweis mir das. Setz dich an den Computer und spiel. Du bist doch viel zu unbegabt. Computerspiele sind für Männer, außer Patiencen legen natürlich. Das können Frauen auch.«

Freddy ging mit in sein Zimmer und bewies es ihm. Sie erschütterte sein Weltbild so nachhaltig, dass er minutenlang schwieg. Dann nahm er ihre Hand und sagte: »Ich bin stolz auf dich. Wenn ich das in meiner Klasse erzähle, glaubt mir keiner. Die Besten schießen 800 Punkte.« Er sah sie tatsächlich bewundernd an. Freddy hatte Männer noch nie verstanden.

Sie beschloss, sein Lieblingsessen zu kochen, um die gute Stimmung ein wenig zu erhalten. Das Einkaufen würde sie ablenken, bis Elsa aus dem Taunus zurückgekehrt war. Aber zuerst rief sie bei Rechtsanwalt Schäfer an und fragte, ob sie aushilfsweise bei ihm arbeiten konnte. Glücklicherweise schienen sie dort in Arbeit zu ertrinken, und sie sollte gleich am nächsten Morgen für einen Tag kommen.

Als sie im Supermarkt an der Kasse stand, fiel ihr zum ersten Mal auf, dass immer nur sie einkaufen ging, Tobias nie. Sie hatte einfach übersehen, dass er schon lange alt genug war, ihr im Haushalt zu helfen. Caro half, und Freddy hatte ein schlechtes Gewissen, dass ihr Sohn selbstverständlich davon ausging, Haushalt gehörte zu den frauenspezifischen Dingen im Leben. Das wird mein nächstes Projekt, schwor sie sich, aber nicht heute, er ist noch moorhuhngeschädigt.

Während sie kochte, kam Elsa zurück. Sie erzählte begeistert vom Taunus. Freddy fand den Taunus zu bergig, aber sie hatte ja auch keine Bullterrierin, die lange Spaziergänge liebte. Elsa hingegen war gut im Training.

»Das ist aber viel Arbeit«, sagte Elsa, während Freddy umrührte. Sie kochte Schweinesteaks mit Zwiebel-Sahne-Sauce, Kartoffelbrei und glasierten Karotten.

»Es gibt auch noch Nachtisch«, entgegnete Freddy. »Das Ganze ist Tobias' Lieblingsessen. Ich habe eine Schuld abzutragen.«

»Ich dachte, Tobias ist unentwegt damit beschäftigt, Schuld abzutragen.« Elsa sah sie erwartungsvoll an.

»Ich habe seine Moorhuhnstatistik ruiniert. Die ganze Liste ist über 900 Punkte, und er schafft nicht so viel. Ich glaube, Tränen standen in seinen Augen, als er es bemerkte. Zuerst hatte er natürlich dich im Verdacht.«

»Das dürfte Rapunzel aber nicht hören«, sagte Elsa lachend. »Sie ist eine begnadete Jägerin, nur ich eigne mich nicht dazu. Außerdem ist es ja nicht damit getan, die Tiere niederzuschießen, danach müssen sie ausgeweidet werden.« Elsa schüttelte sich.

»Es ist doch nur ein Spiel«, sagte Freddy.

»Ja, aber Rapunzel trennt nicht so sorgfältig zwischen Spiel und Realität. Für sie ist alles gleich. Und Jagd ist eines ihrer Lieblingsspiele. Dabei ist sie Vegetarierin, wenn man von den getrockneten Fischköpfen absieht.«

Tobias betrat leise die Küche und setzte sich schnell an den Tisch. Dann erst erkannte er, dass es sein Lieblingsessen gab. »Für den Schock reicht ein Abendessen nicht.«

»Du bist maßlos«, sagte Elsa.

Als sie anfingen zu essen, war Caro noch nicht da, sie erschien erst, als sie beim Nachtisch angekommen waren.

»Entschuldigung«, sagte sie zu Freddy hingewandt und guckte, ob ihre Mutter böse wirkte. »Ich habe mich verspielt.« Freddy seufzte und tischte ihr das Essen auf.

Nach dem Essen gingen die Kinder fernsehen.

Freddy öffnete eine Flasche Rotwein und stellte zwei Gläser auf den Tisch. »Prost. Ich werde morgen einen interessanten Aushilfsjob haben.« Dann trank sie.

»Wirst du mir untreu?«, fragte Elsa.

Das klingt ja, als hätten wir eine Beziehung, dachte Freddy. »Ich arbeite bei Rechtsanwalt Schäfer. Das ist der, dessen Rechnung ich in Frau Kants Schlafzimmer bei meinem Einbruch gefunden habe.« Freddy hatte Elsa ihre illegale Aktion mittlerweile gebeichtet. »Ich werde versuchen, die Alina-Kolokowska-Akte zu entführen. Leider muss ich dann irgendwann noch einmal hin, um sie zurückzubringen. Aber dann hätten wir wenigstens ihre Adresse, und vielleicht erfahren wir noch etwas über Joseph Kants Geschichte mit ihr.«

»Und wenn sie dich erwischen?« Elsa lehnte sich zurück und ließ ihre Haare über das Gesicht fallen. So schönes Haar, dachte Freddy. Dann fragte sie sich, ob Elsa einen Freund hatte. Sie ist so diskret, im Grunde weiß ich nichts von ihr, und sie weiß von mir nahezu alles.

»Unwahrscheinlich. Außerdem ist der Fall abgeschlossen, sie werden die Akte erst vermissen, wenn sie abgelegt werden soll, und das dauert Jahre.«

Elsa zündete sich eine Zigarette an, und Freddy atmete gierig den Rauch ein. »Erzähle mir etwas von dir. Über die Zeit im Heim vielleicht.«

»Das kann ich nicht. Ich habe eine totale Amnesie, was das Heim anbelangt. Vielleicht ist das gut so. Meine Mutter hat auch nie über das Gefängnis geredet. Es war, als hätte es diese Zeit nicht gegeben. Nur die Auswirkungen davon.« Ihre Hand zitterte, als sie die Zigarette ausklopfte. »Ich denke immer, dass mein Gefühl, nicht geliebt zu werden, daher kam. Dabei hat sie mich bestimmt geliebt. Aber ich konnte es nicht empfinden. Und dieses Ohne-Vater-sein. Es gab viele Kinder, deren Eltern geschieden waren, aber die Väter waren da. Wenigstens zeitweise. Während meiner eigentlich nicht existierte. Es durfte nicht über ihn geredet werden. Fragen durfte ich auch nicht, Hilde fing sofort an zu weinen. Außerdem redete man über Republikflüchtlinge sowieso nicht.«

»Und dein Mann?«

»Hilde war entsetzt, weil er so viel älter war als ich. Ich fühlte mich endlich geliebt. Aber es hielt nicht lange vor.«

»Was ist geschehen?« Freddy versuchte sich Elsa als Ehefrau vorzustellen, es gelang ihr nicht. Das wunderte sie nicht, sie konnte sich selbst auch nicht mehr als Ehefrau sehen.

»Nichts. Vielleicht war ich Männer nicht gewöhnt und schon gar nicht solche aus dieser Generation. Er wollte natürlich, dass ich den Haushalt führe. Ich konnte das gar nicht und sah es auch nicht ein. Ich wollte lernen und nicht kochen. Dann ergab sich die Chance, in Polen eine Ausbildung als Restauratorin zu machen. Er war empört, ich begierig wegzukommen. Das war dann das Ende.« Elsa lächelte und wirkte sehr einsam. Freddy wollte sie in den Arm nehmen, traute sich aber nicht. Elsa sah aus, als wäre sie weit weg. »Wir haben kein Talent mit Männern, Hilde und ich.«

So wie ich kein Talent zum Glücklichsein habe, dachte Freddy.

»Vielleicht lag es an den Männern.«

Das wünsche ich, dachte Freddy. Sonst gäbe es ja keine Hoffnung.

»Vielleicht. Hilde hat es nicht mehr versucht, glaube ich. Zumindest habe ich nichts davon mitbekommen.«

»Und du?«

»Mehrmals. Ging aber nie gut. Jetzt habe ich die Männer aufgegeben«, sagte Elsa und lächelte, als denke sie an jemanden. »Guck nicht so erschreckt. Ich leide nicht.«

»Wenn man so etwas sagt, muss man leiden! Du bist einsam. Und das als Lebensperspektive.« Freddy schüttelte sich.

»Nein. Ich habe gar nichts gegen Männer, mit manchen bin ich befreundet, und ich arbeite gern mit ihnen. Nur mit der Liebe geht es eben nicht. Wenn man das erst einmal akzeptiert hat, ist das in Ordnung.« Elsa warf ihre roten Haare zurück. »Glaube mir. Schau dir Maria an. Bei ihr habe ich den Eindruck, sie ist ständig auf der Jagd. Sie lässt keinen Mann mehr richtig an sich ran. Sie jagt sie wie du die Moorhühner. Es ist ein Spiel.« Freddy dachte nach und es schien ihr richtig. »Warst du einsam die letzten Jahre?«

»Ich glaube ja, aber ich habe es nicht bemerkt. Ich hatte immer so viel zu tun.« Freddy erinnerte sich an den Alltag seit der Scheidung, immer abgehetzt zwischen dem Büro, dem Haushalt und den Kindern. Hans hatte sie meist nur ein Wochenende im Monat zu sich geholt. Bei dieser Gelegenheit fühlte sie sich auch nicht einsam, sondern schlief mehr oder weniger das ganze Wochenende durch.

»Ich weiß nicht, ob man wirklich einsam ist, wenn man nichts davon bemerkt. Außerdem kann man auch mit einem Mann sehr einsam sein.«

Ja, dachte Freddy und erinnerte sich an die Zeit mit Hans. »Und Kinder?«

Elsa lachte. »Dazu braucht man heute nicht mehr zwingend einen Mann. Ich wollte keine. Ich eigne mich besser für Hunde als für Kinder. Ein Hund will laufen, und das will ich auch. Kinder wollen andere Dinge. Und es dauert so lange, bis sie groß sind, bei einem Hund geht das viel schneller.«

Freddy sah Elsa verwundert an, aus dieser Perspektive hatte sie das Dasein mit Kindern noch nie gesehen. Ich kenne keine Frauen wie Elsa, fiel ihr plötzlich auf. Und dann, ich kenne fast gar keine Frauen mehr. Ich habe mein gesamtes Privatleben in den letzten Jahren vergessen. Es geht hier nicht nur um Männer. Freddy war plötzlich unendlich müde. Sie goss Elsa den letzten Schluck aus der Flasche ein.

»Ich muss ins Bett. Die Arbeit morgen wird bestimmt furchtbar anstrengend. Und wenn ich übermüdet bin, werde ich aggressiv gegenüber Mandanten und Chefs. Das ist schlecht.«

»Deine Arbeit hatte ich schon wieder vergessen«, sagte Elsa und gähnte.

19

Was wäre ich ohne Beziehungen?, überlegte Freddy noch, als sie bei Rechtsanwalt Schäfer klingelte.

Die Sekretärin begrüßte sie erleichtert an der Tür. »Was für ein Glück, dass Sie so schnell Zeit für uns hatten«, sagte sie.

Was tut man nicht alles, um an fremde Akten ranzukommen, dachte Freddy. Sie setzte sich an den freien Schreibtisch und begann eilig ein Band zu tippen. Die Klage musste noch an diesem Tag eingereicht werden, und die Sekretärin war überlastet, weshalb Rechtsanwalt Schäfer über Freddys gestrigen Anruf begeistert gewesen war. Sie war es auch, es ersparte ihr eine Lügengeschichte. Sie musste drei Stunden warten, bis die Sekretärin endlich den Raum verließ. Freddy streifte die Kopfhörer ab und stürzte zum Aktenschrank. Nach einigem Suchen fand sie die Akte Kolokowska an der falschen Stelle, wobei sie registrierte, dass ihr Sohn nicht der Einzige war, der das Alphabet nicht einwandfrei beherrschte. Sie blätterte kurz in der Akte, um festzustellen, ob sie die richtige erwischt hatte, und steckte sie dann schnell in ihren Rucksack. Es erforderte ihre ganze Selbstbeherrschung weiterzutippen. Um sieben konnte sie endlich das Büro verlassen.

Unterwegs kämpfte sie mit ihrer Neugier, aber zu Hause wartete Elsa auf sie und die Akte.

»Wir gehen ins Arbeitszimmer, da ist die Chance größer, nicht von Tobias überrascht zu werden«, schlug Freddy vor.

Gemeinsam studierten sie die Akte. Joseph Kant und Alina Kolokowska hatten sich von Rechtsanwalt Schäfer beraten lassen. Alina war Russin und ohne Aufenthaltserlaubnis. Diesbezüglich musste Rechtsanwalt Schäfer die beiden enttäuschen, er sah keine Möglichkeit, ihr einen legalen Aufenthaltsstatus zu besorgen. Die einzige Alternative wäre eine Eheschließung eventuell in Dänemark, um die Sache zu beschleunigen. Joseph Kant würde Alina auf der Stelle heiraten, nur Trude, seine Frau, wollte auf keinen Fall in eine Scheidung einwilligen. »Er scheint mit Trude gesprochen zu haben«, sagte Freddy. »Das ist natürlich ein Mordmotiv, auf Dauer hätte sie die Scheidung nicht verhindern können.«

»Sie hätte glücklich sein können, dieses Ekel endlich loszuwerden«, erwiderte Elsa. »Das wäre doch die beste Lösung gewesen.«

»Nicht, wenn er ihr keinen Unterhalt zahlen wollte. Als Selbstständiger kann man das leider immer noch hinkriegen«, sagte Freddy und dachte an die verarmten Frauen, die sie im Lauf der Jahre in der Anwaltskanzlei erlebt hatte.

Rechtsanwalt Schäfer hatte Schneckenhofstraße 10 als Alinas Adresse in die Akte eingetragen. Freddy holte die Liste der Häuser, die jetzt Frau Kant gehörten. Schneckenhofstraße 10 in Sachsenhausen war eines davon.

»Das ist ein neuer Ansatzpunkt«, sagte Freddy. »Wenn wir wissen, wer Joseph ermordet hat, dann gibt uns das vielleicht auch einen Hinweis, wer deine Mutter die Treppe hinuntergestoßen hat.« Elsa nickte. »Ich fahre morgen nach Sachsenhausen und besuche Frau Kolokowska.«

»Lass mich mitkommen.«

»Gut, aber ins Haus gehe ich alleine.«

Freddy fuhr in eine Seitenstraße, um das Auto zu parken. Dann liefen sie langsam und vorsichtig in die Schneckenhofstraße. Als sie um die Ecke bogen, hinderte Freddy Elsa am Weitergehen. »Da steht Slansky«, sagte sie erschrocken. »Der Typ, der von Kant aus der Wohnung geworfen worden war und der so unangenehm wurde, als ich ihn über Kant befragen wollte. Irgendwas an ihm sieht anders aus. Ich bräuchte ein Fernglas.« Sie sah noch angestrengter hin. »Er hat blonde Haare. Das letzte Mal, als ich ihn sah, hatte er eine Glatze.«

»Was tut er hier?«, fragte Elsa verwirrt.

»Dasselbe wie wir vermutlich. Er wartet auf Alina. Leider weiß er, wie wir aussehen. Wir können jetzt nicht näher ans Haus.«

»Mich kennt er doch nicht. Ich gehe rüber«, sagte Elsa entschlossen.

»Wenn er mit dieser Geschichte was zu tun hat, und es sieht sehr danach aus, dann kannst du sicher sein, dass er weiß, wie du aussiehst. Wir müssen beide hier bleiben. Nein. Ich habe eine bessere Idee. Du bleibst hier und hältst die Stellung, und ich verkleide mich ein wenig. Ich habe jemanden, der mir noch einen Gefallen schuldet. Er wird mir helfen. In circa einer Stunde bin ich wieder da.«

Als Freddy an die Ecke zurückkam, an der Elsa wartete, hatte sich nichts verändert. Nur sie. Elsa sollte der erste Test sein. Freddy senkte den Kopf, strich um sie herum wie ein läufiger Kater und hatte dabei die ganze Überlegenheit der Männer in ihren Schritt gelegt. Elsa sah verärgert aus.

»Ich bin nicht käuflich«, sagte Elsa wütend zu Freddy.

»Das habe ich auch nicht angenommen«, antwortete Freddy lachend.

Elsa starrte sie an. Freddy sah aus wie ein Mann, vom Kurzhaarschnitt bis zum Jackett.

»Mein Friseur schuldete mir noch was, deshalb ging es auch so schnell. Normalerweise wartet man Tage, bevor man einen Termin bekommt. Gefalle ich dir?« Sie drehte sich einmal um sich selbst, damit Elsa sie von allen Seiten bewundern konnte.

»Wo ist deine Brust?«

»Verbunden. Ein alter Trick, aber wirkungsvoll. Hindert noch nicht mal beim Atmen. Einen Dauerlauf möchte ich damit aber nicht machen müssen. Ein interessantes Gefühl, als Mann durch die Straßen zu gehen. Solltest du auch mal probieren.«

»Nicht, wenn ich mir dafür die Haare schneiden lassen muss«, sagte Elsa und schüttelte ihre rote Mähne.

»Ich gehe jetzt und versuche ins Haus zu gelangen«, sagte Freddy schnell und entschieden, um jeden Widerspruch im Keim zu ersticken. »Wenn Slansky mir folgt, musst du dir irgendwas einfallen lassen. Falls ich mit Alina rauskomme, gehst du am besten zurück nach Hause und wartest auf mich.«

Freddy ging eilig auf die Nummer 10 zu, als hätte sie Angst, sie könnte es sich noch einmal anders überlegen. Elsa blieb verwirrt zurück.

Im Gehen versuchte Freddy einen Blick auf Slansky

zu werfen, der eine Sonnenbrille trug. Slansky schien sie nicht zu erkennen, zumindest bewegte er sich keinen Schritt auf sie zu. Endlich stand sie vor den Klingelschildern: Der Name Kolokowska war nicht vorhanden. Das wunderte sie nicht, sie schaute nach einem russischen Namen, fand aber keinen. Gerade als sie den Namen Joseph entdeckte, wurde die Haustür neben ihr aufgerissen. Sie sah aus den Augenwinkeln, dass es die unbekannte Person vom Foto war, das ihr Elsa damals in Erkner gegeben hatte. Alina war höchstens Mitte 20. Sie war klein und zierlich und Freddy überlegte, was sie an dem alten Joseph gefunden haben mochte. Einen Augenblick später fragte sie sich, ob sie völlig verblödete. Es war doch klar. Als hätte sie noch nie eine Ausländerin ohne Aufenthaltsbewilligung vor sich gehabt.

»Frau Kolokowska«, sagte sie entschlossen und trat ihr in den Weg. Alina Kolokowska sah sie erschrocken an und wich unwillkürlich einen Schritt zurück. »Keine Angst, ich bin nicht von der Ausländerbehörde«, setzte Freddy hinzu. »Ich möchte Sie einen Moment sprechen. Wäre das möglich?« Frau Kolokowska schüttelte den Kopf.

»Ich arbeite«, sagte sie mit einem deutlichen Akzent. »Vielleicht«, sie zuckte die Schultern.

»Später«, ergänzte Freddy. »Klar, sagen Sie mir, wann und wo, ich bin bereit.« Sie wunderte sich, dass Alina Kolokowska gar nicht fragte, was sie von ihr wollte. Sie entschloss sich, ihr einen Teil der Wahrheit zu sagen. »Ich bin nicht die Einzige, die Sie sucht.« Alina sah sie verwundert an, erst jetzt fiel Freddy wieder ein, dass sie ein Mann war. Zu spät. »Da hinten steht ein Mann, der wartet auf

Sie. Aber im Gegensatz zu mir weiß er nicht, wie Sie aussehen. Ich könnte Sie unterhaken und wir gehen zusammen zu Ihrer Arbeitsstelle?«

Alina nickte ängstlich, und Freddy nahm ihren Arm. »Ich putze nah«, sagte sie dann und schritt zügig aus. Freddy hatte Mühe, ihre Schritte in Gleichklang zu bekommen. Sie fragte sich, ob sie wie ein Paar wirkten.

»Ich weiß, dass Sie Joseph Kant heiraten wollten«, sagte Freddy entschlossen. Alina ging im gleichen Tempo weiter, sah sie aber von der Seite an. »Wissen Sie, dass er tot ist?« Alina nickte stumm. Freddy war sich nicht darüber im Klaren, ob sie nicht mit ihr reden wollte oder ob ihre Deutschkenntnisse zu schlecht waren. Sie blieben vor einer Schule stehen.

»Lieber allein«, sagte Alina. »Der Mann wird böse.«

»Ich hole Sie ab, wenn Sie fertig sind. Wann soll ich kommen?«

»Acht Uhr.« Es ließ sich nicht entnehmen, wie sie die Aussicht auf eine Wiederbegegnung mit Freddy fand.

*

Freddy stand vorsichtshalber schon um halb acht an der Schule. Sie hoffte, dass es nur einen Ausgang gäbe. Andererseits würde sie Alina wiederfinden, sie hatte die Adresse, und Alina wusste das.

Während sie wartete, versuchte sie sich ein Leben als Illegale vorzustellen. Es gelang ihr nicht. Alina verließ um fünf nach acht mit einigen Frauen das Schulgebäude. Als deutlich wurde, dass Freddy auf Alina wartete, lachten die Frauen und gaben schnalzende Geräusche von sich. Freddy dachte, dass ihr Anblick eine deutliche Verbesserung zu Herrn Kant darstellte. Sie sah verstohlen zur Seite, Alina war wirklich wunderschön.

»Gehen wir in Ihre Wohnung?«, fragte Freddy.

»Nein«, sagte Alina entschieden. Sie schien zu wissen, wohin sie wollte. Freddy lief einfach mit. Alina hielt vor einem winzigen Café an und fragte Freddy mit einer Kopfbewegung, ob sie einverstanden sei. Freddy nickte zustimmend.

Im Café war niemand außer einem traurig aussehenden Mann hinter der Theke, der sorgfältig Gläser polierte. Ein alter finnischer Tango lief, er passte hervorragend zu seinem Gesichtsausdruck. Alina setzte sich an einen Tisch am Fenster, sie konnte nach draußen sehen und gleichzeitig die Tür im Auge behalten. Freddy bewunderte Alina in diesem Augenblick und setzte sich zu ihr. Der traurige Mann kam und sah beide fragend an. Alina bestellte einen Tee und Freddy ein Glas Rotwein. Als er Freddys Stimme hörte, guckte er sie einen Moment erstaunt an, sagte aber nichts.

»Ich heiße Freddy Hartmann. Entschuldigen Sie bitte, dass ich mich vorhin nicht vorgestellt habe.« Alina sagte nichts. »Ich versuche den Tod einer alten Frau aufzuklären. Sie ist kurz nach Herrn Kant gestorben.« Freddy hielt inne. »Verstehen Sie mich überhaupt?« Diese Frage ist peinlich, dachte sie, wenn sie mich versteht. Alina nickte und strich sich ein paar Haare aus dem Gesicht.

»Ich verstehe mehr, ich war Volkshochschule«, sagte sie leise.

»Haben Sie ihn geliebt?«, fragte Freddy, obwohl sie glaubte, die Antwort zu kennen.

»Er hat mich geliebt. Manchmal ist genug«, sagte Alina, und Freddy musste kurz über diese Antwort nachdenken. Ja, dachte sie, manchmal. »Er gibt mir Wohnung und Geld und will Kinder. Und ich kann hier bleiben. Keine Angst mehr.«

»Und dann ist er gestorben«, sagte Freddy.

Alina nickte. »Am Tag später Termin bei Rechtsanwalt für Scheidung.«

»Wer wusste das außer Ihnen?«

»Niemand«, sagte Alina sicher.

»Vielleicht hat er es seiner Frau gesagt. Und dann gab es Streit, er war ein Choleriker.«

»Was ist Choleriker?« Alina nippte an ihrer Kaffeetasse.

»Jemand, der plötzlich sehr wütend werden kann. War er wütend bei Ihnen? Hat er Sie angeschrien?« Bestimmt, dachte Freddy.

Alina sah sie erstaunt an. »Nein«, sagte sie entschieden. »Freundlicher Mann. Große Liebe.«

»Man kann lieben und trotzdem schreien«, sagte Freddy und erinnerte sich an einige ihrer Wutanfälle während der Zeit, als sie Hans noch liebte.

»Er nicht.«

»Er hat seine Frau geschlagen.«

»Vielleicht sie böse zu ihm.«

Jetzt war Freddy erstaunt. »Wenn sie böse zu ihm ist, darf er sie schlagen?«

»Nun …«, Alina überlegte. »Er arbeitet, bringt Geld, will Ruhe am Abend, nicht böse Frau. Frau sagt, er schlecht im Bett.«

»Und dann darf er sie schlagen?«

»Er weint«, sagte Alina ernsthaft.

Freddy überlegte, ob sie Alina fragen konnte, ob er bei ihr gut im Bett war. Wobei sie erst klären müsste, was gut und was schlecht ist. Nein, sie konnte nicht.

»Bei mir Ruhe. Er geht mit mir in Bett, dann bestellt Essen und wir fernsehen. Das ist Glück. Josephs Glück. Mein Glück auch. Jetzt allein, niemand kümmert sich, niemand gibt Geld. Wenn böse Frau merkt, sie nimmt Wohnung weg.«

»Wo haben Sie ihn kennen gelernt?«, frage Freddy und wunderte sich, warum Alina ihr all diese Fragen beantwortete, sie täte das nicht.

»Putze Treppenhaus in Schneckenhofstraße. Da. Er sagt, Eimer schwer, nimmt Eimer und geht essen mit mir. Dann ich putze nicht, er will nicht.« Freddy konnte sich Joseph Kant nicht als freundlichen, liebenden Mann vorstellen. Er wollte mit ihr ins Bett, das hat er ja auch geschafft.

»Kennen Sie seinen Sohn?«

»Sohn? Er nicht Sohn, Frau kriegt keine Kinder. Jetzt auch zu alt. Deshalb Kinder mit mir.«

»Er hatte einen Adoptivsohn«, erklärte Freddy. Der vom Alter her viel besser zu Alina passte als der alte Joseph, fügte sie in Gedanken hinzu. Und eine nichteheliche Tochter, aber das wollte sie jetzt nicht erwähnen.

Alina fing an zu weinen. Freddy reichte ihr ein Taschentuch. Alina schnäuzte sich. »Ich kein Glück«, sagte sie müde. Der traurige Mann beobachtete sie von der Theke.

»Nein«, sagte Freddy und war dankbar, dass sie nie in ein fremdes Land gehen musste, nur um überleben zu können; geschweige denn einen alten Mann heiraten.

»Glauben Sie, dass Joseph Kant getötet wurde?« Hoffentlich versteht sie das Wort, dachte Freddy.

»Ja. Böse Frau macht ihn tot. Weil böse und weil Hochzeit nicht will.« Alina sah verzweifelt aus, und Freddy schämte sich. Sie winkte dem Kellner und bezahlte die Rechnung für beide.

»Ich gehe jetzt. Ich wünsche Ihnen viel Glück. Vielleicht muss ich noch mal vorbeikommen. Auf Wiedersehen.«

»Auf Wiedersehen«, antwortete Alina leise und betrachtete den Kellner. Sie schien noch nicht gehen zu wollen.

Im letzten Moment dachte Freddy daran, Alina ihre Visitenkarte zu geben. »Wenn Sie mich brauchen, oder falls Ihnen noch etwas einfällt, dann rufen Sie mich bitte an.« Alina nickte stumm und lächelte dem Kellner zu.

Freddy beeilte sich, der traurigen Atmosphäre zu entkommen, zu Hause war es wenigstens nur laut.

20

Freddy träumte zu oft von Arthur. Manchmal von ihm allein, manchmal von ihm und Slansky. Als sie eines Morgens träumte, sie läge im Bett, Arthur stünde vor ihr, sie entkleide sich und zöge einen Totenschädel unter dem Hemd hervor, entschied sie, dass etwas geschehen musste. Schließlich beschloss sie, Arthur zu beschatten.

Sie zog sich den ganzen Tag an und aus und weigerte sich, den Kindern eine Erklärung für ihr seltsames Verhalten zu geben. Elsa war nach Berlin gefahren, um Rapunzel zu holen; sie hätte sich nicht mit Ausflüchten zufrieden gegeben. Freddy erschrak noch immer, wenn sie in den Spiegel sah. Gleichzeitig hoffte sie, dass Arthur sie mit den kurzen Haaren nicht erkennen würde. Als sie endlich fertig war, trug sie einen gestreiften Anzug, abgemildert durch eine weiße Damenbluse. Außerdem hatte sie sorgfältig ihre Wimpern getuscht und schimpfte sich gleichzeitig eine blöde Kuh. Jedoch, sie konnte sich nicht ändern.

Um 18 Uhr fuhr sie zu seinem Büro und parkte das Auto so, dass sie gleichzeitig seinen BMW und die Haustür der Anwaltskanzlei im Auge hatte. Als sie sich im Rückspiegel sah, nahm sie ihre Sonnenbrille ab, weil sie das Gefühl hatte, um diese Uhrzeit fiele sie damit mehr auf, als dass sie bei ihrer Tarnung half.

Endlich, um 19 Uhr verließ Arthur das Haus. Er sah ungewöhnlich aus, aber sie konnte nicht erkennen, woran es lag. Dann stellte sie fest, dass er es entweder eilig hatte oder sein Fahrstil rasanter war, wenn sie nicht im Auto saß. Sie überlegte flüchtig, ob er bemerkt hatte, dass sie ihm folgte.

Schließlich schienen sie am Ziel, Arthur war deutlich langsamer geworden und fuhr in eine kleine Straße hinein, die wie eine Privatstraße wirkte. Überall, in der Mitte, am Rand, standen andere Fahrzeuge. Sie hielt in einem größeren Abstand zum BMW und sah, dass sie sich neben einem Sportplatz befand; einige Jungen und Männer trainierten. Trieb Arthur Sport? Das passte nicht zu ihrem Bild von ihm. Was auch nicht dazu passte, sah sie jetzt: Arthur trug eine Bluejeans und Cowboystiefel. Sie hatte keine Zeit, sich weiter zu wundern, Arthur war in einem unscheinbaren Hauseingang verschwunden.

Das Haus war ein hässlicher, lang gezogener Flachbau aus den Fünfzigerjahren. Vorsichtig öffnete sie die Tür, sie war nicht verschlossen. Freddy befand sich in einem kargen Treppenhaus, von Arthur war nichts mehr zu sehen. Langsam stieg sie die Treppen empor, im ersten Stock sah sie an der Wand einen Hinweis auf eine Kneipe. Sie stieß behutsam gegen eine Schwingtür, vor ihr lag ein schlauchartiger Raum, geschmückt mit amerikanischen Nummernschildern, Fähnchen und Figuren. Ob es in Texas so aussah? Menschen jeglicher Altersstufe saßen und standen herum, alle schienen zu warten, einige rauchten.

Freddy stellte sich an das hinterste Ende der Theke, die sehr lang war und sich beinahe über den halben Raum erstreckte. Sie versuchte vergeblich unter all den Leuten Arthur auszumachen. Es war heiß, sie begann zu schwitzen. Sie war auch die Einzige, die einen Anzug trug. Schon allein deshalb fiel sie auf. Außerdem schienen sich die meisten Anwesenden zu kennen, jeder sprach mit jedem.

Am anderen Ende des Raums befand sich eine kleine Bühne. Freddy hatte Arthur noch immer nicht entdeckt, es war schwierig, nahezu alle trugen Jeans und Cowboystiefel. Sie verfluchte ihre Nachlässigkeit, denn sie hatte sich immer noch keine Brille angeschafft, obwohl sie wusste, dass sie in letzter Zeit schlechter sah.

Plötzlich veränderte sich die Musik. Freddy kannte sich nicht aus, sie hielt sie für Countrymusic. Circa 20 Leute eilten vor die Bühne und wandten sich einem braun gebrannten Fünfzigjährigen zu. Er trug ebenfalls Jeans, dazu ein buntes Hemd. Seine Haare waren schulterlang und leuchteten in einem intensiven Grau. Freddy fand seine

Stimme erstaunlich laut, bis sie registrierte, dass er ein Mikro vor dem Mund hatte. Er begrüßte die Kursteilnehmer, und Freddy stellte verblüfft fest, dass sie Zuschauerin eines Tanzkurses geworden war. Es handelte sich um Line-Dancing, Freddy hörte diesen Ausdruck zum ersten Mal. Die Teilnehmer waren zwischen elf und siebzig, viele waren dick. Alle fingen gleichzeitig an zu tanzen. Endlich sah sie Arthur, er lächelte und bewegte sich erstaunlich gewandt.

»Man or woman?«, fragte ein alkoholgeschwängerter Atem mit unverkennbar deutschem Akzent neben Freddy.

»Neutrum«, sagte sie, ohne sich umzuwenden.

»I always wanted to dance with an angel.« Eine Hand berührte vorsichtig Freddys Arm. Jetzt drehte sie sich um und erblickte einen blonden Mann mit einzelnen grauen Strähnen, der sie mit blitzweißen Zähnen anlächelte. Ihr Zahnarzt wäre begeistert von ihm.

»Ich tanze nicht«, sagte Freddy und starrte stur nach vorn. Die Tänzer bildeten Reihen. Es schien ein Fuß- und Beintanz zu sein, Hände spielten keine Rolle, meist steckten sie in Hosentaschen oder in Gürteln. Schritte und gelegentliche Hüpfer wechselten miteinander ab. Es herrschte ein Höllenlärm, all diese Lederschuhe auf Holzboden. Freddy hätte gerne mitgetanzt.

»Doch nicht so was«, sagte der Fremde, er hatte die Sprache gewechselt. »Walzer, Wiener Walzer. Wir wären das schönste Paar im Raum.«

»Nein«, sagte Freddy streng und beobachtete einen dicken, großen Mann. Er tanzte ausgezeichnet, fast schwerelos, obwohl er einen Riesenbauch hatte. Rhythmus, Taktgefühl, alles war vorhanden, und gleichzeitig bewegte er sich leichtfüßig. Er schwitzte heftig und tanzte pausenlos.

»Bitte«, sagte der Mann an ihrer Seite flehend.

»Ich kann nicht tanzen«, antwortete Freddy und hoffte, dass er sie in Ruhe ließe.

»Mit mir schon«, sagte der Mann zuversichtlich.

»Nein«, sagte Freddy und beobachtete stur die Tanzenden. Ein neuer Tanz wurde eingeübt, er war perfide, fing langsam an, wurde schnell und wieder langsam. Zwischendurch musste man sich mit der Hand auf die Ferse schlagen. Es hatte keinerlei Ähnlichkeit mit einem Schuhplattler, klang aber ungefähr so.

»Kann ich dich wiedersehen?« Der Mann hatte die Bitte geändert und war zum Du übergegangen.

»Nein, ich bin nie hier«, sagte Freddy knapp. Sie hatte Arthur wiedergefunden. Er lachte und schlug mit der Hand auf die Ferse. Seine Hüften schwangen beim Tanzen mit. Freddy sehnte sich nach seiner Nähe und verwünschte den Mann neben ihr.

»Ich gebe nicht auf«, sagte der Fremde, drehte sich um und ging.

»Was wollen Sie trinken?«, fragte die Bedienung, die sie offensichtlich bei der Unterhaltung nicht hatte stören wollen.

Freddy überlegte, das übliche Getränk schien hier Bier zu sein. Sie bestellte einen Apfelwein und hoffte, dass sie ihn herunterbrachte. Ihr letzter Kontakt mit diesem Getränk war schon Jahre her. Als sie den ersten Schluck trank, schüttelte sie sich innerlich.

»Sie sind nicht von hier«, sagte die Bedienung, die aufmerksam Freddy mit dem Apfelwein beobachtet hatte.

»Es geht schon.« Freddy wünschte, man ließe sie in Ruhe. Sie wollte aus sicherer Entfernung Arthur beobachten und von ihm träumen. Dann dachte sie an Maria, die ihr seit Jahren zu einer Affäre riet. Sie hätte garantiert mit dem Fremden getanzt oder zumindest freundlich mit ihm gesprochen. Freddy seufzte und konzentrierte sich auf Arthur, der mit einer ungefähr Siebzigjährigen tanzte; sie lachten beide.

In der Pause traten Tänzer aus einem Kurs für Fortgeschrittene auf. Freddy überlegte gerade, ob sie sich einen weiteren Apfelwein antun sollte, als ihr jemand auf die Schulter klopfte.

»Ich will Sie nicht kennen lernen«, sagte sie schroff beim Umdrehen und sah in Arthurs verschwitztes Gesicht.

»Das ist auch nicht nötig«, erwiderte er. »Auch wenn Frau Detektivin«, hier verneigte er sich, »ihr Aussehen stark verändert hat.« Er betrachtete sie scharf und äußerte sich nicht zu der neuen Frisur und dem Anzug. »Du scheinst nicht ganz auf der Höhe zu sein«, setzte er noch hinzu.

»Wo kommst du her?«, fragte Freddy verblüfft.

»Von der Toilette. Sogar ich weiß, dass man sich potenzielle Fluchtwege vor dem Beobachten ansehen muss.«

Schuldbewusst senkte Freddy den Kopf und wusste nicht, was sie jetzt antworten sollte. Sie konnte schlecht behaupten, sich zufällig in dieser Kneipe aufzuhalten.

»Im Übrigen habe ich dich sofort erkannt, du fällst hier auf.« Arthur unterdrückte ein Lachen. »Du hast ja auch gleich eine Eroberung gemacht.« Jetzt lachte er nicht mehr. »Die Frisur steht dir, macht dich nur etwas streng.«

Freddy wollte weder etwas zu ihrer Frisur noch zu ihrer Eroberung hören.

»Da ich dich jetzt entdeckt habe, kannst du auch mit nach vorne kommen. Da siehst du besser«, sagte Arthur und lächelte wieder. Freddy nickte und folgte ihm. Unterwegs stellte sich ihr der Fremde in den Weg.

»Das hättest du auch gleich sagen können, dass du ihm gehörst«, sagte er zu Freddy und schien beleidigt, dass er sich Mühe gegeben hatte, sie kennen zu lernen.

»Irgendwann wirst du Ärger kriegen, Bernd«, sagte Arthur. »Frauen gehören einem nicht.« Jetzt musste Freddy lächeln.

Während sie Arthur und seiner Tanzgruppe zusah, überlegte Freddy, was sie an ihm faszinierte, obwohl so viel gegen ihn sprach. Vielleicht war es gerade das. Einen anderen Mann hätte sie wahrscheinlich nicht so nahe an sich herangelassen. Und Arthur hatte über den Umweg, dass er nicht in Frage kam, ihr Herz erreicht. Sie betrachtete ihn mit Wohlgefallen, als wäre er ihr Geschöpf. Vielleicht war er es auch in gewisser Weise. Wie viel von dem, was sie sich vorstellte, war Arthur, und was war ihre Fantasie von ihm?

Als der Kurs beendet war, lief er mit verschwitztem und errötetem Gesicht zu Freddy. »Hat es dir gefallen? Melde dich doch auch an. Ich möchte einmal die Woche mit dir tanzen.« Seine Augen glänzten vor Freude bei der Vorstellung.

»Nein«, sagte Freddy und dachte, leider. Was wird er jetzt tun? Was will ich jetzt tun? Ihre Antwort kannte sie, und sie fürchtete die seinige.

»Kommst du mit?«, fragte er und nahm ihre Hände.

»Wie soll ich das vor mir rechtfertigen?«, fragte sie.

»Gar nicht.« Er ließ ihre Hände nicht los. »Tu's einfach. Du sollst nicht denken, ist das erste Gebot.«

Freddy wünschte sich, einen kurzen Moment ohne Erinnerung zu sein. Stattdessen sah sie Karel, ein großes Bett und Körper, die sich bewegten. »Ich denke immer«, sagte sie dann bedauernd. Er spürte ihr Schwanken und ließ die Hände noch immer nicht los.

»Du hast Angst vor deiner Familie.« Arthur streichelte Freddys Hände.

»Ich habe keine Angst«, entgegnete sie. Nur vor dir und Krankheit und Tod. Sie erschrak vor dieser Zusammenstellung.

»Dann komm!« Er zog sie fort, und Freddy ging mit, als wäre sie eine Marionette.

»Ich fahre langsam, damit du mir folgen kannst«, sagte er, als er vor seinem Wagen stand. Freddy erinnerte sich an die Hinfahrt und war froh, dass er wenigstens nichts von der Verfolgung bemerkt hatte. Als ob das jetzt eine Rolle spielt, sie verstand sich selbst nicht mehr.

Arthur erwartete sie vor der Haustür, schloss auf und ging dann hinter ihr die Treppen hoch. Wenigstens habe ich keinen Rock an, dachte Freddy. Dann sah sie Elsas vorwurfsvolles Gesicht und zögerte. Arthur lief in sie hinein, weil er nicht mir ihrem plötzlichen Stillstand gerechnet hatte.

»Ich freue mich«, sagte er. Das war die Entscheidung, Freddy lief weiter.

»Ich weiß nicht, ob ich die ganze Nacht bleiben kann.« Freddy stand neben Arthur, während er die Tür öffnete.

»Das macht nichts«, sagte er gleichmütig. Was heißt das?, dachte Freddy.

Von Karel war nichts zu sehen, Freddy vermisste ihn. Dann dachte sie an Mao und war den Tränen nahe. Arthur ging sofort in sein Schlafzimmer, Freddy folgte ihm langsam. Wenn ich doch die Wahrheit wüsste. Dann wärst du nicht hier, sagte die Stimme ihrer Vernunft. Sie war etwas heiser, weil Freddy ihr den ganzen Abend nicht zugehört hatte und sie schreien musste, um zu Freddy durchzudringen. Freddy hatte keine Zeit, mit ihrer Vernunft zu diskutieren. Arthur lag bereits im Bett und wartete. Freddy zog sich schnell aus, ließ den Anzug zu Boden fallen und schlüpfte unter die Decke. Arthur war verschwitzt, während ihr kalt war.

Er rümpfte die Nase. »Ich muss erst duschen«, sagte er bedauernd. »Es geht schnell. Entschuldige.«

Als sie die Dusche prasseln hörte, sprang sie leise aus dem Bett und schlich ins Nachbarzimmer. Vom Bücherregal starrten sie wütende Augen an. Freddy brauchte einen Moment, um Karel zu erkennen. Wenn ich deine Augen hätte. Sie überlegte, ob sie es wagen konnte, das Licht anzumachen. Es blieb keine Wahl. Sie drückte den Lichtschalter. Karel sprang vom Regal und stolzierte ins Schlafzimmer. Sie sah ein kleines Foto auf dem Regal stehen. Es zeigte ein Häuschen mitten im Wald. Sie nahm das Foto und schaltete das Licht aus. Dann ging sie schnell zurück ins Schlafzimmer und steckte das Foto in ihre Handtasche. Als sie im Bett lag, sah sie Karels Augen, er lag auf dem zweiten Kopfkissen und fixierte sie.

Kurze Zeit später erschien Arthur, er war in ein Handtuch gehüllt und trug einen Kerzenständer mit drei Kerzen, den er auf das Fensterbrett stellte. Als er sich umdrehte, bemerkte er Karel. Wortlos ging er zum Bett, hob den Kater hoch, trug ihn aus dem Zimmer und legte sich neben Freddy.

Ich habe Glück, dachte sie, bevor sie nichts mehr dachte.

Sie wachte in der Nacht auf, und das Glücksgefühl war immer noch da. Es blieb, während sie sich anzog und leise die Wohnung verließ. Erst auf den Treppenstufen hörte sie die Vernunft schimpfen. Im Auto schaffte sie es, die Stimme zu ignorieren.

Es gelang ihr, sich leise ins Haus zu schleichen. Der Anrufbeantworter blinkte, es war Elsa, die ihre Rückkehr für den nächsten Tag ankündigte. Freddy setzte sich an ihren Schreibtisch und studierte das Foto des Häuschens. Es wirkte idyllisch, aber sie konnte nicht in ganz Hessen mit dem Foto herumfahren und nach dem Häuschen suchen. Sie löste es aus dem Rahmen und drehte es um. »Schwarz im Herbst«, stand in zierlicher Bleistiftschrift auf der Rückseite. Wo ist Schwarz? Freddy war so müde, dass sie die Klärung der Frage auf morgen verschob und ins Bett ging. Beim Einschlafen sah sie Arthurs Gesicht.

21

Beim Kaffeetrinken suchte Freddy in Tobias' Schulatlas nach Schwarz. Der Ort war höchstens eine Stunde Fahrzeit von Frankfurt entfernt, vielleicht noch weniger. Aber sie wollte nicht allein dorthin fahren, musste sich also in Geduld fassen. Freddy erwartete Elsa mit gemischten Gefühlen, sie würde ihr von Arthur erzählen müssen oder sich etwas ausdenken, was das Foto des Hauses in Schwarz erklärte. Es fiel ihr nichts ein und zudem wollte sie Elsa nicht anlügen. Um dem Grübeln zu entgehen, fuhr sie zum Hauptbahnhof. Sie war zu früh für den Zug aus Berlin und besuchte den kleinen Buchladen im Bahnhof, den sie mochte. Sobald sie vor den Regalen stand, wusste sie, dass es ein Fehler gewesen war. Sie hätte auf der Stelle fünf Bücher kaufen können. Die Uhr erlöste Freddy.

Als sie am Bahnsteig ankam, wurde der ICE gerade angesagt. Aus früheren Zeiten wusste sie, dass das Raucherabteil ans hinterste Ende verbannt war. Der Zug fuhr ein, sie ging langsam der Menschenmasse entgegen und wich Taschen und Koffern aus. Als sie zum Wagen Nr. 1 kam, sah sie Elsa auf dem Bahnsteig stehen, sie schien ins Innere des Zuges hineinzusprechen. Freddy kam näher und bemerkte, dass Elsa nicht nur sprach, sondern auch an Rapunzels Leine zerrte. Rapunzel lag auf dem Boden vor den Stufen, ihr Gesicht bestand aus mehreren Falten, die traurig übereinander hingen. Als sie Freddy erkannte, wedelte sie ganz sachte mit dem Schwanz. Freddy war stolz.

»Rapunzel, jetzt komm.« Elsa klang genervt. »Der Zug fährt gleich weiter. Du willst doch nicht Zug fahren.« Rapunzel rührte sich nicht.

Nach Freddys Erfahrungen mit ihren Kindern half Logik in solchen Situationen nicht, Bestechung war weitaus wirkungsvoller, nur womit? »Hast du keine Kleinigkeit für sie dabei?«, fragte sie hoffnungsvoll.

»Natürlich«, antwortete Elsa empört. »Aber das kriegt sie abends vor dem Schlafengehen.«

»Gib's ihr jetzt«, sagte Freddy energisch.

»Nur unter Protest«, entgegnete Elsa, begann aber folgsam in ihrer Handtasche zu kramen. Sie zog einen Plastikbeutel hervor und öffnete ihn. Sofort stank es barbarisch nach Fisch. Rapunzel hatte den Kopf gehoben und schnupperte, Elsa wedelte mit dem stinkenden Etwas hin und her. Rapunzel schien einen Moment zu überlegen, dann stand sie gemächlich auf und lief unbeholfen die Stufen hinunter. Auf dem Bahnsteig angekommen, verschlang sie mit einem Bissen die Delikatesse. Freddy und Elsa atmeten gleichzeitig auf.

»Was ist das?«, fragte Freddy.

»Getrockneter Fischkopf«, antwortete Elsa knapp. »Es ist ihr Lieblingsessen, aber schwer zu beschaffen. Ich hoffe, ihr wird in der U-Bahn nicht schlecht.«

Freddy hoffte mit. Es ging gut. Für einen kurzen Moment dachte sie an Elsas Abreise und war fest entschlossen, die beiden, trotz Parkplatznot, mit dem Auto oder gar nicht zum Bahnhof zu bringen.

Im Hause angekommen versicherte sich Freddy, dass niemand da war, dann ließ Elsa Rapunzel das Haus untersuchen. Sie schnupperte sich interessiert durch jeden Raum, bei Tobias blieb sie am längsten, wahrscheinlich war sie fasziniert von so viel Unordnung.

Erst als sie beim Kaffee saßen, erzählte Freddy Elsa von der letzten Nacht. Elsa hörte wortlos zu, ging hinaus und kam mit einem CD-Stapel zurück. Sie legte eine CD auf, eine eigenartige Stimme erklang, Freddy wusste zuerst nicht, ob ein Mann oder eine Frau sang, entschied sich dann aber für eine Frau. Rapunzel klopfte mit dem Schwanz auf den Boden.

Nachdem die Frau »Raus mit den Männern aus dem Dasein, und raus mit den Männern aus dem Dortsein. Sie müssten schon längst fort sein!« gesungen hatte, sagte

Elsa: »Es ist Rapunzels Lieblingslied.« Rapunzel schien zu grinsen.

»Sie hat Lieblingslieder?« Freddy wusste nicht, ob Elsa sie zum Narren hielt.

»Sicher«, sagte Elsa ungerührt. »Sie hat künstlerische Neigungen. Mit einem bestimmten Gedicht kann ich sie aus dem Tiefschlaf wecken. Ich zeige es dir später.« Freddy war sich jetzt sicher. »Wann fahren wir nach Schwarz?«, fragte Elsa dann.

»Morgen«, sagte Freddy und war erleichtert, dass Elsa zu Arthur sonst nichts sagte.

»Wo sind deine Kinder?«

»Bei ihrem Vater, wir können Rapunzels Vorstellung auf morgen Abend verschieben«, sagte Freddy und dachte, Gott sei Dank. Sie war überzeugt, dass Tobias und Rapunzel nicht zusammenpassten. Obwohl es eine interessante Begegnung werden könnte. Rapunzel war unterdessen vor dem Sofa eingeschlafen.

»ottos mops
ottos mops trotzt
otto: fort mops fort
ottos mops hopst fort
otto: soso«, sagte Elsa unvermittelt.

Rapunzel riss die Augen auf und nickte mit dem Kopf.

»otto holt koks
otto holt obst
otto horcht
otto: mops mops
otto hofft«, ging es weiter.

Rapunzel setzte sich auf und starrte Elsa an.

»ottos mops klopft

otto: komm mops komm
ottos mops kommt
ottos mops kotzt
otto: ogottogott.«

Elsa schwieg. Rapunzel riss den Kopf nach hinten und fing an, erbärmlich zu heulen und zu jammern.

Freddy hielt sich die Ohren zu und dachte an ihre Nachbarn, gleichzeitig war sie beeindruckt. »Warum weint sie?«

»Weil das Gedicht zu Ende ist«, sagte Elsa und grinste.

»Ich habe noch nie von einem Hund gehört, der wegen eines Gedichtes weint.«

»Sie ist eine Hündin«, sagte Elsa und streichelte Rapunzel, die sich wieder hinlegte. Offensichtlich hatte sie ihre Hoffnungen auf eine Fortführung des Gedichtes aufgegeben.

Um 22.00 Uhr klingelte das Telefon, Freddy sprang auf und griff nach dem Hörer. Einerseits hoffte sie, dass es Arthur war, andererseits wollte sie nicht mit ihm telefonieren, während Elsa in ihrem Rücken saß.

»Ich sitze angstvoll«, sagte Alinas Stimme.

»Was ist los?« Freddy war besorgt.

»Ein Mann will rein, ich will nicht.«

»Was will der Mann?« Aus den Augenwinkeln konnte Freddy sehen, dass Elsa zuzuhören begann.

»Die böse Frau schickt Mann. Ich kein Geld für Miete. Er will Geld oder mich wegwerfen.« Alina weinte am Telefon.

»Haben Sie ihn gesehen?«, fragte Freddy, obwohl sie sicher war, dass das nicht der Fall sein würde.

»Nein, nein, ich nicht mache Tür auf, nur dir. Hol mich weg«, flehte sie. »Er schreit in Sprechrohr.«

»Gut, ich komme, aber es kann etwas dauern, ich muss mich erst nach dem Mann umsehen. Vielleicht kenne ich ihn. Behalten Sie das Telefon neben sich, im äußersten Notfall müssen Sie die Polizei rufen.«

»Nie«, sagte Alina und legte auf.

»Alina wird bedroht. Vielleicht von Slansky. Ich muss hin. Willst du mit? Du und Rapunzel?« Freddy überlegte, ob sie Elsa sagen sollte, dass sie sich mit der Hündin und ihr sicherer fühlte. Nein, entschied sie.

Elsa stand auf und pfiff. Rapunzel erwachte sofort und erhob sich träge.

»Wo sitzt Rapunzel?«, fragte Freddy, als sie ihr kleines Auto aufschloss.

»Zu meinen Füßen.« Elsa stieg ein und klopfte auf den Boden, Rapunzel folgte zögernd und etwas unbeholfen, dann bettete sie ihr Gesicht in Elsas Schoß.

Als sie das Auto abwürgte, merkte Freddy, wie aufgeregt sie war. Der Wagen machte einen kleinen Sprung vorwärts und stand dann wieder. Elsa sagte nichts, aber Rapunzel wimmerte leise. Sie schien die Fahrt mit dem Auto nur geringfügig besser zu finden als die mit dem Zug. Freddy nahm sich zusammen und fuhr ohne weitere Unterbrechungen nach Sachsenhausen. Sie war froh, dass es schon dunkel war, das würde das Heranschleichen an Slansky oder wen auch immer erleichtern, wobei sie im Grund hoffte, dass es Slansky war. Nur damit es nicht Arthur ist, hämmerte ein boshafter kleiner Gedanke in ihrem Kopf.

»Ist Rapunzel trainiert?«, fragte Freddy, als sie in der Nähe von Alinas Wohnung parkte.

»Was meinst du denn damit?«, fragte Elsa erstaunt zurück.

»Ob sie dir gehorcht oder anders formuliert, ob es Worte gibt, bei denen sie tut, was du willst.« Freddy hatte das Gefühl, sie drücke sich nicht deutlich aus, aber mit Hunden kannte sie sich nicht aus.

»Willst du wissen, ob sie eine Killermaschine ist?« Elsa war manchmal etwas schwierig, fand Freddy. »Ist sie nicht, aber sie gehorcht mir, außer wenn ein Kaninchen vorbeiläuft, aber das ist hier ja nicht anzunehmen.«

»Sch«, flüsterte Freddy, sie konnten jetzt das Haus sehen, und es war eindeutig Slansky, der davor stand. Er rauchte eine Zigarette und trug trotz der Dunkelheit eine Sonnenbrille. »Ich gehe zu ihm und hoffe, dass er mich nicht erkennt. Kannst du Rapunzel dazu bewegen, ihn umzuwerfen und vielleicht mit ihrem Gebiss seinen Hals zu berühren? Aber sie soll ihn nicht beißen, nur ein wenig bedrohen. Es würde Slanskys Gesprächsbereitschaft erhöhen.« Freddy flüsterte noch immer.

»Ich kann es versuchen, aber dann muss ich mitgehen«, sagte Elsa.

»Ich schlendere vor, und wenn ich bei ihm bin, bitte ich um Feuer. Du schleichst dich währenddessen mit Rapunzel hinter den Autos in seinen Rücken und gibst den Befehl. Und wenn er mich dann erkennt, macht es auch nichts«, sagte Freddy leise.

»Und dann?« Elsa schien von der Vorgehensweise nicht überzeugt.

»Dann stelle ich ihm meine Fragen, und wenn er genügend Angst hat, wird er sie auch beantworten. Ich gebe euch etwas Vorsprung. Schleichen dauert länger.« Sie nickte Elsa zu, und Elsa und Rapunzel huschten folgsam im Schutz der Autos in Slanskys Richtung.

»Haben Sie Feuer?«, fragte Freddy, als sie neben Slansky stand. Er sah sie erstaunt an, offensichtlich hatte er sie nicht kommen hören. Er hatte das Haus angestarrt, in dem Alina wohnte, und anscheinend nicht auf die Umgebung geachtet. Glücklicherweise schien er sie nicht zu erkennen. Er wühlte wortlos in seiner Jackentasche, in diesem Moment wurde er von hinten umgerissen und fiel etwas ungeschickt auf den Boden. Seine Sonnenbrille rutschte seitlich weg und landete neben ihm. Rapunzel hielt ihren Kopf unmittelbar vor seiner Kehle und knurrte leise. Slansky sagte immer noch nichts, aber seine Augen sahen verschreckt aus. Freddy hoffte, dass Alina ihnen aus dem Fenster zusah.

»Was suchen Sie hier?«, herrschte ihn Freddy an. Er biss die Zähne zusammen und schwieg. »Rapunzel kann auch zubeißen«, setzte sie hinzu.

»Rapunzel«, sagte er und grinste. Rapunzel knurrte erneut, sofort verebbte sein Grinsen. »Mietschuldner«, presste er dann zwischen seinen Lippen hervor.

»Wer hat Sie beauftragt?« Slansky schwieg. Freddy nickte Elsa zu, die mittlerweile neben ihr stand.

»Rapunzel, pass auf!«, sagte Elsa in einem ungewohnten Ton. Rapunzel zeigte die Zähne und knurrte von neuem dicht an Slanskys Kehle.

»Frau Kant«, stieß er unwillig hervor. Freddy atmete erleichtert auf.

»Kann ich ihn nach Waffen durchsuchen, oder wird das Rapunzel stören?«, fragte Freddy.

»Ich weiß es nicht«, antwortete Elsa. »Das hatten wir

noch nicht. Vielleicht ist es besser, wenn ich das mache.«

»Nach Waffen?«, fragte Slansky empört. »Wofür halten Sie mich?«

»Für einen Mörder«, antwortete Freddy. Sie dachte an den auffällig blonden Mann, der bei Joseph Kants Sturz in der Reisegruppe gestanden hatte. Auch die Sonnenbrille passte. Slansky schwieg. »Sie waren bei Joseph Kants Sturz dabei und hatten ein starkes Motiv.« Slansky schwieg eisern.

Elsa beugte sich vor und tastete ihn ab, fand aber nichts.

»Hat er ein Handy?«, fragte Freddy. Elsa schüttelte den Kopf.

»Hat er nicht«, äffte Slansky Freddys Tonfall nach. »Dafür hat er kein Geld.« Rapunzel sah ihm streng in die Augen, und er schwieg.

»Könnt ihr ihn in Schach halten? Ich bringe Alina ins Auto.« Elsa nickte zustimmend.

Freddy klingelte bei Joseph und sprach sofort in die Sprechanlage. »Alina, machen Sie auf. Ich bin es, Freddy.« Ohne Kommentar surrte der Türöffner, und Freddy ging die Treppen hinauf. Als sie angekommen war, öffnete sich die Tür und Alina stand tränenüberströmt im Türrahmen. Sie hielt ein kleines Köfferchen in der Hand. Freddy überlegte kurz, wo sie den zusätzlichen Gast noch unterbringen sollte. Entschied dann aber, dass es irgendwie gehen würde. Alina konnte nicht hier bleiben, alles Weitere würde sich finden.

»Haben Sie etwas dagegen, wenn wir ihn in diese Wohnung sperren?«

»Nein, aber Telefon«, antwortete Alina.

»Das mach ich schon. Haben Sie Werkzeug in der Wohnung?«

»Nein.«

»Ich bringe Sie ins Auto, und Sie warten dort auf uns. Ist das in Ordnung?« Alina nickte. Kaum saß sie im Auto, drückte Alina alle Türknöpfe herunter, sodass sie eingeschlossen war. Das schien sie zu beruhigen.

»Los, aufstehen!«, sagte Freddy, als sie wieder vor Slansky stand. »Wir sperren ihn in der Wohnung ein.« Elsa sah sie verwundert an. Sie nahmen Slansky in die Mitte, Rapunzel ging hinter ihm. Freddy wunderte sich, wie einfach das alles ging. Sie ließen Slansky in Alinas Wohnzimmer zurück, Rapunzel bewachte ihn, während Freddy und Elsa das Telefon suchten. Sie fanden es im Schlafzimmer, ein Bild von Joseph Kant stand auf dem Nachttisch. Er sah beinahe so freundlich aus, wie Alina ihn geschildert hatte. Freddy nahm das Telefon, zog die Leitung aus der Dose und packte es ein. Dann suchte sie Paketschnur und fand in einer Küchenschrankschublade eine große Rolle. Alina ist ordentlicher als ich, dachte Freddy. Sie fesselten Slansky an einen Stuhl. Elsa konnte vorzüglich fesseln, vielleicht lernt man das als Restauratorin, überlegte Freddy. Oder sie hat einmal bei der Post gearbeitet. Im Grunde weiß ich nichts über Elsa. Dann verließen sie die Wohnung, ohne sich zu verabschieden.

»Und wenn er verhungert?«, fragte Elsa, als sie zum Wagen gingen.

»Ein bisschen Hunger schadet ihm nicht. Und wenn ich an Tobias denke, kann er ruhig ein paar Tage hungern. Wenn er sich von dem Strick befreit hat, wird ihm schon etwas einfallen. Nur aus dem Fenster springen wird er nicht«, sagte Freddy und sah auf das unbeleuchtete Fenster im fünften Stock.

»Du bist hart.«

»Das Leben ist hart«, antwortete Freddy ungerührt.

Alina lächelte sie an, als Freddy das Auto aufschloss. »Sie können eine Weile bei mir wohnen«, sagte Freddy, während sie startete.

»Nein, nein. Ich kenne neuen Mann. Bitte ich will in Café, wo wir waren. Ich kann bleiben da«, sagte Alina schüchtern. Freddy dachte an den traurigen Kellner und beneidete Alina.

Sie begleitete die junge Frau ins Café. Der traurige Kellner wirkte fast fröhlich, als er Alina durch die Türe kommen sah. Das Café war leer wie beim letzten Mal. Freddy ließ sich die Telefonnummer geben und ging beruhigt zurück zu Elsa und Rapunzel.

Zu Hause war Maria auf dem Anrufbeantworter, sie kündigte ihr Erscheinen zum Frühstück an. Dann werden ja alle wieder da sein, dachte Freddy.

22

Freddy schlief schlecht in dieser Nacht. Sie hatte Albträume von Grundbuchämtern, die sie nicht mehr entließen, sondern in ihre alten, staubigen Bücher aufsogen, bewacht von einem Skelett. Als es ihr zu viel wurde, zwang sie sich aufzuwachen. Es dämmerte gerade erst. Sie traute sich nicht, noch einmal einzuschlafen und las stattdessen bis neun. Dann stand sie müde auf, um das Frühstück zuzubereiten. Während der Kaffee durchlief, hörte sie die Kinder nach Hause kommen. Wahrscheinlich hatten sie schlechte Laune, das hatten sie meist nach zwei Tagen bei Hans. Sie musste ihnen noch von Rapunzel erzählen, möglichst bevor es zu einer Begegnung kam. Als sie Tobias' Schuhe im Flur fallen hörte, beschloss sie einzugreifen.

»Pst, nicht so laut«, sagte sie. Caro sah sie verwundert an.

»Fängst du jetzt auch mit so was an?«, fragte Tobias gereizt.

Freddy winkte beide in die Küche. »Wir haben Besuch«, sagte sie dann leise.

»Ist diese grässliche Elsa wieder da?« Tobias schien finsterste Laune zu haben.

»Nicht nur. Sie hat noch jemanden mitgebracht.«

»Ihren Liebhaber? Findest du es nicht ein wenig eng hier? Zahlt sie wenigstens was?«

»Sie hat ihren Hund dabei beziehungsweise ihre Hündin«, verbesserte sich Freddy. Gott sei Dank hat Elsa es nicht gehört. Und Rapunzel auch nicht.

Es klingelte. Die Kinder flohen in ihre Zimmer. Freddy öffnete die Haustür und hatte Maria am Hals hängen.

»Du wirst es nicht glauben. Ich habe gestern einen wunderbaren Mann getroffen.«

»Schon wieder? Wo denn?« Sie ist phänomenal, dachte Freddy. Immer treibt sie irgendwo einen Mann auf.

»Beim Spanier.« Maria lächelte in der Erinnerung.

»Du gehst zum Spanier? Den habe ich mir für die nächsten Monate verboten.« Freddy dachte sehnsüchtig an all die Tapas, die sie noch nicht probiert hatte.

»Wieso? Weil du Frau Ton nicht begegnen willst? Ich habe darauf gewartet, dass Michael kam. Er kam nicht, stattdessen dieser Mann.« Marias Augen glitzerten.

»Meinst du nicht, du solltest mal ein bisschen pausieren?«

»Warum?« Maria wirkte erstaunt. »Man darf keine Chance ungenutzt verstreichen lassen, das ist mein Motto.«

»Wie hast du ihn auf dich aufmerksam gemacht?«

»Oh, er saß ganz alleine an der Bar. Ich bin hingegangen und habe ihn gefragt, ob er trainiert.«

»Und tut er es?« Freddy teilte Marias Begeisterung für Muskeln nicht.

»Natürlich, das sah ich auch so, aber es ist doch ein guter Einstieg, um ins Gespräch zu kommen. Findest du nicht?«

»Für mich nicht«, sagte Freddy, nachdem sie kurz überlegt hatte. »Und wie geht es jetzt weiter?« Ich würde keine Frage stellen, deren Antwort ich schon kenne. Wenn mich einer interessiert, will ich wirklich etwas wissen und keinen Gesprächseinstieg.

»Wir haben uns für morgen zum Joggen verabredet«, sagte Maria zufrieden.

»Beneidenswert«, stöhnte Freddy und schüttelte sich. »Aber heute habe ich eine andere Aufgabe für dich. Du musst mit uns ein Grundstück suchen gehen. Irgendwo muss diese Leiche stecken, und ich weiß jetzt, dass Arthur auch ein Häuschen im Grünen hat.«

»Klar. Ein schöner Tag, um rauszufahren. Wo geht's denn hin?« Maria wirkte, als ginge es um einen x-beliebigen Ausflug. Ich sollte spontaner sein, dachte Freddy.

»Wir suchen ein Grundstück in Schwarz.«

»Wo ist eigentlich Elsa? Ich habe sie schon eine Weile nicht gesehen.«

»Sie ist hier und schläft noch. Sie war nur zwischendurch nach Berlin gefahren, um ihre Hündin zu holen. Sie kommen beide mit bei unserem Ausflug.« Ich lasse mich von Marias Sprache anstecken, dachte Freddy.

»Was für einen Hund? Was tut er hier? Das Haus ist doch schon voll genug. Oder soll er Tobias in Schach halten?« Maria grinste.

»Quatsch.« Aber eigentlich keine schlechte Idee. »Es ist ein Bullterrier. Außerdem ist sie eine Hündin und heißt Rapunzel, Elsa ist da eigen, sie mag es nicht, wenn man Rapunzel er nennt. Ich glaube, Rapunzel mag es auch nicht. Elsa konnte sie nicht länger bei Tante Marianne lassen. Rapunzel braucht Auslauf. In den Garten kann sie auch nicht, weil sie die Gartenzwerge nicht leiden kann und sie bekämpft.« Freddy erinnerte sich wehmütig an Tante Marianne und das gute Essen.

»Und was machst du, wenn sie euch nicht leiden kann?«

»Mich kann sie leiden, und mit den Kindern muss man sehen.«

»Mir kann es egal sein, ich habe ja zum Glück meine eigene Wohnung.«

Als sie den Tisch fertig gedeckt hatten, erschien Elsa mit Rapunzel in der Küche.

»Wo ist denn ihr goldenes Haar?«, fragte Maria und schüttelte sich leicht angeekelt.

»Ich hatte früher immer Fluchtgedanken«, sagte Elsa entschuldigend. »Ich konnte sie nach der Wende schlecht umbenennen, es hätte sie verwirrt.«

Freddy streichelte Rapunzel. »Sie hat etwas von einem Reh.«

»Vielleicht solltest du mal wieder mit deinen Kindern in den Zoo gehen und dir genau betrachten, wie ein Reh aussieht«, schlug Maria vor.

»Jetzt stell dich doch nicht so an«, sagte Elsa genervt. »Nicht jeder Bullterrier ist gefährlich, und Rapunzel ist wirklich nur allergisch gegen Gartenzwerge, ansonsten ist sie sehr freundlich.«

In diesem Moment betrat Tobias türeschlagend die Küche, Rapunzel richtete sich auf und knurrte bedrohlich. Tobias machte einen Satz zurück.

»Vielleicht hat er auch was gegen männliche Jugendliche«, sagte Maria amüsiert und lehnte sich zurück.

»Das schadet nichts«, sagte Freddy. Sie betrachtete ihren Sohn, der ausnahmsweise ruhig da stand und nicht redete.

»Sie ist einfach keinen Lärm gewöhnt«, kommentierte Elsa Rapunzels Verhalten.

»Hast du gehört, Tobias, ab sofort herrscht Ruhe im Haus«, sagte Freddy zufrieden. Himmlisch, dachte sie. »Der Hund ist unsere neue Mitbewohnerin. Darf ich vorstellen: Rapunzel, Tobias.« Rapunzel trat einen Schritt vor und beschnüffelte den Jungen vorsichtig. Er klebte vor Angst noch an derselben Stelle fest.

»Du kannst dich ruhig bewegen, sie ist ganz lieb und tut dir bestimmt nichts«, sagte Elsa. Freddy war gespannt auf Tobias' Reaktion.

»Nein danke«, sagte Tobias und ging wieder nach oben.

»Wenn der Hund hier länger bleibt, kriegt der Junge

entweder Manieren oder zieht doch zu seinem Vater«, sagte Maria in das Schweigen, das Tobias' Rückzug verursacht hatte.

Freddy prustete los. »Wahrscheinlich.«

Dann faltete sie die Landkarten auf, die auf dem Küchentisch lagen.

»Also was machen wir jetzt?«

»Wir fahren in den Vogelsberg«, sagte Elsa.

»Und wenn er da ist?«, fragte Freddy.

»Glaube ich nicht. Du könntest Arthur anrufen und feststellen, ob er zu Hause ist.«

»Wir werden auffallen, ganz besonders mit diesem Hund«, gab Maria zu bedenken.

»Vielleicht sollten wir warten, bis es dunkel ist«, überlegte Elsa.

»Wir fahren am frühen Abend«, entschied Freddy.

*

Arthurs Haus lag einsam und war mühsam zu finden. Freddy hatte Gott sei Dank an einer Tankstelle eine genaue Karte gekauft. Auf dieser Karte war es als ehemaliges Forsthaus verzeichnet. Man musste vom Dorf scharf links in eine Schotterstraße abbiegen und war mitten im Wald.

»Wie mag es hier im Winter sein?«, fragte Elsa ehrfürchtig.

»Grausam«, sagte Maria. Ruhig, freute sich Freddy bei dem Gedanken an Stille.

Nachdem sie mehrere kleine Waldwege entlanggefahren waren, fanden sie das Haus.

»Wir haben hier keinerlei Deckung«, stellte Maria fest.

»Er war zu Hause«, antwortete Freddy und dachte, er war.

»Er war, er hat genügend Zeit, hierher zu kommen. Lasst uns wenigstens noch ein Stück weiterfahren und dann erst das Auto abstellen«, sagte Elsa.

»Es steht kein Auto vor seinem Haus, und alles ist dunkel. Wenn ein Wagen kommt, müsste man es hier in dieser Stille gut hören«, versuchte Freddy die anderen zu beruhigen. Oder will ich mich beruhigen?

»Wenn du einen Wald still nennst, hast du keine Ahnung von Wäldern. Es gibt die fürchterlichsten Geräusche«, sagte Elsa warnend.

»Ja, aber keinen Autolärm«, entgegnete Freddy. Sie gingen zu Fuß Richtung Haus, überall knackte es, man hörte Schreie. Nur Rapunzel war begeistert, sie wäre sofort auf die Jagd gegangen, wenn man sie gelassen hätte.

Das Haus lag immer noch im Dunkeln.

»Du hältst Wache«, sagte Freddy zu Maria. »Und warnst uns mit deinem schrecklichen Eulenschrei.«

»Ich soll allein im Dunkeln vor diesem Haus warten? Kommt gar nicht in Frage«, antwortete Maria bestimmt.

»Verschieben wir die Diskussion«, sagte Freddy. »Wir gehen zuerst in den Garten, da kannst du mitkommen. Aber später muss eine Wache halten, du oder Elsa. Ich würde dich bevorzugen, damit Elsa Rapunzel in Schach halten kann.«

»Sie ist absolut harmlos«, stöhnte Elsa.

»Das sagen Hundebesitzer immer«, stichelte Maria.

»Ich glaube auch, dass sie harmlos ist. Nur weiß ich nicht, was ich machen soll, wenn sie jemanden aufgestöbert hat. Da bist du besser geeignet«, sagte Freddy.

Sie gingen mit Rapunzel um das Haus und durchsuchten den Garten. Das Mondlicht kam nicht durch die Bäume, die ringsherum standen. Obwohl jede eine Taschenlampe hatte, waren die Lichtverhältnisse nicht ideal, außer für Rapunzel; sie war begeistert, dass man sie endlich von der Leine ließ. Sie erschnüffelte sich das ganze Areal, die drei sahen ihr erst mal nur zu. Der Garten war vernachlässigt, so viel konnte man auch mit der Taschenlampe erkennen. Recht dicht hinter dem Haus standen sie vor aufgeworfener Erde und einer flachen, mit Ästen bedeckten Grube.

»Und ausgerechnet hier legt er einen Teich an«, sinnierte Freddy.

Da, Rapunzel jaulte erregt, sie hatte etwas gefunden. Langsam näherten sich die drei der immer noch jaulenden Hündin. Sie war sehr aufgeregt und fiepte in den höchsten Tönen, dabei scharrte sie heftig. Freddys Hand zitterte etwas, als sie den Strahl der Taschenlampe auf die Hündin richtete. Rapunzel scharrte an der Vertiefung, die mit Ästen bedeckt war, und wurde immer aufgeregter. Sie kickte kleine Äste hinter sich.

»Statt Wasser sind Äste in den Teich gefüllt. Merkwürdig«, sagte Freddy. »Was soll das bedeuten?«

Rapunzel hatte inzwischen so viele Äste aus dem Weg geräumt, dass der Teich immer deutlichere Formen annahm. Sie richteten jetzt alle drei ihre Lampen auf Rapunzel.

»Ih«, Maria und Freddy sahen es gleichzeitig und schrien gemeinsam. Drei Finger einer menschlichen Hand ragten aus dem Beton des Fundaments.

»Ich muss mich setzen«, sagte Freddy mit weichen

Knien. Die anderen beiden taten es ihr nach. Nur Rapunzel begriff nicht, warum sie plötzlich am Halsband gerissen wurde und sich nicht weiter mit dem interessanten Fund beschäftigen durfte. »Was machen wir denn jetzt?« Freddy starrte noch immer die Finger an.

»Wir müssen sie mitnehmen, ganz klar«, sagte Maria. Elsa wirkte, als stünde sie unter Schock.

»Und wie?«, fragte Freddy, erleichtert, dass Maria darüber redete, als handele es sich um irgendeine Ware aus dem Supermarkt.

»Du musst sie abschneiden«, sagte Maria.

»Warum ich? Und außerdem abschneiden, wie stellst du dir das vor?« Freddy war elend zumute.

»Es ist doch wohl klar, dass wir die Finger als Beweis brauchen, oder? Wie wir das anstellen sollen, weiß ich auch nicht. Aber du müsstest es doch wissen. Wer zerkleinert denn andauernd Hühner und Kaninchen und kocht sie dann?«, fragte Maria nüchtern.

»Ihr seid ekelhaft«, zischte Elsa zwischen zusammengepressten Lippen, stand schnell auf und erbrach sich wenige Meter neben dem Teich. Rapunzel beschnupperte interessiert das Erbrochene, wurde aber zurückgerissen.

»Es stimmt, wir sind ekelhaft, aber Maria hat Recht«, sagte Freddy nach kurzem Überlegen. »Mit meinem Taschenmesser geht es nicht. Ob Arthur irgendetwas Entsprechendes in seiner Küche hat? Wenigstens eine Geflügelschere oder so etwas?« Freddy stand auf. »Maria, du gehst mit mir vor das Haus und passt dort auf. Elsa und Rapunzel bleiben hier.« Elsa sagte gar nichts, sie sah immer noch sehr bleich aus. Maria hatte ihren Widerstand aufgegeben und ging folgsam mit.

Freddy stand ratlos vor der Haustür.

»Das ist ein stabiles Schloss. Ich weiß nicht, wie ich es aufkriegen kann.«

»Schmeißen wir doch einfach hinten ein Fenster ein«, schlug Maria vor.

»Und wenn er eine Alarmanlage hat?«

»Glaube ich nicht, wer sollte die denn hier hören?«

Freddy war nicht ganz überzeugt, ging aber trotzdem einen Stein suchen. Sie würde das Schloss nicht knacken können, deshalb blieb sowieso nur diese Lösung. Sie fand einen Stein und warf ihn mit großer Wucht gegen ein hinteres Fenster. Es klirrte sehr, sehr laut, und die Splitter flogen in alle Richtungen. Sie zog stabile Gartenhandschuhe an, die sie glücklicherweise mitgenommen hatte, griff durch das Loch und drehte den Fenstergriff. Dann stieg sie hastig ein und überlegte, ob sie die Scherben entfernen sollte. Ich spinne ja, dachte sie dann und fing an zu lachen, bis sie wieder an die Finger dachte. Sie schüttelte sich. Dann suchte sie die Küche. Die dortigen Schränke und Schubladen waren ordentlich eingeräumt, aber Arthur besaß nicht sehr viel. Freddy hatte das schon befürchtet. Sie nahm ein großes Messer mit. Dann suchte sie Werkzeuge. Sie war sich ziemlich sicher, dass Arthur welche in seinem Häuschen hatte, aber sie konnte keine finden. Jetzt blieb nur noch der Keller. Freddy fürchtete sich sehr. Vielleicht sollte sie den Hund mitnehmen. Aber dann wäre Elsa alleine im Garten. Oder sollte sie Elsa und Rapunzel mitnehmen? Dann wären die Finger alleine im Garten. Sie holte Elsa und Rapunzel. Immerhin gab es in diesem Keller Licht. Bei diesem alten Haus hatte Freddy nicht sicher damit gerechnet. Zuerst kamen sie in einen

Vorratskeller, in dem Holz, Kohle und Kartoffeln aufbewahrt wurden. Freddy wunderte sich etwas. Als Nächstes betraten sie einen Raum mit einem großen Regal. Dort gab es Werkzeuge, wie sie gehofft hatte. Sie nahmen einen Hammer, eine Feile, einen Meißel und eine Zange mit. Freddy vergewisserte sich, dass alles Licht ausgeschaltet war, bevor sie den Keller verließen. Sie hatte noch kurz überlegt, die restlichen Räume zu durchsuchen, verwarf es aber wieder, die Zeit drängte.

Oben sammelten sie Maria ein und gingen zurück zu den Fingern. Sie ragten immer noch aus der Betondecke. Freddy hatte für einen kurzen Moment geglaubt oder gehofft, sie seien verschwunden.

»Meint ihr nicht, wir sollten zur Polizei gehen?«, fing Elsa an.

»Wir haben nicht die leiseste Ahnung, wo hier die nächste Polizeistation ist. Wir befinden uns mitten auf dem platten Land, erinnere dich bitte. Und selbst wenn wir ein Polizeirevier finden. Da kommen drei aufgeregte Frauen aus der Stadt mit einem Bullterrier«, Maria sah voll Abscheu auf Rapunzel, »und erzählen eine unglaubliche Geschichte von drei Fingern, die sie mittels Hausfriedensbruch bei einem unbescholtenen Anwalt fanden. Die stecken uns für die Nacht in ihre Ausnüchterungszelle, da kannst du sicher sein.« Elsa gab auf.

Freddy überlegte schon während Marias flammender Rede, wie sie die Finger am unversehrtesten bergen konnte. Sie zog Baumwollhandschuhe an, die sie ebenfalls dabei hatte und legte einen ihrer dicken Gartenhandschuhe unter die Finger. Sie versuchte die Finger etwas nach unten zu biegen. Es war unmöglich.

»Ihr müsst beide den Meißel halten, jede auf einer Seite, und ich schlage mit dem Hammer drauf«, sagte Freddy und schüttelte sich. Es klappte nicht. »Wartet einen Moment. Ich muss mir die Finger noch mal genau ansehen. Wir müssen sie möglichst weit unten erwischen, aber es geht bestimmt nur bei einem Gelenk.« Freddy tastete die Finger ab. »Hier ist es. Ich bereite es mit der Feile vor, und dann versuchen wir es noch mal mit dem Hammer.«

Freddy nahm wieder einen Finger und versuchte sich einzureden, es handele sich um ein Kaninchen. Es funktionierte nicht, Kaninchen haben einfach keine Finger. Sie würgte, während sie weitersäbelte, es war ein Ringfinger. Dann ließ sie Maria und Elsa wieder ihre Position mit dem Meißel einnehmen und schlug zu. Das Echo des knackenden Gelenks verzehnfachte sich in Freddys Kopf, aber der Finger fiel ab. Die beiden restlichen Finger fielen nach demselben System. Rapunzel beobachtete den Vorgang aus einiger Entfernung. Elsa hatte sie an einen Baum gebunden, offensichtlich vertraute sie ihr auch nicht völlig. Rapunzel fiepte und jammerte. Freddy suchte in ihrem Rucksack nach etwas, in dem sie die Finger verstauen konnte. Sie fand nichts außer einem Päckchen Tempo-Taschentücher. Schließlich wickelte sie jeden Finger sorgfältig in je ein Taschentuch.

23

Rapunzels Gejammere war in heftiges Gebell übergegangen. Sie zerrte verzweifelt an ihrer Leine. Keine achtete auf sie. Plötzlich richtete sich ein starker Lichtstrahl auf die Gruppe; Rapunzel erwürgte sich fast an ihrem Halsband, Freddy blinzelte. Es war eindeutig Arthur, auch wenn sie ihn schlechter sah als er sie.

»Die Damen haben die Bestie freundlicherweise angebunden«, tönte Arthurs Stimme. Er stotterte vor Aufregung, trotzdem hielt er die Pistole erstaunlich gerade.

»Woher wusstest du, dass wir hier sind?«, fragte Freddy und versuchte die Angst in ihrer Stimme unter Kontrolle zu halten. Im Grunde ist mir das jetzt egal, Hauptsache reden.

»Als ich heute Morgen feststellte, dass mein Foto von Schwarz fehlte, war das nicht so schwer zu erraten. Dann noch dein Anruf. Du hast mich noch nie angerufen. Für wie blöd hältst du mich?« Arthur konzentrierte sich auf Freddy und schien Maria und Elsa vergessen zu haben.

Freddy schämte sich, aber das half nun auch nichts mehr. Was hat er vor?

»Außerdem bin ich nicht so leicht zu übertölpeln wie Slansky.« Arthur lachte. Habe ich mich in dieses Lachen verliebt? Bin ich blind oder taub? Oder haben manche Leute zweierlei Lachen? Verbrecher und Schauspieler?

»Du hast ihn befreit«, stellte Freddy fest. »Woher hast du gewusst, wo er ist?«, fragte sie und dachte, ich muss reden, solange er mich lässt. Sie hatte es geschafft, dass ihre Stimme nicht zitterte.

»Ich habe ihn zu Alina geschickt, und als er nicht wiederkam, bin ich in die Wohnung und habe ihn entfesselt. Er hat eine gute Personenbeschreibung abgegeben, auch von Rapunzel.« Arthur deutete eine kleine Verneigung in Rapunzels Richtung an. »Du bist also meine Stiefschwester«, sagte er dann kalt und betrachtete Elsa von oben bis unten. »Dann war es dein Foto in der Brieftasche meines Vaters. Kein Wunder, dass niemand wusste, wer das sein könnte.«

»Du erkennst sie an«, sagte Freddy erstaunt.

Ein höhnisches Lachen war die Folge. Freddy hatte natürlich nicht gedacht, dass er Elsa anerkennen würde, aber dieses Lachen erschreckte sie zutiefst. Glaubte sie immer noch an ihn?

Elsa starrte Arthur an, als wäre er eine Erscheinung. Rapunzel tobte weiter. Ihr Bellen explodierte in Freddys Kopf.

»Elsa, bitte bring Rapunzel zum Schweigen«, sagte Freddy. Elsa pfiff folgsam. Sie konnte ihren Blick nicht von Arthur lassen. Vor allem seine Nase schien sie zu faszinieren. Freddy fand das verblüffend, versuchte es auch und stellte fest, dass es bei ihr als Ablenkungsmanöver nicht funktionierte.

»Was hast du mit Slansky zu tun?«, fragte sie stattdessen.

»Wir arbeiten gelegentlich zusammen«, murmelte Arthur.

»Also in deinem Auftrag hat Slansky Tobias entführt und den Kater ermordet? Du bist ein Schwein.« Freddy hätte ihn am liebsten geschlagen.

»Genug geredet«, sagte er barsch. »Was hast du gefunden?« Er deutete mit der Pistole auf das Taschentuch, in dem sich die Finger befanden. Freddy überlegte kurz, ob sie die vermoderten Gliedmaßen in den Garten werfen sollte, traute sich aber nicht und hielt ihm das Taschentuch hin. Arthur öffnete es vorsichtig und wurde ein klein wenig blass. Dann riss er ihr das Taschentuch aus der Hand und stopfte es in seine Anzugtasche. Er hatte seine höfliche Haltung verloren. Freddy lernte endgültig den wahren Arthur kennen.

»Wir fahren«, sagte Arthur und winkte mit der Pistole.

»Damit kommst du nicht durch«, sagte Freddy und hoffte, er würde Vernunft annehmen.

»Ich bin so weit gekommen, das werde ich auch noch schaffen«, sagte Arthur und wirkte müde. »Bindet den Hund los. Maria fährt. Du steigst mit dem Hund vorne ein und Elsa sitzt hinten neben mir. Hier, fessel ihr die Hände auf den Rücken«, befahl er Freddy und reichte ihr eine Schnur. »Das kannst du ja gut.« Freddy dachte an Slansky und schwieg. Sie versuchte, den Knoten locker zu binden, aber Arthur sah es und zog ihn fest. Wenn ich das überlebe, trainiere ich fesseln, schwor sie sich.

Elsa starrte ihn immer noch wortlos an. Selbst Maria hatte es die Sprache verschlagen. Sie liefen bis zu Freddys Auto und stiegen ein. Maria würgte den Wagen ab.

»Das tut sie immer, wenn sie aufgeregt ist«, versuchte Freddy zu erklären. Arthur hatte sein Lächeln verloren. Rapunzel wimmerte vor sich hin, und Freddy hoffte, dass sie ihr nicht auf die Füße kotzte. Es war sehr eng auf dem Beifahrersitz. Beim nächsten Versuch gelang es Maria, den Wagen zu starten. Er lässt sein Auto hier stehen, oder ist er nicht alleine gekommen, fragte sich Freddy und sah sich unwillkürlich nach Slansky um. Er war natürlich nicht zu sehen. Wo bringt er uns hin?, dachte sie. Drei Leute und Rapunzel in Schach zu halten ist nicht so leicht. Haben wir eine Chance? Kann ich Maria dazu bewegen, einen kleinen Unfall zu inszenieren? Zu gefährlich. Außerdem, wie soll ich es ihr sagen? Und Rapunzel? Sie kauerte zwischen Freddys Füßen. Als sie Freddys Blick spürte, wimmerte sie erneut und zog sich mühsam auf Freddys Schoß hoch. Freddy konnte sich nicht mehr rühren. Sie schätzte, dass fünfzig Kilo auf ihr lasteten. Rapunzel schnaubte zufrieden und fiel in einen tiefen Schlaf. Sie begann leise zu schnarchen. Solange sie sich im Auto befanden, war mit Rapunzel nichts anzufangen.

»Fahr zu Freddys Haus«, befahl Arthur. Freddy war verwirrt. Wollte er sie freilassen? Sie drehte sich vorsichtig nach hinten um. Arthur blickte geradeaus und hielt die Pistole in Marias Richtung. Und diesen Mann habe ich geküsst, dachte Freddy verzweifelt. Und nicht nur das.

Maria schlich über die Autobahn. Nachdem sie vom dritten Auto angehupt worden waren, befahl Arthur: »Fahr schneller!« und stieß ihr die Pistole ins Genick. Maria trat aufs Gaspedal, ließ es vor Schreck wieder los, und der Wagen hoppelte vorwärts. Arthur nahm die Pistole herunter und schwieg. Maria zockelte weiter. Freddys Beine schmerzten, sie konnte sich nicht bewegen, aber sie traute sich nicht, Rapunzel zu wecken.

»Fahr beim nächsten Parkplatz runter«, befahl Arthur. Bei der Abfahrt setzte Maria den Blinker. »Hier nicht«, brüllte er. »Ich sage dir Bescheid. Der ist zu groß.« Seine Nerven lassen ihn im Stich. Freddy wusste nicht, ob das gut oder schlecht für sie war. Kurze Zeit später kam ein kleinerer Rastplatz. Sie fuhren ab und standen alleine auf einem dunklen Parkplatz mit winzigen Bäumen, die sich dem Himmel entgegenstreckten. Arthur ließ Elsa aussteigen und öffnete Freddys Tür. Rapunzel schlief ungerührt weiter. »Steig aus«, herrschte er Freddy an. Seine laute Stimme riss die Hündin aus dem Tiefschlaf. Sie fuhr hoch, knurrte böse und schnappte in Arthurs Richtung. Er wich aus und zielte mit der Pistole auf Rapunzels Kopf. »Nein«, schrie Elsa verzweifelt. Freddy wünschte sich innigst, dass sie sich in einem Albtraum befände. Es half nichts, die Situation blieb erschreckend real.

»Bring ihn zur Vernunft, dann passiert ihm nichts.« Er duzt Elsa. Ist das ein Zeichen? Für was?

»Rapunzel sitz«, sagte Elsa, und zu Freddys Erstaunen stieg Rapunzel schwerfällig von ihrem Schoß, sprang aus dem Wagen und setzte sich vor Elsa. Dann leckte sie ihre Füße, als ob sie ihr auf diesem Wege beistehen wollte.

»Elsa sitzt jetzt vorne mit dem Hund und Freddy hinten. Elsa, steig ein!« Arthur sprach im Kommandoton. In Freddys Nacken kräuselten sich die Haare. Als Elsa neben Maria saß, reichte Arthur Freddy ein Seil. »Fessel ihr die Füße. Dann fahren wir weiter.« Freddy band unbeholfen das Seil um Elsas Beine und wartete dann, bis Rapunzel eingestiegen war, bevor sie sich selbst in den Wagen begab. Arthur setzte sich neben Freddy und richtete jetzt die Pistole auf sie.

Er ließ Maria zu Freddys Haus fahren, Maria, Freddy und Rapunzel mussten aussteigen, er fuhr mit der gefesselten Elsa weiter.

»Wenn ihr etwas unternehmt, ist sie dran«, sagte Arthur zum Abschied. Maria und Freddy sahen dem Auto nach, bis sie die Rücklichter nicht mehr erkennen konnten. Rapunzel war verwirrt und versuchte, hinter dem Wagen herzurennen. Freddy hielt sie zurück und zog sie mit ins Haus.

Tobias kam gerade die Treppe hinunter, als sie eintraten. »Habt ihr eine unterwegs verloren?«, fragte er hämisch. Dann sang er »Zehn kleine Negerlein«. Freddy hätte ihn am liebsten geschlagen. Das war nicht nötig, Rapunzel stellte sich Tobias in den Weg und bellte und knurrte ihn abwechselnd an, Freddy musste sie an der Leine zurückreißen.

»Arthur hat Elsa als Geisel genommen, und Rapunzel steht unter Schock. Hüte deine Zunge!« Freddy beherrschte sich nur mühsam. »Es hat ihre Liebe zu Männern nicht erhöht«, setzte sie noch hinzu. Tobias drehte sich um und stieg die Treppe wieder hinauf.

Freddy ging voraus ins Wohnzimmer. »Ich bin schuld«, sagte sie und ihre Tränen tropften auf Rapunzels Fell.

»Wir sind alle schuld«, entgegnete Maria. »Außerdem hilft das jetzt nichts. Was machen wir?«

Freddy setzte sich mit zitternden Beinen auf ihr Sofa. »Wenn wir die Leiche haben, wird er uns Elsa zurückgeben. Wir müssen den Teich aufhacken, heute Nacht noch, morgen wird es Arthur tun. Wo kriegen wir einen Presslufthammer her?«

Maria lachte, bis ihr wieder einfiel, in welcher Lage sie sich befanden, dann schwieg sie abrupt. »Wir brauchen eine Baustelle. Frag Tobias. Jungen wissen doch immer, wo welche sind.«

»Ich werde ihn fragen. Und wir holen uns die alte Frau Kant. Ich glaube, sie ist Arthurs Schwachstelle.« Ich hoffe, dachte Freddy, dass er überhaupt eine Schwachstelle hat. Bei mir wären es die Kinder.

»Wir haben keine Waffe«, sagte Maria.

»Wir haben Rapunzel.«

»Wann willst du Frau Kant holen? Morgen früh?«

»Wir holen sie zusammen, du kommst mit. Heute Abend noch, bevor wir nach Schwarz zurückkehren. Ich gehe Tobias nach einer Baustelle fragen.«

Als sie zurückkam, hatte sie Tobias im Schlepptau. »Er will mit«, sagte Freddy.

»Na unbedingt«, bestätigte Tobias. »Außerdem ist die Idee mit einem Presslufthammer Blödsinn. Der ist viel zu schwer, und ihr würdet die Leiche zu Brei schlagen.«

»Vielleicht«, sagte Freddy zweifelnd. »Und was schlägst du vor?«

»Eine Spitzhacke. Dann nehmen wir eben nur Leichenteile mit, das reicht dir doch.«

»Ja«, nickte Freddy. Führe ich wirklich dieses Gespräch?, dachte sie. »Wir fahren gegen Mitternacht. Also, wo ist eine Baustelle, die in Frage kommt?«

»Auf der Friedberger, aber da ist viel Verkehr. Ich weiß nicht, ob wir da ungesehen klauen können.« Tobias schien in seinem Element.

»Wir klauen nicht, wir leihen«, sagte Freddy würdevoll, sie hatte sich gerade daran erinnert, was Hans von dem Unternehmen halten würde. »Jetzt holen wir uns erst mal Frau Kant, und du bleibst hier.«

»Mit Rapunzel?«, fragte er mit schreckgeweiteten Augen.

»Die brauchen wir«, sagte Freddy. »Wo sperren wir die alte Frau ein? In den Keller?«

»Caros Zimmer ist auch frei. Sie ist bei einer Freundin«, sagte Tobias.

»Der Keller ist sicherer. Hört man sie da, wenn sie schreit?«

»Du könntest sie knebeln«, schlug Tobias vor. Freddy dachte an die vielen Filme, die Tobias gesehen hatte.

»Das ist mir unangenehm«, sagte sie dann. »Und gefährlich. Ich bin doch kein Grenzschützer, der Asylbewerber abschiebt. Geh in den Keller und schrei aus Leibeskräften. Wenn wir dich nicht hören, hört man sie auch nicht. Deine Stimme ist mit Sicherheit lauter.«

Tobias wollte widersprechen, sah dann Rapunzel, die ihn scharf beobachtete, und stieg in den Keller. Freddy ging vors Haus, Maria ins Wohnzimmer. Sie hörten beide keinen Ton.

»Man hört doch mein Schlagzeug auch nicht«, murrte Tobias, nachdem er wieder bei ihnen war.

»Gut, also kommt sie in den Keller. Tobias, geh bitte vorschlafen. Wir wecken dich, wenn es so weit ist.«

»Bestimmt?«, fragte er und bekam den sehnsüchtigen Blick eines Knaben vor dem Weihnachtsbaum.

»Keine Sorge. Wir brauchen deine männliche Kraft«, sagte Freddy. Rapunzel winselte in hohen Tönen.

»Wie willst du ins Haus kommen?«, fragte Maria, als sie in deren Auto saßen. »Sie wird dir nicht öffnen.«

»Ich sage, wenn sie ihren Sohn retten will, muss sie mit mir reden. Ich hoffe, sie schläft noch nicht.«

Die August-Siebert-Straße lag friedlich vor ihnen, kein Spaziergänger war mehr zu sehen. Freddy war sich keinesfalls so sicher, wie sie tat, dass Mutterliebe über alles geht.

Bei Frau Kant brannte Licht, und Freddy klingelte entschlossen. »Wer ist da?« Frau Kant klang hellwach.

»Freddy Hartmann.«

»Ich habe Sie erwartet.« Frau Kants Stimme ertönte gleichzeitig mit dem Türsummer. Freddy und Maria sahen sich an.

»Ich gehe alleine«, flüsterte Freddy. »Warte mit Rapunzel hier.« Bevor Maria ablehnen konnte, drückte Freddy die Pforte auf und lief Richtung Haus. Frau Kant stand bereits an der Tür und lächelte Freddy an, Freddy lächelte unsicher zurück. Die Situation überforderte sie. Was führte Frau Kant im Schilde? Und wenn Arthur mit der Pistole im Haus war? Freddy fühlte sich unendlich dumm.

Frau Kant führte sie ins Wohnzimmer. Diesmal konnte Freddy nichts vom Garten sehen. Alles war ordentlich und still.

»Die Dinge sind außer Kontrolle geraten«, sagte Frau Kant. »Wollen Sie ein Glas Wein mit mir trinken? Da redet es sich leichter. Setzen Sie sich doch.« Freddy nickte stumm, sie konnte sich immer noch keinen Reim auf Frau Kants Verhalten machen. Die alte Dame holte eine Flasche Rotwein und zwei Gläser. »Arthur hat mich angerufen. Ich wollte, dass er aufgibt, er will aber nicht.«

»Was hat er vor?«

»Ich weiß es nicht. Ich fürchte mich«, sagte Frau Kant. »Er ist doch das Einzige, was ich noch habe.« Also doch Mutterliebe, dachte Freddy, die diesen Satz noch nie hatte leiden können.

»Geld haben Sie auch noch«, sagte Freddy finster und fühlte sich böse.

»Arthur hat mich vor Ihnen gewarnt.« Frau Kant schluchzte auf. »Es muss ein Ende haben.«

»Und wie stellen Sie sich das Ende vor?«

»Ich begebe mich in Ihre Hand, und Sie regeln das mit Arthur«, sagte Frau Kant und strahlte. »Aber jetzt bitten Sie erst mal Ihre Freundin und den Hund herein. Es ist so ungemütlich draußen im Dunkeln.« Ich bin durchsichtig, dachte Freddy.

Sie ging mit Frau Kant, die den Türdrücker bediente, und winkte Maria herein. Rapunzel begrüßte Frau Kant mit wedelndem Schwanz. Hat sie ein besseres Gespür für Menschen als ich?, fragte sich Freddy. Dann ging die Hündin mit zuckender Nase durch das Wohnzimmer und fand ein Spielzeug von Peterle, der Kater selbst blieb verschwunden.

»Warum vertrauen Sie mir?«, fragte Freddy.

»Ich habe keine Wahl«, antwortete Frau Kant. »Er wird Elsa etwas antun, wenn seine Pläne nicht funktionieren.«

»Ich entnehme dem, dass Arthur sie nicht vor die U-Bahn gestoßen hat.«

»Nein, das war Slansky. Aber er ist zu weit gegangen, er sollte sie nur erschrecken.«

Freddy verstand Frau Kant nicht. Woher kam diese plötzliche Einsicht? »Ihre Skrupel kommen spät.«

»Diesmal ist es etwas anderes.«

»Warum?«

»Weil es ihn unglücklich machen wird.«

»Wenn er erwischt wird?«

»Das ist die eine Seite. Es reicht nicht mehr, nur Elsa umzubringen. Sie beide müssen dann auch weg, und wer weiß, wem Sie das alles erzählt haben.« Frau Kant lächelte.

»Verzeihung, ich bin pragmatisch, aber das lernt man bei einem langen Leben mit einem Teufel.« Sie seufzte und schwieg.

Freddy wartete einen Moment, dann fragte sie: »Und was ist die andere Seite?«

»Es ist wie in einer alten Sage.«

Eine dunkle Antwort, fand Freddy und versuchte sich an alte Sagen zu erinnern. Brunhilde, Siegfried, Hagen, nein, das war die falsche Richtung. Freddy war überzeugt davon, dass sie es erraten musste, weil Frau Kant es ihr nicht sagen würde. Antigone? Orest? Ödipus. Sie schob den letzten Namen im Kopf hin und her.

»Ödipus«, versuchte sie dann vorsichtig.

»So ungefähr«, antwortete Frau Kant vage.

»Hat Arthur seinen Vater umgebracht?« Also doch, dachte Freddy.

»Nein, das hat er nicht«, sagte Frau Kant resolut. »Er weiß nicht die ganze Wahrheit.«

»Aber Sie wissen sie?«

»Ich hatte sie vergessen, bis alles durch diese schreckliche Frau wieder aufgewühlt wurde«, sagte Frau Kant hasserfüllt.

Warum kann sie nicht deutlicher werden?, dachte Freddy ratlos. Obwohl sie überzeugt davon war, keine Antwort zu erhalten, fragte sie: »Warum sagen Sie mir nicht, was geschehen ist?«

»Weil ich es versprochen habe vor langer Zeit und weil ich Arthur schützen will.«

»Und wenn ich von allein darauf komme, haben Sie keine Schuld. Sehr geschickt.« Frau Kant nickte und sah sie neugierig an.

Rapunzel legte sich auf den Boden und schlief ein. Freddy bewunderte die Nerven und das Schlafbedürfnis der Hündin.

Ungefähr wie Ödipus. Was ist ungefähr wie Ödipus? »Sie wissen, wer Arthurs Vater und Mutter waren?« Ich muss es versuchen, dachte Freddy.

Frau Kant nickte.

»War Hilde seine Mutter?« Freddy hatte es satt, im Dunkeln zu stochern.

»Leider«, sagte Frau Kant.

»Und Arthur hat sie umgebracht?« Jetzt kann ich auch aufs Ganze gehen, dachte Freddy. Rapunzel war erwacht und schien zuzuhören.

»Leider«, antwortete Frau Kant, so als hätte Arthur aus Versehen ein Glas vom Tisch gestoßen. Maria stieß einen Pfiff aus. Rapunzel setzte sich hin.

»Joseph war sein wirklicher Vater und gleichzeitig sein Adoptivvater?« Frau Kant hatte wieder die Sprache verloren und nickte. »Wie hat er es geschafft, Hilde das Kind wegzunehmen? Ich nehme nicht an, dass sie es ihm freiwillig gab. Und hören Sie auf, immer nur zu nicken. Reden Sie mit mir!« Freddy schrie jetzt, sie war lange genug geduldig gewesen.

»Das ist eine schlimme Geschichte. Aber es wusste niemand außer Joseph und mir und Hilde ein bisschen, in gewisser Weise.«

»Dass niemand sie kennt, macht Geschichten normalerweise nicht weniger schlimm«, sagte Maria.

»Joseph wollte unbedingt den Jungen, Elsa hat ihn nie interessiert. Er betrachtete sie nur als positiven Beweis seiner Zeugungsfähigkeit, sozusagen ein Test. Aber Arthur war sein Sohn. Das war etwas anderes. Und Hilde hätte ihm Arthur nicht überlassen. Ich bin auch nicht ganz sicher, ob sie freiwillig noch einmal etwas mit ihm hatte. Ich glaube nicht. Auf jeden Fall hat er sie wegen Republikflucht angezeigt, und sie kam ins Gefängnis und Elsa ins Heim. Als Arthur im Gefängnis geboren wurde, kam er auch ins Heim. Und dann hat sich Joseph um eine schnelle Adoption beworben, die hat er auch gekriegt. Vielleicht wegen der Anzeige, weil er dem Staat geholfen hat. Und als er den Jungen hatte, sind wir weg. Davon wusste Hilde nichts. Aber vielleicht hatte sie es vermutet, und vielleicht konnte sie nach der Wende feststellen, wer sie angezeigt hatte. Ich weiß es nicht. Sie wollte natürlich auch, dass er Elsa anerkennt, aber hauptsächlich wollte sie Arthur finden.« Frau Kant verstummte.

»Warum hat Arthur sie umgebracht?« Freddy verstand die Geschichte noch nicht.

»Hilde hat mir gedroht, und das gefiel Arthur nicht. Er liebt mich«, sagte Frau Kant selbstzufrieden. Rapunzel fing an zu heulen. »Und sie war die Einzige, die vielleicht doch noch hätte beweisen können, dass Joseph Elsas Vater war. Das gefiel ihm auch nicht.« Freddy fand Frau Kant widerlich, zumindest ihre Wortwahl. »Wenn ich gewusst hätte, dass er sie umbringen will, hätte ich es ihm verboten. Man bringt nicht seine Mutter um, das tut nicht gut. Er wusste natürlich nicht, dass sie seine Mutter war. Und deshalb will ich nicht, dass ihm mit Elsa etwas Ähnliches passiert. Irgendwann wird ja doch alles herauskommen. Und jetzt gehen wir. Wenn Arthur sich meldet, sagen Sie ihm, dass Sie mich entführt haben. Vielleicht gibt er dann Elsa zum Austausch.« Sie stand auf und zog sich eine Jacke an. Vielleicht ist sie ein bisschen verrückt, überlegte Freddy und stand auch auf. »Kann ich meinen Kater mitnehmen?«, fragte Frau Kant.

»Nein«, sagte Freddy entschieden. »Rapunzel würde ihn umbringen.« Frau Kant sah sie unglücklich an, ging dann aber widerspruchslos mit zum Auto.

24

Auf der Rückfahrt überlegte Freddy fieberhaft, was sie mit Frau Kant anfangen sollte. Traute sie ihr, musste sie Frau Kant Caros Zimmer anbieten; bei Misstrauen kam sie in den Keller. Ich stecke sie in den Keller, beschloss Freddy – mit einem Hauch schlechten Gewissens. Ich werde ihr meine Bettdecke geben, damit sie nicht friert, dachte sie und fühlte sich albern.

»Ich sperre Sie in den Keller«, sagte sie zu Frau Kant, nachdem sie das Haus betreten hatten.

»Ich habe nicht erwartet, dass Sie mich frei herumlaufen lassen. Nur geben Sie mir ein paar Bücher mit, falls ich nicht schlafen kann.« Frau Kant schien sehr verständnisvoll. Und wenn sie zur Toilette muss?, schoss Freddy plötzlich durch den Kopf. Ich stelle ihr einen Eimer hin.

Frau Kant ließ sich widerstandslos im Keller einsperren.

Dann legten sich alle hin. Freddy stand um eins auf und kochte Kaffee. Tobias schlich müde die Treppe hinunter, die Abenteuerlust war ihm vergangen, aber es war zu spät, einen Rückzieher zu machen. Er sah Freddy lauernd an, ob sie ihm eine Chance bot. Tat sie aber nicht, sie goss ihm Kaffee ein. Sie weckte Rapunzel, die nicht begeistert war. Sie wollte Elsa und wenn nicht Elsa, dann wenigstens schlafen. Freddy dachte nach. Wie sollten sie diese Aktion jemals einem Richter oder einem Polizisten erklären? Sie sah nur eine Lösung, sie brauchten einen Notar, der mitkam und eine Tatsachenbescheinigung erstellte. War Rechtsanwalt und Notar Münzer geldgierig genug, damit er sie um ein Uhr morgens zu einer nicht ganz astreinen Tour begleitete? Wahrscheinlich. Aber wie bekam sie seine Geheimnummer? Corinna. Es wären wahrscheinlich eine Menge Essenseinladungen nötig, um sich zu revanchieren, aber sie musste es versuchen.

Freddy weckte Corinna offensichtlich aus dem Tiefschlaf. »Wer ist gestorben?«, murmelte sie. Als sich Freddy zu erkennen gab, war Corinna viel zu müde, um Widerstand zu leisten. Sie gab ihr sofort die Telefonnummer und wollte nur noch weiterschlafen.

Notar Münzer war nach zweimaligem Klingeln am Telefon und klang sehr wach. Rechtzeitig fiel ihr ein, dass man am Telefon nicht zu viel sagen durfte. In ihrer Vergangenheit hatte sie unzählige Kopien von abgehörten Telefonprotokollen anfertigen müssen. Die Leute redeten sich um Kopf und Kragen. Sie musste aufpassen, aber gleichzeitig Rechtsanwalt Münzer den Mund wässrig machen. Immerhin gab er keinen Kommentar zur Uhrzeit ab, das machte den Anfang leichter.

»Ich brauche Sie dringend sofort, für ein paar Stunden.« Freddy wurde hektisch in ihrem Bemühen, ihm so viel wie nötig, aber gleichzeitig so wenig wie möglich mitzuteilen. Er sagte nichts, wartete einfach ab. »Hallo, sind Sie noch dran?«

»Was für eine Frage. Sie glauben doch nicht, dass ich auflege. Wenn mich jemand um diese Zeit anruft, will ich wenigstens wissen, worum es geht.«

»Ich brauche eine Tatsachenbescheinigung von Ihnen. Letztendlich geht es um sehr viel Geld. Sie waren auch schon mit dem Fall befasst, vor nicht allzu langer Zeit.« Bitte verstehen Sie mich.

»Ich kann mir denken, um welchen Fall es geht«, blaffte er. Rechtsanwalt Münzer war nicht begriffsstutzig. »Aber was kann daran so eilig sein, dass es nicht Zeit hat bis morgen?«

»Es hat keine Zeit, es muss heute Nacht noch erledigt werden. Sie müssen es mir einfach glauben. Kommen Sie zu mir nach Hause, dann kann ich es Ihnen ganz genau erklären.« Ein Wunder. Er ließ sich den Weg zu ihrem Haus beschreiben, und zehn Minuten später war er da und nahm dankbar den Kaffee, den Freddy ihm anbot. Dann hörte er nur noch zu.

»Meinen Sie nicht, es wäre besser, die Polizei einzuschalten?«, war seine erste Frage.

»Nein. Er hat Elsa. Und im Moment ist er zu allem fähig.« Rechtsanwalt Münzer schien es nicht zu überraschen, dass ein Anwalt zu allem fähig sein konnte. Freddy hatte es befürchtet. »Sie werden wild herumagieren und ganz bestimmt nicht heute Nacht den Teich öffnen, der Bürokratenweg dauert länger.«

Das schien Herrn Münzer zu überzeugen. »Nun gut. Aber Ihr Sohn hat völlig Recht, mit einem Presslufthammer diesen Teich zu öffnen kommt gar nicht in Frage.

Wissen Sie, was das für einen Lärm macht und dazu noch auf dem Lande? Das klappt niemals. Es muss mit etwas Leiserem geschehen.« Tobias nickte zustimmend. Freddy hasste ihn kurzfristig. »Außerdem brauchen Sie nur ein kleines Stück aufhacken. Wenn Sie sich vielleicht erinnern würden, wo die Finger waren. Es würde ja ein ganz kleiner Teil der Leiche genügen.«

»Ich weiß genau, wo die Finger waren. Wenn ich die Augen schließe, sehe ich sie vor mir.« Ich hoffe, das Bild verliert sich mit der Zeit wieder. Sie schüttelte sich. »Auf zur Baustelle.«

Rechtsanwalt Münzer räusperte sich. »Ich möchte möglichst wenig von Ihren illegalen Aktivitäten mitbekommen. Ich schlage vor, Sie erklären mir, wie ich in dieses Dorf komme, und wir treffen uns dann dort. Außerdem würde ich es bevorzugen, wenn Sie keinen Hausfriedensbruch begingen.«

Freddy nickte und erklärte ihm den Weg. Sie verabredeten sich bei der einzigen Telefonzelle des Ortes. Diesmal nahm Freddy ihre sämtlichen Küchenwerkzeuge, ein Beil und einen Beutel Gefriertüten mit.

Sie fuhren zur Baustelle, und noch während der Fahrt versuchte Tobias Freddy zu überzeugen, dass sie ihn mit auf die Baustelle gehen lassen müsse.

»Du hast doch keine Ahnung von Werkzeugen«, war das Argument, das sie überzeugte. Und letztendlich war es egal, ob man sie festnehmen würde, wenn ihr Sohn beim Diebstahl Schmiere stand oder mit ihr zusammen die Tat beging. Die Friedberger Landstraße war so leer, wie sie gehofft hatten, und die wenigen Autofahrer, die vorbeikamen, wollten so schnell wie möglich nach Hause und achteten nicht auf die Baustelle. Sie nahmen verschiedene Hacken und einen nahezu leeren Sack Zement nebst einem Eimer und einem Stock mit.

»Es war schon immer mein Traum, nachts an Baustellen Wache zu halten«, sagte Maria, als sie mit ihrer Beute zurückkamen.

Als sie endlich alle vor Arthurs Haus standen, war Freddy sehr dankbar, dass Tobias und Rechtsanwalt Münzer sie vor dem Presslufthammer bewahrt hatten. Es war sehr ruhig. Sie ließen Rapunzel diesmal frei herumlaufen. Freddy war überzeugt davon, dass sie es ohne Elsa nicht wagen würde, weite Ausflüge zu unternehmen. Und sie würde sich bestimmt an Arthur erinnern. Verborgen lächelnd erklärte Freddy Tobias, wo er anfangen sollte, den Beton aufzuhacken. Notar Münzer lief unruhige Runden im Garten. Freddy und Maria wechselten sich mit Tobias ab. Es war sehr mühsam, aber schließlich gelang es Tobias, eine kleine Lücke in den Beton zu hacken. Er schlug sich auf die Brust.

»Vergiss nicht, dass das eine Gemeinschaftsarbeit war«, dämpfte ihn Freddy.

Was sie sahen, war ein Gemenge aus Leichenteilen und Beton.

»Wir müssen noch ein bisschen mehr aufhacken«, sagte Freddy.

»Ich nicht«, sagte Maria. »Ich hacke doch nicht auf Menschen rum.«

Tobias schloss sich an. Herr Münzer war stehen geblieben und hörte ihnen zu. Als Freddy verbissen weiterhackte, setzte er seinen Rundgang im Garten fort.

Nachdem sie das Loch vergrößert hatte, nahm sie das

Beil und hackte etwas von dem Gemenge heraus. Betonbrocken spritzten in den Garten. Freddy packte Leichen- und Betonteile in eine Tüte und befahl Tobias, die herumliegenden Brocken aufzusammeln und in das Loch zu werfen. Dann rührten sie frischen Beton an und füllten das Loch.

»Sie müssen die Tüte aufbewahren.« Freddy hatte sich eindeutig an Notar Münzer gewandt, trotzdem sah er sich um.

»Wieso ich?«, fragte der Notar deutlich entsetzt.

»Sie haben doch garantiert einen Tresor in Ihrem Haus.«

»Aber nicht für Knochen«, schnaubte er.

»Wir können sie unmöglich mitnehmen. Außerdem löst die Aufbewahrung doch bestimmt eine Gebühr aus«, entgegnete Freddy. Das entschied die Angelegenheit. Er nahm die Tüte mit spitzen Fingern und ging zu seinem Wagen.

»Morgen, nein heute kümmern wir uns um Elsa«, gähnte Freddy, als sie auf der Heimfahrt waren. »Aber erst muss ich schlafen.« Tobias war schon neben ihr eingeschlafen, Rapunzel auch, sie schnarchte leise.

25

Am nächsten Morgen begegnete Freddy Maria vor der Toilettentür im ersten Stock.

»Lass mich zuerst, ich koche dann schon mal Kaffee.« Maria winkte müde Zustimmung. Dann saßen beide übernächtigt in der Küche vor den großen Kaffeetassen.

»In den Vogelsberg hat er sie bestimmt nicht zurückgebracht«, überlegte Freddy. »In seine Wohnung auch nicht. Auch nicht ins Haus seiner Mutter oder nach Ober-Hörgern.«

»Er ist verzweifelt, aber er weiß doch genau, dass du all diese Adressen kennst«, murmelte Maria.

»Eben«, sagte Freddy resigniert. »Wir müssen trotzdem was unternehmen.«

»Ja«, nickte Maria, »aber was?«

»Es hat keinen Zweck, nach hypothetischen Häusern oder Verbindungen zu suchen. So viel Zeit haben wir nicht.«

Rapunzel kam die Treppe hinuntergestolpert und stellte sich mit hängender Zunge und traurigen Augen vor Freddy.

»Ja, ich weiß«, sie tätschelte ihr unbeholfen den Kopf. »Wir überlegen ja schon die ganze Zeit, und du kannst bestimmt mitkommen. Aber eine zündende Idee haben wir leider noch nicht gehabt.« Rapunzel seufzte tief und legte sich vor Freddys Füße. »Wir fragen Frau Kant«, stieß sie dann plötzlich hervor.

»Meinst du, sie verrät uns heute was?«, fragte Maria vorsichtig.

»Keine Ahnung.« Freddy wollte sich nicht festlegen. »So besonders mitteilsam war sie gestern nicht, aber sie ist in all diese Sachen so involviert, dass ich sie bestimmt unter Druck setzen kann. Und vielleicht hat eine Nacht im Keller sie mürbe gemacht.«

Dann brach das alltägliche Unheil in Gestalt von Tobias über sie herein.

»Ich hoffe, du vergisst nicht wieder das Abendessen«,

sagte er zur Begrüßung und strich ihr beiläufig übers Knie. Wenn ich noch lebe, denke ich dran, schoss ihr sofort in den Sinn, aber sie beherrschte sich.

»Kannst du dir vorstellen, dass es außer deinem Magen auch noch andere wichtige Dinge im Leben gibt?«, fragte sie stattdessen.

»Du hast morgens zu nichts Energie, aber zu deinen Kindern bösartig sein, dafür reicht es immer«, war seine Antwort.

Er mischte sich ein Müsli. Danach ging er zum Kühlschrank, holte sich Orangensaft und stellte die leere Tüte wieder in den Kühlschrank. Freddy, die damit schon rechnete, hatte ihn beobachtet. Als er mit seiner Müslischüssel die Küche verlassen wollte, sprang sie ihm in den Weg. Er schreckte tatsächlich zurück, weil er sein Müsli retten wollte.

»Warum hast du die Tüte in den Kühlschrank gestellt?«, fauchte sie.

»Was für eine Frage!« Er drehte ihr sein unschuldiges Gesicht zu. »Du hast uns doch beigebracht, Säfte sofort wieder in den Kühlschrank zu stellen. Du weißt einfach nicht, was du willst. Sage ich doch die ganze Zeit.«

Freddy hatte den Impuls, ihn zu schlagen, riss sich jedoch wie immer zusammen. »Die Tüte war leer«, schrie sie heiser, schon die Vorstellung einer Auseinandersetzung morgens um sieben machte sie fertig.

»Wieso? Hast du Röntgenaugen?« Tobias war sich völlig sicher, im Recht zu sein. Ohne ein weiteres Wort zu sagen, ging Freddy zum Kühlschrank, holte die Tüte und knallte sie vor Tobias auf den Tisch.

»Gieße sie auf dem Boden aus«, forderte sie. Tobias

wurde etwas unsicher, erinnerte sich noch rechtzeitig, dass seine Mutter manchmal einfach merkwürdig war, nahm die Tüte und schüttelte sie über dem Küchenboden. Er hielt in der Bewegung inne, weil, entgegen seinen Erwartungen, gar nichts geschah. Nicht ein Tropfen fiel aus der Tüte. Freddy sah ihn an.

»Ich dachte, es sei noch was drin«, sagte er, nahm die Tüte und legte sie auf den Küchentisch. Wieder versuchte er die Küche mit seinem Müsli zu verlassen. Freddy riss ihn am Hemd zurück. Es gab ein grässliches Geräusch, und sie hatte einen Teil des Hemdes in der Hand.

»Wir haben einen Mülleimer!«, anklagend zeigte sie in die Richtung.

»Deswegen zerreißt du mein Hemd? Weißt du, was das gekostet hat?« Aber er nahm die leere Tüte, trug sie aufreizend langsam zum Mülleimer, trat den Deckel auf, und mit einem weiteren Blick auf Freddy warf er die leere Tüte in den Müll. Dann nahm er zum dritten Mal sein Müsli, als er an der Tür war, sagte er noch lächelnd: »Ich lege dir die Rechnung hin.« Er wollte die Tür auf seine übliche Art zuknallen, erinnerte sich aber noch rechtzeitig an Rapunzel und schloss sie sehr leise.

»Was war das jetzt?«, fragte Freddy erschöpft.

»Oh, ein kleiner Sieg, wird nicht lange vorhalten, aber immerhin. Du musst auch kleine Siege genießen«, sagte Maria und trank ungerührt ihren Kaffee aus.

»Maria.« Freddys Stimme klang ganz schwach und so fühlte sie sich auch. »Ich halte das nicht aus.«

»Es sind deine Kinder.« Maria hatte offensichtlich nicht vor, sich weiter mit diesem Thema zu beschäftigen, ihr reichte Elsa.

»Was soll das heißen? Glaubst du, weil es meine Kinder sind, liebe ich sie unentwegt?« Freddy war jetzt so fertig, dass sie das Gefühl hatte, sich nicht mehr bewegen zu können. Manchmal möchte ich nicht allein erziehend sein, dachte sie.

»Nein, aber du musst dich mit ihnen abfinden.« Maria sah erleichtert aus, gelegentlich redete sie von ihrer biologischen Uhr, aber im Moment schien sie froh über deren Ticken zu sein.

»Zuerst gehen wir runter und versuchen Frau Kant zum Sprechen zu bewegen. Komm mit. Ich bringe ihr eine Thermoskanne Kaffee und ein improvisiertes Frühstück.«

»Und wenn sie noch schläft?«, fragte Maria mitleidig.

»Darauf kann ich jetzt keine Rücksicht nehmen. Sie kann ja nachher weiterschlafen. Meinetwegen so lange, bis wir Elsa wiederhaben.« Mich lässt auch niemand schlafen.

Freddy ging, begleitet von Maria, mit einem Tablett in den Keller; Rapunzel hatte sich schwanzwedelnd angeschlossen, wobei sie aber deutlich Mühe hatte, die Treppen hinunterzusteigen. Vor der Kellertür drückte Freddy Maria das Tablett in die Hand, dann klopfte sie und schloss auf. Diese unsinnige Höflichkeit manchmal, dachte sie. Entweder schläft sie noch oder sie hat uns schon lange gehört. Rapunzel rannte in den Raum und blieb schnüffelnd vor der Bettcouch stehen. Sie war eindeutig leer. Der ganze Raum war verlassen, wie Freddy mit einem kurzen Blick feststellte. Sie stellte das Tablett auf den Boden und sank mit weichen Beinen auf die Couch. Auf dem Höckerchen, das neben der Couch stand, lag ein Zettel. *Ich habe es mir anders überlegt.*

»Du hast Frau Kant unterschätzt«, sagte Maria leise.

»Nein oder doch? Wie ist sie hier herausgekommen?« Freddy sah sich suchend um, ihr Blick blieb am Fenster hängen. Es wirkte geschlossen, aber eine zierliche Strickleiter hing bis zum Boden.

»Meinst du, sie hatte dieses Ding in ihrer kleinen Handtasche?«, fragte Maria.

»Nein, so etwas besitzt sie bestimmt nicht.« Freddy dachte nach. »Da hat garantiert wieder mein Sohn die Finger im Spiel. Das wäre typisch für ihn.« Sie stürzte nach oben, Maria und Rapunzel rannten hinterher.

Tobias lag auf dem Sofa im Wohnzimmer und sah hingebungsvoll und lautstark MTV. Enerviert blickte er auf die kleine Gruppe. Wahrscheinlich beachtet er uns nur, weil er weiß, dass Rapunzel im Raum ist, dachte Freddy.

»Wieso befindet sich im Keller eine Strickleiter?«, fragte sie streng und schnappte sich gleichzeitig die Fernbedienung, um die Lautstärke des Fernsehers herunterzustellen.

»Oh.« Eine feine Röte überzog Tobias' Gesicht. »Das habe ich total vergessen.« Freddy hatte eine dunkle Ahnung, was nun folgen würde. »Eigentlich nur, weil du so doof zu mir warst.« Auch das hätte sie sich denken können, Tobias besaß eine grandiose Begabung, ihr die Schuld an allem, was er anstellte, zuzuschieben. »Immer diese Bewachung und dass du wissen wolltest, wann ich komme und gehe.« Für den Moment vermittelte er den Eindruck, genug gesagt zu haben.

»Bitte komm auf die Strickleiter zu sprechen. Ich habe heute nicht alle Zeit der Welt, deinen kunstvollen Gedankenwendungen zu lauschen«, sagte Freddy ungeduldig.

»Davon ist doch die ganze Zeit die Rede«, entgegnete Tobias gekränkt. »Deshalb musste ich eine Möglichkeit finden, ungesehen kommen und gehen zu können. Die Strickleiter war ein Sonderangebot im Baumarkt, da habe ich zugeschlagen. Seitdem sind deine Nerven besser.« Er grinste, und Freddy musste all ihre Selbstbeherrschung aufbringen, ihn nicht zu schütteln, bis dieses Grinsen verschwunden wäre. »Das Einzige, was ein bisschen blöd ist, ich habe vergessen, dass sie unten in der Bettcouch lag. Hat sie etwa die Strickleiter gefunden?«, fragte er erschrocken. Der Gedanke schien ihm immerhin gekommen zu sein.

»Nicht nur gefunden, auch benutzt«, sagte Freddy böse.

»Die alte Frau«, sagte Tobias bewundernd.

»Sie ist doch nicht gelähmt«, schaltete sich Maria ein.

»Wo ist sie hin?«, sinnierte Freddy. »Sie hat sich garantiert mit Arthur in Verbindung gesetzt. Das ist jetzt nicht zu ändern, wenn wir ihn haben, finden wir sie auch.« Sie dachte nach. »Wir fangen in seinem Büro an«, sagte Freddy plötzlich energisch zu Maria. »Warte, ich muss mich erst umziehen.« Sie verschwand kurz und kam in ein graues, klassisches Kostüm gekleidet zurück.

»Was hast du vor? Ich wusste gar nicht, dass du so etwas besitzt. Auf jeden Fall hast du es immer vor mir geheim gehalten«, sagte Maria verwirrt.

»Wirst du schon sehen.« Freddy fühlte sich tatsächlich fremd in dieser Kleidung. »Nimm Rapunzel.«

»Ich will mich nicht um diesen Köter kümmern. Wieso muss er überhaupt mit?«, fragte Maria und wirkte, als hätte sie sich die Hände schmutzig gemacht.

»Es ist eine Sie. Merk dir das doch endlich. Vielleicht brauchen wir Rapunzel. Ich kann sie jetzt nicht nehmen, wenn sie mir am Kostüm hochspringt, ist mein Eindruck ruiniert. Ich übernehme sie später.«

Maria sollte mit Rapunzel im Auto warten. »Meinst du, da ist überhaupt schon jemand?«, fragte sie Freddy beim Aussteigen. »Es ist erst acht.«

»Wahrscheinlich, sonst müssen wir eben bis neun warten, spätestens dann ist jedes Büro geöffnet.«

Freddy klingelte nervös. Der Türdrücker surrte, ohne dass jemand nachgefragt hatte.

»Ja bitte?«, die Empfangsdame lächelte bezaubernd, eine gutaussehende Blondine, Anfang 20, mit glutroten, langen Fingernägeln und einem Lippenstift in derselben Farbe.

»Ich habe einen Termin mit Rechtsanwalt Kant«, sagte Freddy tapfer und dachte, Gott sei Dank werde ich beim Lügen nicht mehr rot, und meine Ohren werden auch nicht länger.

»Um diese Uhrzeit?« Die Empfangsdame hob fragend die Augenbrauen, bemühte sich aber, nicht allzu ungläubig auszusehen.

»Ja«, Freddy flüsterte es fast, »es ist ein Vorstellungstermin.« Jetzt war die Empfangsdame verwirrt.

»Oh, davon weiß ich nichts«, stammelte sie und überlegte sichtlich, wer wohl ersetzt werden sollte. »Herr Kant ist nicht da, und er hatte mir einen Zettel hinterlegt, dass er heute auch nicht kommt.« Die Situation war ihr unangenehm. Freddy überlegte, ob sie sie fragen sollte, wann er diesen Zettel hingelegt hatte, entschied sich aber dagegen. Wahrscheinlich wusste die Empfangsdame nur, dass es irgendwann nach fünf gewesen war. Freddy setzte ein enttäuschtes Gesicht auf.

»Können Sie mir sagen, wo sein Zimmer ist, ich will ihm einige Zeilen aufschreiben?« Es war offensichtlich, dass sie Freddy nicht allein in sein Zimmer lassen wollte, aber angesichts der peinlichen Situation zuckte sie mit den Schultern.

»Es ist das dritte Zimmer links, wenn Sie den Gang entlanggehen.« Sie zeigte mit ihren Fingernägeln den Weg. In diesem Moment klingelte ihr Telefon, Freddy atmete auf. Solange sie telefonierte, konnte sie nicht darüber nachdenken, dass man keine fremden Frauen in Anwaltszimmer lässt.

Arthurs Zimmer überraschte Freddy wirklich. Sie schloss die Tür und musste dann das Ganze auf sich wirken lassen. Sie hatte etwas Modernes, Teures, Karges erwartet, aber nicht das. Eine ganz kleine halbrunde Bar, die als Stehpult diente, ein schlichter Holzfußboden. An den Wänden hingen goldgerahmte Bilder mit Landschaften, bevölkert von Pferden und Stieren. Den Schreibtisch musste sie suchen, er stand hinter einer spanischen Wand, auf der ein Pferd im wilden Sprung auf sie zugestürmt kam.

Freddy setzte sich an den Schreibtisch und wartete auf eine Idee. Es kam keine. Sie betrachtete den Schreibtisch. Er war riesig und leer bis auf einen teuren Kugelschreiber und einen Füller im Ständer. Sie öffnete die oberste Schublade: Stapel von weißem Papier. Sie nahm ein Blatt heraus. Dann versuchte sie die zweite und dritte Schublade zu öffnen, beide waren verschlossen. Ein kleines weiteres Vergehen war nun auch egal. Sie nahm ihr

Taschenmesser, steckte es in das Schloss und drehte. Ein knirschend knackendes Geräusch, aber es funktionierte, die Schublade war offen. Freddy zog sie auf und durchwühlte sie. Korrespondenz mit dem Haus- und Grundbesitzerverein, Arthur war dritter Vorsitzender.

Was war in der dritten Schublade? Fotos, Fotos von ihr im Garten, auf der Straße, von ihren Kindern, von Maria und Elsa. Es gab sogar eins von Hans. Eine ganze Schreibtischschublade voll. Ohne länger zu überlegen, nahm sie die Fotos und stopfte sie in ihren kleinen Lederrucksack, es waren zu viele, einige Ecken standen heraus. Freddy knickte sie und verschloss dann energisch den Rucksack. Sie nahm das Blatt Papier und schrieb: »Ich bin sehr enttäuscht von Ihnen. Gruß F. Hartmann.« Als sie zurückkam, legte die Empfangsdame gerade den Hörer auf. Sie verabschiedete sich freundlich von ihr und wagte nicht zu fragen, was Freddy so lange in Arthurs Zimmer gemacht hatte.

Unten wartete Maria.

»Ich bin in Schweiß gebadet. Was hast du gemacht? Mich mit diesem Köter so lange allein zu lassen.« Ihr Gesicht war ein einziger Vorwurf.

»Wir fahren jetzt in die Niedenau«, japste Freddy etwas außer Atem.

»Manchmal hat dein Sohn wirklich Recht. Ich denke, wir fahren zuerst in den Vogelsberg. Hatten wir das nicht beschlossen?«

»Jetzt fahr schon los.« Freddy war ziemlich unbeherrscht. »Ich habe etwas in Arthurs Schreibtisch gefunden. Wir fahren jetzt zur Vereinigung der Haus- und Grundbesitzer. Vielleicht hält er sie da versteckt. Meinst du, ich gehe als Hausbesitzerin durch?« Sie sah an sich hinunter und strich das Kostüm glatt.

»Heute gehst du für alles durch. Du gehst aber ran. Wie bist du denn an seinen Schreibtisch gekommen?« Maria sah sie bewundernd an.

»Ich habe die Empfangsdame überredet.«

In der Niedenau gab es keinen Parkplatz. Freddy stieg aus und zeigte Maria das Haus, sie sollte dort auf sie warten, nachdem sie einen Parkplatz gefunden hatte. Diesmal nahm Freddy Rapunzel mit.

Die Sekretärin war sehr freundlich, teilte ihr aber bedauernd mit, dass keiner der Herren da sei und sie ihr daher nur das Eintrittsformular mitgeben könne. Freddy war sehr froh, dass alles so einfach ging, sie hatte sowieso nur ins Haus gelangen wollen, um dann mit Rapunzel in den Keller gehen zu können.

Es waren vier Kellertüren, Rapunzel stürzte zur zweiten und scharrte aufgeregt, schnupperte und wimmerte leise, dann sprang sie gegen die Tür. »Sch«, Freddy drängte Rapunzel zur Seite und besah sich das Schloss. Es war ein klitzekleines Vorhängeschloss. Freddy klopfte gegen die Tür.

»Elsa, bist du da?« Keine Antwort. Sie nahm ihr Taschenmesser aus dem Rucksack und knackte das Schloss. Dann schaltete sie das Licht ein, Rapunzel war schon in den Raum gestürzt. Freddy sah sofort, dass niemand da war. Aber gewesen war. Es sah nach einem eiligen Aufbruch aus. An einem Ring an der Wand hing ein Seil, ein Stuhl war umgefallen. Rapunzel wurde hysterisch. Sie jaulte so laut, dass Freddy befürchtete, die Sekretärin zwei Stockwerke darüber könnte sie hören. Hier hatte sie nichts mehr verloren, sie mussten verschwinden.

Auf dem Weg zum Auto erstattete sie Maria hektisch Bericht. »Er ist im Vogelsberg. Los!«

26

Maria schien sich an ihre Rennfahrerwochenenden zu erinnern und raste die ganze Strecke bis nach Schwarz. Freddy machte sich solche Sorgen um Elsa, dass ihr keine Kraft mehr blieb, sich vor dem Tempo zu fürchten. Sie fuhren bis kurz vor Arthurs Haus und bogen dann in einen Waldweg ein. Maria parkte den Wagen so, dass man ihn von der Abzweigung aus nicht sehen konnte.

»Ich gehe mit Rapunzel, und du hältst dich im Verborgenen. Wenn dir etwas bedrohlich vorkommt, dann nimm den Wagen und suche einen Polizisten«, sagte Freddy tapfer und ging. Sie hielt Rapunzel an kurzer Leine. An der Gartenpforte blieb sie stehen und horchte, Rapunzel wurde unruhig. Es war nichts zu hören, sie musste hinein und hinter das Haus gehen.

Rapunzel sah Elsa zuerst. Sie war an einen Baum gebunden und rührte sich nicht. Freddy musste all ihre Kraft aufbringen, um die Hündin zurückzuhalten. In Elsas Nähe stand Arthur und betrachtete den betonierten Teich. Als sich Freddy und Rapunzel näherten, sah er hoch; er wirkte, als hätte er jemand anderes erwartet, brachte aber sofort die Pistole in Stellung. Elsa sah so verzagt aus, Freddy wäre am liebsten zu ihr hingerannt. Sie ging langsam näher, Rapunzel gebärdete sich wie toll. Arthur richtete die Pistole abwechselnd auf Freddy und Rapunzel.

»Bleibt stehen!«, herrschte er sie an. Freddy folgte sofort. Sie war jetzt nahe bei Elsa, die sehr traurig wirkte. Neben ihr stand ein grauer Kanister. Arthur ging mit hochgehaltener Pistole zu Elsa und hob den Kanister hoch. Plötzlich verstand Freddy.

»Wenn ihr einen Schritt näher kommt, stecke ich sie an.« Seine Stimme wirkte völlig unbeteiligt, und zur Untermalung ließ er mehrmals die Flamme eines Feuerzeugs auflodern. Er muss mit so etwas gerechnet haben, sonst hätte er als Nichtraucher kein Feuerzeug dabei. Oder hat er es Elsa fortgenommen? Er kennt keine Grenzen mehr.

Von hinten näherten sich eilige Schritte, Frau Kant rannte fast, Slansky schlenderte hinter ihr her und sah aus, als wüsste er nicht, was er an diesem Ort sollte. Allerdings trug er einen Hammer und einen Meißel in der Hand. Zu ihm ist sie also gegangen, dachte Freddy.

»Arthur, Arthur, nein!«, schrie Frau Kant. Arthur ließ das Feuerzeug und die Pistole sinken.

»Ihr kommt spät«, sagte er dann. »Wir haben ungebetenen Besuch«, setzte er hinzu und zeigte mit der Pistole auf Freddy und Rapunzel. Frau Kant lief zu ihm und umarmte ihn. Er stand irritiert da, als gälte die Umarmung nicht ihm.

»Gib auf, Arthur!«, sagte Frau Kant flehend. Er schüttelte sie ab.

»Das ist zu spät. Wir stecken beide zu tief drin«, sagte er leise.

»Du kannst doch jetzt nicht alle umbringen«, flehte sie. Und …«, sie stockte. Freddy wartete gespannt, was sie sagen würde. »Elsa ist deine Schwester.« Freddy beobachtete gleichzeitig Elsa und Arthur. Elsa nickte, als wüsste sie es längst. Arthur starrte seine Mutter an.

»Sie ist auf dem Papier meine Halbschwester, das ist nicht dasselbe.«

»Ich muss dir etwas sagen«, presste Frau Kant hervor. Freddy überlegte, ob sie eingreifen sollte, um die Sache zu beschleunigen. Elsa sah aus, als wenn sie demnächst in Ohnmacht fallen würde. Aber Arthur hatte die Pistole und den Benzinkanister. Wie sich Slansky verhalten würde, war auch nicht klar. Und Rapunzel war machtlos gegen Feuer und Pistolen. Sie musste abwarten, bis sich eine Chance zum Eingreifen bot, ohne Elsa zu gefährden.

»Öffne den Teich«, herrschte Arthur Slansky an. Slansky setzte sich in Bewegung. Er tat Freddy beinahe Leid, bis ihr Tobias einfiel.

»Nein!«, gebot Frau Kant energisch. »Wozu?«

Slansky hielt inne und sah von Frau Kant zu Arthur.

»Das hatten wir doch schon besprochen. Wir holen den Alten aus dem Teich.« Und wer sollte hinein?, dachte Freddy.

»Und dann? Was machst du mit der Leiche?« Frau Kant wirkte sehr entschieden. Slansky sah Arthur interessiert an. Es war nicht zu erkennen, auf wessen Seite er stand.

Wann wird sie mit der Wahrheit herausrücken? Freddy ging die Sache nicht schnell genug. Und was wird Arthur dann tun?

»Er wird verbrannt und entsorgt. Wenn es keine Spur mehr von ihm gibt, sind wir einen Schritt weiter.« Arthur sprach mit ihr, als redete er mit einem Kind.

»Es ist nie zu spät einzulenken«, versuchte es Frau Kant. »Vielleicht kann man mit den beiden zu einem Kompromiss kommen.«

Wie soll der aussehen?, dachte Freddy. Elsa wirkt nicht kompromissbereit. Und wenn sie erfährt, dass Arthur Hilde umgebracht hat, wird sie es auch nicht werden. Rapunzel setzte sich aufrecht hin und ließ kein Auge von Elsa, sie schien die Spannung zu riechen.

»Das musst gerade du sagen. Mit dir hat doch alles angefangen«, sagte Arthur. Auch er wirkte nicht kompromissbereit. »Ohne dich wäre ich nie in diese Situation geraten.« Das kann man sagen, dachte Freddy. Allerdings konnte Arthur nicht das meinen, was sie dachte. Er wusste nichts davon, dass Hilde seine Mutter war und Joseph und Trude Kant schon vor der Adoption in sein Leben eingegriffen hatten. Was meinte er?

»Ja, das stimmt«, sagte Frau Kant und wirkte plötzlich sehr alt. »Kannst du nicht Elsa losbinden, und wir setzen uns alle hin. Ich kann nicht mehr stehen, und sie sieht auch vollkommen erschöpft aus. Das ist doch kein Risiko. Du hast doch die Waffe. Was kann sie schon tun?«

Wenn er sich darauf einlässt, gibt es eine Chance. Freddy wartete gespannt.

Arthur dachte nach. »Gut, ich fessele sie an einen Stuhl. Slansky, hol die Klappstühle raus.« Auch er sah mit einem Mal sehr müde aus.

Slansky holte fünf Stühle aus dem Haus und stellte sie im Kreis auf. Arthur band Elsa los und dann an einem Stuhl wieder fest. Freddy und Rapunzel setzten sich neben Elsa. Rapunzel freute sich verhalten, gab aber immer noch keinen Mucks von sich. Von oben aus betrachtet, sehen wir wahrscheinlich aus, als ob wir gemütlich miteinander Kaffee trinken, dachte Freddy.

»Hilde war deine wirkliche Mutter und Joseph dein wirklicher Vater«, sagte Trude zögernd. »Eigentlich solltest du das niemals erfahren. Aber jetzt weiß ich keinen anderen Weg, um dich zurückzuhalten.«

Arthur sah sie vollkommen überrascht und irritiert an. »Das glaube ich nicht«, sagte er unglücklich.

»Joseph war kein guter Mann«, fuhr Frau Kant fort. »Er wollte sich an Hilde rächen und hat sie deshalb wegen Republikflucht angezeigt. Und als du zur Welt kamst, wollte er dich. Auf seine Art hat er dich geliebt. Ich bin mir nicht ganz sicher, ob das nicht der eigentliche Grund für unsere Flucht war. Er hatte sich dort ganz gut arrangiert. Aber wenn Hilde aus dem Gefängnis herauskam und wir im Westen waren, hatte sie keinerlei Möglichkeiten mehr, dich je wiederzufinden. Vor allem nachdem die Mauer gebaut worden war. Man konnte ja nicht ahnen, dass sie je wieder fallen würde. Joseph war 1989 nicht glücklich. Andererseits war alles schon so lange her, dass er hoffte, es bliebe eben, wie es ist. Aber Hilde konnte es ja nicht lassen, die alten Geschichten wiederauferstehen zu lassen.«

Arthur schluckte. Es sah aus, als kämpfte er mit den Tränen. »Und die Geschichte, dass man mich auf dem Müllplatz gefunden hatte, ist also auch gelogen?«

Trude nickte stumm. »Wir mussten dir ja irgendetwas erzählen, und da kam Joseph auf die Idee mit dem Müllplatz. Er dachte, dass du nie versuchen würdest, deine Eltern zu finden, wenn du glaubtest, sie hätten dich als Abfall behandelt. Das hat ja auch geklappt.«

Sie nestelte nervös mit ihrer Handtasche.

Arthur sah aus, als würde er sich auf seine Mutter stürzen. Elsa weinte. Nur Slansky wirkte völlig unberührt. Freddy ging zu Arthur und legte ihm tröstend die Hand auf die Schulter. Er tat ihr entsetzlich Leid, egal, was er ihr und Elsa angetan hatte. Er wich vor ihr zurück und schluchzte. Dabei entglitt ihm die Pistole. Freddy griff geistesgegenwärtig zu. Sie stellte sich in einigem Abstand zu Arthur und hielt die Pistole auf ihn gerichtet. »Keine Bewegung«, sagte sie und dachte, was für eine abgeschmackte Formulierung. Gleichzeitig hoffte sie, er nähme sie ernst. Sie konnte und wollte nicht schießen.

»Arthur, binde Elsa los. Aber ich warne dich, ich schieße und hetze Rapunzel auf dich, wenn du nicht das tust, was ich dir sage.« Freddy wirkte sehr überzeugend. Arthur folgte ihr, sie hatte das Gefühl, er hätte alle Kraft verloren. »Komm zu mir, Elsa, und nimm den Stuhl mit. Rapunzel, pass auf.« Elsa stellte den Stuhl zu Freddy und machte einige Gymnastikübungen, um ihre erstarrten Gelenke wiederzubeleben. Rapunzel entschied, dass Arthur zu bewachen sei und stellte sich neben ihn. »Traust du dir zu, die drei zu fesseln?« Elsa nickte stumm und fesselte sorgfältig erst Arthur, dann Slansky, zum Schluss Frau Kant. Dann ging sie zu Freddy und setzte sich.

»Jetzt will ich die Wahrheit hören«, sagte Freddy und richtete entschlossen die Pistole auf Slansky. »Haben Sie Joseph Kant getötet?«

»Nein, ich habe es Ihnen schon einmal gesagt. Ich habe nichts damit zu tun. Fragen Sie doch Ihren feinen Freund.«

Freddy zuckte zusammen, ließ sich aber nicht irritieren. »Und Sie?« Diesmal war die Pistole auf Frau Kant gerichtet.

»Schweig, Mutti!«, sagte Arthur. Erst als die Worte heraus waren, überlegte er. Vielleicht dachte er an Hilde.

»Wenn es Slansky nicht war, bleibt nur Frau Kant«, sagte Freddy. »Und wenn es Slansky gewesen wäre, hätten Sie das längst gesagt.«

»Lass, Arthur«, sagte Frau Kant. »Es ist zu spät. Ja, ich habe ihn gestoßen. Ich habe ihn jahrelang ertragen. Und glauben Sie mir, es war schlimm. Und dann kommt ein junges Mädchen, und er will mich loswerden. Ohne mir Geld zu geben. Was hätte ich tun sollen? Sozialhilfe beantragen? An dem Tag hat er ständig mit mir geschimpft. Die Leute wurden schon aufmerksam. Es war peinlich und immer spitze Bemerkungen über mein Alter und sein junges Glück. Ich habe gar nicht lange überlegt. Als ich das Gefühl hatte, niemand sieht hin, gab ich ihm einen kleinen Schubs, und dann war es vorbei. Sie können sich die Erleichterung nicht vorstellen. Ich war frei.«

»Nicht nur das, Sie hatten auch Geld«, sagte Elsa.

»Ja.« Trude lächelte. »Es schien ja auch alles gut zu gehen. Doch dann kam zuerst Slansky und wollte mich erpressen. Er hatte es gesehen. Das hat Arthur noch in den Griff bekommen. Danach kam Hilde und wollte mich auch erpressen. Sie hatte nichts gesehen. Aber sie wollte, dass Elsa erbt. Sie hat gesagt, wenn ich ihr nicht helfe, würde sie Arthur alles erzählen. Das konnte ich nicht zulassen. Ich habe doch nur noch ihn. Ich habe ihm natürlich eine etwas andere Version erzählt. Ich dachte nicht daran, dass er ihr etwas antun könnte.«

Arthur zuckte zusammen. Er war sehr bleich und wirkte, als könnte er sich nur noch mit Hilfe des Stuhles auf den Beinen halten.

»Warum …«, begann Elsa und stockte. »Warum hast du das getan?«

»Ich, ich wollte ihr Geld anbieten«, sagte Arthur erschöpft. »Natürlich nicht so viel wie das Erbe. Aber sie wollte unser Geld nicht und schon gar nicht für sich, nur für dich. Und dann sagte sie mehrmals ›Mein armer Junge‹ und hat mich angefasst. Das konnte ich nicht ertragen, noch nie. Ich habe sie abgewehrt, und dabei stürzte sie die Treppe hinunter. Es ging alles so schnell. Ich bin geflohen. Als ich die Haustüre öffnete, hörte ich oben jemanden rufen.«

»Ist dir Geld denn so wichtig?«, fragte Freddy.

»Es ging nicht nur um Geld. Ich wollte unbedingt vermeiden, dass sich jemand näher mit ihrem Tod beschäftigt. Ich war glücklich, dass die Polizei einen Unfall festgestellt hatte, und ich dachte, in gewisser Weise ist es das ja auch gewesen. Wenn das herausgekommen wäre, hätte es meine Karriere als Anwalt ruiniert, und ich arbeite gerne.«

»Und ich?«, wagte Freddy zu fragen. Sie wusste nicht, welche Antwort sie hören wollte.

»Das war Pech oder Glück, je nachdem, wie man das definiert. Auf jeden Fall keine Absicht. Es hat sich einfach so ergeben.« Er sah sie fast zärtlich an.

»Ich habe ihm abgeraten«, sagte Frau Kant. »Man soll die Dinge nicht vermischen.«

»Glaubst du ihm?«, fragte Elsa.

»Ja«, antwortete Freddy und fragte sich, ob sie naiv sei. »Wie ist Slansky in den Schlamassel geraten?«

»Mutti kam zu mir, weil sie nicht wusste, wie sie sich gegen ihn wehren konnte. Ich habe relativ schnell aus ihm herausbekommen, dass er auch nur in Königstein war, um Vater umzubringen.« Freddy zuckte zusammen und erinnerte sich an ihren Versuch in Slanskys Hotelzimmer.

»Du Schwein!«, schrie Slansky. »Musstest du das jetzt ausplaudern?«

Arthur kümmerte sich nicht um ihn. »Dann war es einfach. Weil ich behauptete, Mutti würde aussagen, dass er Vater umgebracht hat und sie nur den Auftrag erteilt hatte. Dann stünde Aussage gegen Aussage. Wir hätten Zeugen aufgetrieben, die beschwören würden, dass er Drohungen gegen Vater ausgesprochen hat. Er wäre aus der Sache nicht mehr herausgekommen. Das sah er auch schnell ein. Als ich ihm dann Geld bot, um euch alle ein wenig einzuschüchtern, war er sofort einverstanden. Er hat nur ein wenig übertrieben.«

Das kann man sagen, dachte Freddy.

»Vielleicht hat Mutti Recht und wir könnten zu einem Kompromiss kommen.« Arthur sah erst zu Freddy, dann zu Elsa.

»Nein«, sagte Freddy, und Elsa schüttelte den Kopf.

»Wie du vorhin schon sagtest, es ist zu spät. Elsa, wenn du ein Stück nach links gehst vors Haus, da ist Maria. Sag ihr, sie soll ins Dorf fahren oder meinetwegen in die nächste Stadt und die Polizei informieren. Und dann komm zurück. Mir ist wohler, wenn du auch hier wartest.«

Elsa ging. Rapunzel ließ sich nur schwer davon überzeugen, dass sie zur Wachmannschaft gehörte. Einige Minuten später kam Elsa zurück. »Sie ist losgefahren. Allerdings unter Protest. Sie wollte gerne alle in Fesseln sehen. Ich habe abgelehnt.« Maria ist manchmal ein Kindskopf. Aber Freddy wunderte sich nicht mehr.

»Haben Sie gewusst, dass Hilde schwanger war, als sie ins Gefängnis kam?«, fragte Freddy Frau Kant.

»Natürlich nicht.« Frau Kant sah sie empört an. »Glauben Sie, Joseph hat mich je in seine Pläne eingeweiht? Ich wusste auch nicht, dass er sie angezeigt hatte. Das erfuhr ich alles erst durch sie.« Alle sind unschuldig oder stellen sich so dar, dachte Freddy.

Plötzlich ertönten Sirenen, und bewaffnete Polizisten stürmten den Garten. Als ein Polizist seine Waffe auf Rapunzel richtete, schrie Elsa. Er schaute sie verwundert an und senkte die Waffe.

Freddy war froh, dass es vorbei war. Aus den Augenwinkeln sah sie, dass Maria mit einem der Polizisten flirtete.